Du même auteur :

Le Temps en héritage, Albin Michel, 2002

Le Chemin de Peyreblanque, Albin Michel, 2003

La Vie en plus, Albin Michel, 2005

Le Forgeron de la liberté, Albin Michel, 2006

Un brin d'espérance, Albin Michel, 2007

Le Sentier des pastelliers, Albin Michel, 2008

Le Destin de Marthe Rivière, Albin Michel, 2009

L'Auberge des myrtilles, Albin Michel, 2010

Rue des Hortensias rouges, Albin Michel, 2011

Une nuit en juin, Albin Michel, 2012

La Fille de la fabrique, Calmann-Lévy, 2013

Pas plus tard que l'aurore, Calmann-Lévy, 2014

Le Serment des oliviers, Calmann-Lévy, 2015

Le Vent de la jeunesse, Calmann-Lévy, 2016

Quelques pas dans la neige, Calmann-Lévy, 2017

Les Noisetiers du bout du monde, Roman, Éditions Calmann-Lévy, 2018

Le Crépuscule des Justes, Roman, Éditions Calmann-Lévy, 2019

Même les pierres ont une histoire, Roman, Calmann-Lévy, 2020

ISBN : 978-2-36652-310-2

Couverture réalisée par Charlotte Picouilla à partir des crédits photographiques : ©

Les noisetiers du bout du monde

Georges-Patrick Gleize

Les noisetiers du bout du monde

Collection Poche

À Andrée Laberty, comédienne et écrivaine, ma mère, qui n'aura pas vu la fin de l'histoire.

À tous les gens de ce pays d'Olmes, berceau de la famille de mon père.

« Il n’y a point de bonheur sans courage ni de vertu sans combat. »

Jean-Jacques Rousseau

Prologue
Une lettre d'Amérique

Depuis plusieurs minutes, un rayon de soleil jouait à cache-cache dans les doubles-rideaux du salon. Sous l'effet du vent qui poussait furieusement les nuages dans le ciel, il contourna pendant quelques secondes le voile de Tergal blanc pour aller souligner l'harmonie des courbes d'une pendulette Napoléon III qui trônait sur une commode Empire, encadrée de deux chandeliers à cinq branches. Sur un mur aussi blanc et nu que celui d'un pensionnat de jeunes filles, le tableau du peintre toulousain Lucien Vieillard prit des couleurs chaudes. Sur le dessus en marbre vert, dans un vase style Montmorency, un bouquet de jonquilles brillait des derniers feux de l'existence éphémère des fleurs coupées.

Dans la lumière printanière qui baignait matinalement le salon cossu d'une tonalité aussi glacée que les torrents d'eaux vives pyrénéens,

Jacques Briant reposa l'hebdomadaire qu'il feuilletait avec une certaine lassitude. Il avait déjà fait les mots croisés et parcouru la quasi-totalité des articles du magazine. Son regard glissa de l'ovale festonné de la coupe en biscuit qui occupait le centre de la table ronde du living à la pendulette. Les aiguilles indiquaient presque onze heures quinze. Le facteur n'allait sans doute pas tarder à passer, si ce n'était déjà fait… Cette idée le tira de la torpeur qui le gagnait. Il ne le voyait pourtant presque jamais. L'employé des PTT, dont il ignorait du reste jusqu'au nom, se contentait de déposer le courrier dans la rangée de boîtes aux lettres qui occupaient le mur gauche de l'entrée de l'immeuble de standing du Grand Rond où il avait élu domicile cinq ans plus tôt.

Contraint, à son grand regret, de prendre une retraite longtemps différée à la suite d'un triple pontage coronarien, il n'était pas du genre à donner dans le caritatif. Quelque peu désœuvré faute d'avoir anticipé ce brutal changement de vie, Jacques Briant n'osait s'avouer qu'il tournait en rond depuis sa sortie de la maison de convalescence. Passé le temps des grasses matinées, il cultivait le rêve d'un safari-photo ou d'un séjour dans une île aux plages paradisiaques. Il hésitait entre Bora Bora, les Seychelles ou les Maldives. La maladie et l'arrêt brutal d'une belle carrière dans l'expertise aéronautique tout autant que son veuvage l'avaient réduit, en l'absence d'enfant, à de futiles occupations quotidiennes, comme celle d'aller chercher le pain ou de guetter le passage de ce fonctionnaire anonyme. Préférant les chats aux chiens, il n'avait même pas l'opportunité d'accompagner dans sa promenade un quelconque Médor levant mécaniquement la patte à l'angle de toutes les portes cochères des beaux immeubles de ce quartier résidentiel.

Reposant son magazine, Jacques Briant quitta son canapé en cuir nappa, couleur caramel, pour enfiler une veste d'intérieur en cachemire sur sa chemise Hermès bleu ciel. Il écarta le lourd double-rideau et jeta un rapide coup d'œil à travers l'immense baie vitrée qui donnait sur un balcon surplombant les allées François-Verdier. La circulation se densifiait en cette fin de matinée où les camionnettes de livraison cédaient la place aux voitures. Situé au premier d'un immeuble du XIXe siècle en pierre de taille, l'étage noble, l'appartement était remarquablement insonorisé. L'agitation du boulevard ne le perturbait pas. Un flot permanent de véhicules allait et venait pourtant en direction de l'arc de triomphe conçu par Léon Jaussely en 1919, en hommage aux combattants de la Haute-Garonne morts pendant la Première Guerre mondiale, et inauguré en 1928. Le triple vitrage ne laissait filtrer aucun bruit et Jacques se loua une fois de plus d'avoir écouté les recommandations de son architecte d'intérieur. Les grandes baies fermées, un silence de cathédrale, que nombre d'habitants de Bagatelle ou de la cité Cristal aux arènes lui auraient envié, régnait dans l'agréable cent quarante mètres carrés.

Jacques Briant ouvrit la porte palière. Le battant pivota sur ses gonds invisibles dans un bruit feutré. La serrure cinq points, qui complétait la porte blindée garantie anti-agression, avait tout pour inspirer confiance aux propriétaires de l'immeuble. L'agent immobilier en avait d'ailleurs fait un argument de vente. Jacques appuya sur le bouton de la minuterie et une lumière crue baigna la cage d'escalier qui ouvrait sur un déroulé de marches en marbre blanc. Sans refermer complètement la porte, il dévala prestement l'escalier, preuve d'une récupération physique qu'il entretenait régulièrement avec quelques séances hebdomadaires dans un club de sport de la place Jeanne d'Arc.

À droite d'une lourde porte en fer et verre opaque qui tamisait la lumière du jour, une série de six boîtes aux lettres en aluminium brossé occupait le mur. Jacques Briant ouvrit celle du haut. Une liasse de dépliants publicitaires de marques de la grande distribution s'en échappa, manquant d'atterrir à ses pieds. Pestant contre cet envahissement galopant, il fit un tri rapide, froissant au passage un flyer faisant la réclame d'un mage vaudou spécialiste des retours d'affection. De tout ce fatras de papiers, il ne conserva au final qu'un relevé de banque, sa facture de téléphone, une carte postale des Antilles adressée par un ancien collègue de travail en villégiature et une enveloppe, format commercial. Cette missive attira plus particulièrement son attention. En regardant de plus près le timbre à demi effacé, Jacques Briant se rendit compte qu'elle venait des États-Unis.

Ah, les États-Unis ! Pensif, il retourna l'enveloppe. Il n'y avait pas d'adresse au dos. Son nom était banalement dactylographié. Qui pouvait encore lui écrire de là-bas ? Même si sa carrière professionnelle l'y avait fait revenir assez régulièrement, il y avait bien longtemps qu'il ne résidait plus dans ce pays où il s'était marié vingt-cinq ans plus tôt. Quant à Nat, son ancienne femme, elle n'avait guère l'habitude de lui donner de ses nouvelles de cette façon. Depuis leur divorce à Réno, il pouvait compter sur les doigts d'une main les rares fois où elle lui avait écrit une vraie lettre. Le plus souvent, elle se contentait de lui adresser trois mots vite griffonnés sur une carte postale, dans un hall d'hôtel ou sur un coin de table de restaurant. Coucher de belles phrases sur une feuille de papier, en mesurer le sens n'était pas le genre de cette fille impulsive et volcanique qui s'étourdissait de l'agitation d'une vie d'artiste de cabaret, menée tambour battant.

Après leur rapide mariage à Las Vegas, leur couple n'avait pas tardé à battre de l'aile. Quatre ans plus tard, il s'était achevé par un naufrage style Titanic. À qui la faute ? Ils étaient si dissemblables ! Fallait-il que l'amour l'eût aveuglé pour qu'il ne s'en soit pas rendu compte ? Mais comment résister à cette blonde platine à la silhouette de pin-up ? Hélas, le coup de foudre qu'ils avaient éprouvé à l'époque s'était heurté à l'incompatibilité de leurs caractères. Autant lui-même, trop souvent en déplacements professionnels, goûtait aux joies d'une existence rangée à la maison, autant Nat, désordonnée, instable, imprévisible, insouciante, s'était révélée inapte à tenir un foyer. Après leur divorce, incapable d'élever Greg, le fils qu'elle avait eu d'une brève union précédente, elle avait fini par le confier à ses parents. Cette décision avait été une bonne chose pour ce gamin que Jacques avait toujours trouvé attachant.

Décidant d'un commun accord de mettre fin à leur relation tout aussi passionnelle que chaotique, ils avaient réussi à se quitter bons amis. Nat avait poursuivi sa carrière de chanteuse, cultivant à dessein sa ressemblance avec Marilyn Monroe, la défunte star hollywoodienne. Ils ne manquaient jamais de se téléphoner deux fois l'an pour leurs anniversaires respectifs. Jacques s'était remarié quelque temps après avec Béatrice, une secrétaire du bureau d'études des Mureaux, mettant un point final à cet épisode américain. Auprès de cette femme douce et d'un naturel placide, Jacques avait connu des années d'un bonheur paisible jusqu'à ce que la maladie du siècle ne la lui enlève en quelques mois. À son décès, incapable de rester dans un appartement où le poids des souvenirs l'accablait, il avait quitté la région parisienne et terminé sa carrière à Toulouse.

— Bonjour, monsieur Briant ! lui lança sur un ton enjoué une dame à la cinquantaine bien enveloppée, descendant un carton volumineux au local des poubelles.

— Bonjour, madame…, répondit-il courtoisement en reconnaissant la locataire du second.

— Belle journée, n'est-ce pas ?

— En effet…

— Ah, vous avez du courrier…

— Comme vous voyez, fit-il laconiquement, peu désireux d'entrer en conversation avec cette femme réputée dans la résidence pour être du genre bavarde.

— Et ils vous ont mis une bonne ration de pub aussi !

— Oui…

— Quelle plaie, n'est-ce pas, ces prospectus ?

Jacques Briant hocha la tête et prit congé d'un sourire. Réfrénant l'envie qui était la sienne d'ouvrir tout de suite la lettre, il s'astreignit à remonter calmement les marches en marbre pour rentrer dans son appartement. La porte palière fermée, il tira le verrou sur les éventuels importuns et se saisit d'un élégant coupe-papier qui trônait sur son bureau.

L'enveloppe contenait deux feuillets manuscrits de papier avion noircis d'une écriture fine. Hormis l'en-tête, le courrier était presque entièrement rédigé en anglais, mais les trente-sept ans qu'il avait passés dans le monde aéronautique lui avaient rendu l'usage de la langue de Shakespeare des plus naturels. La curiosité qui le poussa à aller à la signature pour identifier l'auteur de cette correspondance fut vite satisfaite : c'était une lettre de Greg, son ex-beau-fils. « Pas étonnant que je n'ai pas reconnu son écriture, je ne l'ai pas revu depuis mon divorce avec Nat et il doit bien avoir trente-cinq ans maintenant ! » pensa-t-il en reprenant sa lecture au début.

Passé les premières lignes dans lesquelles Greg s'enquérait poliment de sa santé, les nouvelles qu'il lui donnait attristèrent Jacques profondément. Au terme d'une vie de patachon, Nat venait de mourir dix jours plus tôt au Mount Sinai Hospital à New York. Grillant allégrement deux paquets de cigarettes par jour, atteinte d'une bronchite persistante qui lui faisait la voix rauque, elle avait passé un scanner quelques mois plus tôt. L'examen avait permis d'identifier une tumeur largement métastasée. Le pronostic ne laissait guère de place à l'optimisme mais, fidèle à son personnage, elle n'avait voulu en parler à personne. Greg lui-même ne l'avait appris que tardivement, alors qu'elle crachait déjà ses poumons en spasmes convulsifs.

Hélas, les chimios et les séances de rayons, toute la science déployée par les équipes médicales de l'hôpital n'avaient pu la guérir d'un cancer que son tabagisme chronique avait cultivé des années durant. Par un jour triste et gris, Nat était partie comme un poisson rouge sorti de son bocal, les yeux rivés au plafond d'une chambre blanche, asphyxiée, cherchant un air que ses poumons goudronneux ne pouvaient inspirer. La lettre de Greg lui fendait le cœur. Le jeune homme ne parvenait pas à oublier le froid de ses joues sur lesquelles il avait déposé, rituel des adieux oblige, une ultime marque d'amour filial. Vider le petit appartement que sa mère habitait au deuxième étage d'un bloc de la 158e Rue, non loin de Park Avenue, avait été une épreuve. Nat y avait entassé pêle-mêle quarante ans de souvenirs. En fouillant ses affaires, Greg avait eu l'impression d'un viol. Au-delà du tri de la multitude de choses inutiles conservées par l'attachement imbécile des « ça peut toujours servir », il y avait toute une vie de petits riens, réminiscences de jours sombres et de nuits blanches, de soirs de gloire comme de matins blêmes, de petits bonheurs et de tristesses.

Quoiqu'il eût divorcé de son ex-épouse bien des années auparavant et refait sa vie, Jacques se sentait soudain très triste. La disparition de Nat, c'était plus qu'une page de sa vie qui se tournait, c'était un peu de sa jeunesse qui foutait définitivement le camp. À son âge, ce genre de situation était toujours plus difficile à vivre. La seconde partie de la lettre était heureusement plus gaie. Greg lui confiait avoir enfin rencontré la femme de sa vie, une certaine Hazel. Amoureux fou, il pensait même l'épouser dans quelques mois. Cette jeune femme, de dix ans sa cadette, était d'une famille honorable. Elle travaillait à l'université où elle s'occupait de la mise en place des stages professionnels. En fin de courrier, Greg lui donnait son adresse.

Cette annonce aurait pu lui sembler banale si Hazel, au demeurant de nationalité anglaise, n'avait eu quelques attaches françaises, du côté du pays d'Olmes. Greg comptait venir en France au début de l'été, histoire de la lui présenter et d'éclaircir l'ascendance de sa jeune épouse. En mentionnant ce détail anodin, sans doute Greg s'était-il souvenu que Jacques parlait parfois de cette région où le textile représentait l'essentiel des activités industrieuses. Combien de fois, devant ce gamin aux yeux rieurs, avait-il évoqué ces Pyrénées ariégeoises auxquelles un lien mystérieux semblait l'attacher ?

Jacques posa la lettre sur la table du salon. Il fit quelques pas vers le secrétaire Empire à colonnes détachées ornées de parements de bronze, héritage d'un oncle de sa femme. Il tourna la clé tréflée du meuble, surmonté d'un Minitel. Faute d'avoir un numéro de téléphone pour joindre Greg, il ouvrit le petit tiroir de droite et prit un bloc de correspondance. Il le referma pour extraire d'un coffret une parure de stylo Montblanc, cadeau de ses collègues à son départ en retraite. Installé à la table de la salle à manger, il répondit à Greg qu'il serait heureux de les recevoir à Toulouse. Égoïstement, il savait que cette visite meublerait un peu la solitude qui était la sienne depuis son veuvage, même si sa belle-sœur poussait l'amabilité jusqu'à lui rendre visite de temps à autre. Amusé par cette coïncidence, Jacqucs lui demanda des précisions sur la famille de sa future épouse. Quel était le patronyme de cette, à n'en pas douter, charmante Hazel ? Que savait-elle sur les siens ? Quclle fiabilité pouvait-on accorder à ce qu'on lui avait raconté ? De quel village ou petite ville du pays d'Olmes Hazel était-elle originaire ?

Bélesta ? Léran ? Montferrier ? Par quel hasard ses aïeux s'étaient-ils retrouvés dans ce coin des Pyrénées ? Savait-elle, d'autre part, quand ses ancêtres avaient émigré aux États-Unis ? Ces renseignements lui seraient fort utiles pour pouvoir entamer des recherches. Ainsi pourrait-il leur fournir des pistes de prospection lors de leur séjour.

— Tiens, tu as une lettre des États-Unis ! lui annonça dix jours plus tard Emma, sa belle-sœur, venue passer le week-end à Toulouse.

— Ça doit être Greg…

— Garde-moi le timbre pour ma collection !

La réponse à son courrier n'avait pas traîné. Jacques Briant décacheta l'enveloppe avec un brin d'excitation. Cette lettre pimentait une retraite précoce inaugurée par des ennuis de santé. Il s'assit dans son confortable canapé en cuir pour en découvrir le contenu tout à son aise. Les premières phrases, banales, lui confirmaient que Greg avait un bon job. Le gamin auquel il avait essayé d'apporter, les quelques années qu'avait duré son mariage avec Nat, un peu d'autorité paternelle avait réussi à faire son trou à la force du poignet dans une société américaine qui privilégiait les *winners*.

Passé ce premier paragraphe, Greg lui donnait de plus amples détails sur la famille de sa future femme. La région de Lavelanet était bien le berceau de sa conjointe. Par quel curieux hasard avait-il rencontré une jeune femme dont les aïeux venaient de la fameuse cité des « avelanaïres[1] » ? Il n'en savait rien. L'attention de Jacques s'aiguisa au fil des mots. Il lisait avec gourmandise les lignes que la main alerte de son beau-fils avait tracées d'une élégante écriture noire. Que Greg s'intéresse aux origines de sa fiancée n'avait rien d'étonnant. Outre-Atlantique, cette histoire prenait un aspect picaresque que n'auraient pas désavoué les Honoré de Balzac, Alexandre Dumas et autres romanciers célèbres du XIXe siècle pissant copie en feuilletons dans les journaux.

Et puis, soudain, à parcourir la lettre de Greg, une blessure se réveilla au tréfonds de son âme. Elle avait l'intensité d'un coup de fouet qui déchire la peau. Cette blessure, c'était de n'avoir jamais su qui était vraiment son père. Le regard de Jacques devint fixe, presque vitreux. Il ferma les paupières, rejetant la tête en arrière. En vain... Sa mémoire était écrasée du poids du lourd secret que sa mère Katy avait toujours conservé. Jacques Briant se souvenait d'un patronyme qu'elle avait parfois prononcé. Pierre Maurel... Ce nom éclata dans sa tête comme l'explosion d'unc grenade sur le calme paisible et bon enfant d'un marché de province au mois de juin. Pierre Maurel... Ah, Pierre Maurel !

Ce nom, enfoui au plus profond de sa conscience, ne venait pas embaumer les souvenirs de

1. Noisetiers.

son enfance du parfum de la nostalgie. Il n'avait pas le goût de la légendaire madeleine de Proust mais la saveur amère d'une jeunesse étriquée qu'il avait longtemps cherché à oublier. Sans qu'il comprenne pourquoi, sa mère s'était toujours refusée à répondre aux légitimes interrogations qu'il formulait périodiquement. À peine savait-il que son père ne pouvait être ce Briant dont il portait pourtant le nom. Katy éludait toujours ses questions. Tout au plus avait-elle mentionné un jour une parenté avec un certain Pierre Maurel, originaire du pays d'Olmes. Ce nom avait fait naître chez lui bien des supputations.

Sa mère avait été renversée par un tram, un petit matin de janvier 1938, à l'aube de ses dix-neuf ans. Orphelin, il avait mis son énergie à réussir sa carrière professionnelle plutôt qu'à dissiper l'ombre qui entourait sa naissance. Bien que boursier, sans l'aide ponctuelle d'un ami de Katy qui travaillait comme dessinateur industriel à la SNCASO[2], une entreprise de construction aéronautique créée deux ans plus tôt, en 1936, Jacques Briant aurait eu bien des difficultés à terminer ses études. L'idée de faire la lumière un jour sur l'histoire des siens, de découvrir ce passé familial que sa mère avait voulu lui cacher s'était ainsi peu à

2. SNCASO : Société nationale des constructions aéronautiques du Sud-Ouest.

peu éloignée de ses préoccupations quotidiennes. Avec les années, il s'était résigné à l'ignorance, accaparé par un travail qui le passionnait. Il avait fini par se convaincre que ces faits et gestes ne le regardaient pas.

Mais aujourd'hui, la lettre de Greg le reconduisait devant les portes de la mémoire. Hélas, sa mère avait emporté ses secrets dans la tombe. Vers qui pouvait-il se tourner pour renouer les fils du passé ? Un autre nom lui revint à l'esprit. Parfois, Katy parlait d'une certaine Clémence Naudy. Sans doute s'agissait-il d'une habitante de ce pays d'Olmes… Elle semblait en avoir gardé un bon souvenir. L'avait-elle connue pendant la guerre, quand elle servait comme infirmière ? Lui avait-elle témoigné quelque sympathie ? Cette personne pourrait peut-être lever le voile… Mais quarante ans après, cette dame avait pu changer de ville ou de région… Était-elle d'ailleurs seulement encore en vie ? Si tel était le cas, elle devait être passablement âgée et résider dans une maison de retraite.

Pris d'une inspiration subite, Jacques Briant se leva et se dirigea vers le Minitel, un tout nouvel appareil fourni par les PTT. Il ouvrit le clavier de plastique marron. Il attendit quelques instants que l'écran monochrome s'allume. Puis il composa le 3611, code d'accès à l'annuaire électronique, symbole d'une modernité qui envahissait la vie quotidienne. D'une main, il tapa sa demande. Un sourire éclaira imperceptiblement son regard. Il y avait bien une Clémence Naudy à Lavelanet, avenue Léon-Blum… Encore fallait-il que ce soit la bonne ! La tentation de lui téléphoner l'effleura mais il la repoussa, craignant d'essuyer un refus. La meilleure solution était de lui rendre visite en espérant ne pas se faire fermer la porte au nez, comme un vulgaire démarcheur. Mais quitte à paraître importun, il valait mieux arriver juste après midi, pour être sûr de la trouver à son domicile.

Jacques Briant n'était pas homme à tergiverser longtemps. Le lendemain, en milieu de matinée, il sortit sa voiture du garage et mit le cap sur l'Ariège. Délaissant la RN 20, il préféra emprunter la route de la Lèze, moins fréquentée. Sous l'autan frais, les montagnes paraissaient plus proches. Les villages se succédaient et la vallée se resserrait. Rattrapant la nationale un peu avant Foix, il la quitta à la Charmille pour bifurquer vers le pays d'Olmes. Au sommet d'une falaise, les ruines du château de Roquefixade, immuable citadelle du vertige dont les pans de murs s'élevaient vers le ciel telle une prière, semblaient veiller sur cette terre cathare. Bientôt, il atteignit le village de Nalzen. La route descendait en pente douce vers Lavelanet. Passé le faubourg des Sartrous, l'avenue Léon-Blum plongeait vers le centre-ville, pénétrante ligne droite bordée de voitures en stationnement. À gauche, elle égrenait une enfilade de petites maisons basses que seule la couleur des volets distinguait les unes des autres, monotonie typique de l'habitat ouvrier.

À cette heure de la journée, la circulation était fluide, à peine encombrée de quelques camionnettes transportant les ensouples entre les usines textiles. Jacques Briant n'eut guère de difficultés à repérer le numéro du logis de Clémence Naudy. Il trouva sans problème une place de stationnement à quelques mètres du petit portail peint en vert. En descendant de la voiture, une bouffée d'air frais, conséquence de la proximité de montagnes boisées de sapins, vint lui lécher le visage. Aussi se hâta-t-il d'enfiler son trench-coat par-dessus son veston.

Dans le petit jardin qui occupait le devant de la maison, une bordure de tulipes tendait ses corolles multicolores vers un ciel où couraient des cumulus. Il traversa d'un pas alerte le jardinet pour atteindre une porte d'entrée en chêne dont la partie supérieure s'ajourait, derrière une grille en fer forgé, d'une vitre épaisse en verre martelé. De part et d'autres du seuil, deux rosiers buissons étaient prêts à laisser éclater leurs bourgeons gorgés de sève printanière. Jacques Briant jeta un coup d'œil circulaire. La peinture des volets avait besoin d'un rafraîchissement, constata-t-il. D'un index ferme, il enfonça le bouton de la sonnette, faisant résonner le timbre d'un carillon. Un bruit de pas feutré ne tarda pas à se faire entendre.

La vitre martelée s'entrebâilla, laissant apparaître la tête ridée d'une femme à cheveux blancs, soigneusement permanentés. Méfiante, sans doute échaudée par les fréquentes sollicitations de ces bonimenteurs du porte-à-porte qui la démarchaient pour lui vendre ce dont elle n'avait pas besoin, la vieille dame lui opposait un visage fermé. Jacques Briant se présenta sobrement, s'enquérant s'il était bien en présence de la personne dont sa mère lui parlait jadis. À l'évocation du nom de Katy, la figure de la vieille dame s'éclaira d'un léger sourire bienveillant. Jacques Briant exposa alors l'objet de sa visite en quelques mots simples. Que savait-elle de Pierre Maurel ? Que cachaient les silences maternels ? Jacques mit sans doute assez de sincérité dans ses propos pour que Clémence Naudy lui demande :

— Et que voulez-vous que je vous dise ?

— Tout !

— Rien que ça ! glosa la vieille dame en haussant les épaules.

— Ma mère n'a jamais voulu me parler de la famille de mon père…

— Elle n'avait peut-être pas tort !

— Mon père ne s'appelait pas Williams Briant, n'est-ce pas ?

— Je ne le pense pas…
— Vous l'avez connu ?
— Votre vrai père ? Mon Dieu, oui ! Nous étions très amis… Mais à quoi bon remuer ce passé douloureux ? soupira la vieille dame.
— Que voulez-vous dire ?
— C'est si vieux tout ça…
— Je veux savoir.
— Qu'est-ce que vous aurez de plus ?
— C'est important pour moi…
— Hériter d'un secret de famille n'a parfois rien d'agréable. Puisque vous y tenez… eh bien, entrez ! dit la vieille dame en s'effaçant pour le laisser passer.

Elle le précéda dans la cuisine toute meublée de Formica rouge, ce matériau stratifié qui avait fait les beaux jours des années soixante. Produit alors par l'usine de Quillan, dans l'Aude, il paraissait bien démodé aujourd'hui. Nombreux étaient-ils à se mordre les doigts d'avoir alors cédé aux sirènes de la modernité en vendant les meubles de famille à des antiquaires pour une bouchée de pain. Par une ironie du sort, leurs enfants et leurs petits-enfants, un quart de siècle plus tard, écumaient les brocantes pour les racheter à prix d'or. En entrant, Jacques Briant jeta un bref regard autour de lui. La pièce respirait l'aisance que les classes populaires avaient acquise à la force du poignet au cours des Trente Glorieuses désormais défuntes.

Au mur, à côté d'un calelh[3] en cuivre jaune, le calendrier des pompiers voisinait avec une grande carte postale de Notre-Dame de Paris. Un peu plus loin, dans un sous-verre encadré d'un jonc de laque noire, reposant sur un fond de tissu ottoman bleu roi, plusieurs décorations, dont la médaille de la Résistance, témoignaient d'une conduite héroïque. Sur une petite desserte, l'écran cathodique d'un poste de télévision faisait défiler les images d'un énième épisode de *Santa Barbara*. En face, deux fauteuils Voltaire invitaient à partager un moment de repos. Leurs accoudoirs étaient recouverts de napperons blancs, patiemment confectionnés au crochet, témoins de longues soirées d'hiver. Elle lui fit signe d'y prendre place.

— Cette histoire a commencé en 1912… J'avais juste dix-sept ans ! souffla la vieille dame en fermant les yeux pour retrouver un passé lointain, enfoui au tréfonds de sa mémoire.

3. Lampe à huile ancienne.

1
La promesse des jours heureux

Les premières lueurs de l'aube caressaient d'une timide rougeur les tuiles romanes de la chapelle de Bensa quand Victor Maurel ouvrit péniblement un œil. Son réveille-matin Japy avait-il sonné ? Il n'avait pas souvenir d'avoir entendu le son aigrelet du marteau tintant sur la cloche qui chapeautait l'instrument. Était-il perdu dans un de ses rêves qui le transportaient comme souvent sur les bords du Touyre, cette petite rivière qui traverse tout le pays d'Olmes pour se jeter dans l'Hers-Vif ? Sans doute plus simplement avait-il dormi d'un sommeil trop profond, la faute à cette délicieuse merlusade dont il s'était copieusement régalé la veille au soir. Arrosé d'une demi-bouteille de vin blanc frais de Limoux aux arômes d'agrumes et de fleurs blanches, assemblage de chardonnay et de chenin, le mélange de morue dessalée et de petits cubes de pommes de terre agrémenté de persillade était un délice.

La maison était calme. Dans le lit, allongée à côté de lui, sa femme Ernestine reposait paisiblement. Victor lui jeta un bref coup d'œil. Par moments, sa respiration se faisait plus lente. Un léger sifflement sortait alors de sa bouche pour mourir sur ses lèvres. Victor Maurel se tourna, essayant de deviner l'heure que le réveil posé sur la table de nuit pouvait bien indiquer. Une pâle clarté filtrait du trou ovoïde qu'un pivert vicieux avait creusé au printemps dernier dans les planches des volets. Il avait beau écarquiller les yeux, elle était insuffisante pour lui laisser distinguer la position des aiguilles sur le cadran. Sans faire de bruit pour ne pas troubler le sommeil de son épouse, il fit glisser le drap de fil qu'il avait déjà repoussé jusqu'à la taille pendant la nuit, chaleur de cette mi-juillet oblige. Puis, posant doucement un pied à terre, il mit les sandales à semelles de corde qui lui servaient de chaussons en été.

En se levant, Victor fit grincer le lit. Ernestine ouvrit un œil ensommeillé. Dans une demi-conscience, elle le vit enfiler son pantalon de toile, une chemise de jour sans faux col et son gilet où son gousset dormait, retenu par une chaîne en acier au fond de la poche. Victor passa derrière le paravent au décor chinois pour procéder à de rapides ablutions. Ernestine l'entendit verser un peu d'eau dans la cuvette en faïence et s'asperger le visage. S'il se taillait lui-même au ciseau la moustache qu'il portait à la gauloise, pour les joues et le menton, son mari ferait comme tous les samedis un détour chez le père Mounié. Le coiffeur, qui faisait aussi office de barbier, se ferait un plaisir de lui rafraîchir le cuir avec son coupe-choux. Ce serait aussi l'occasion de parler politique et d'évoquer les premiers mois de la mandature d'Albert Gabarrou qui, le 12 mai dernier, avait succédé à Hector Roques, banquier et premier magistrat emblématique de Lavelanet depuis plus de vingt ans.

La silhouette athlétique de son mari se découpait dans l'encadrement de la porte de la chambre. Bien qu'il fût près du milieu de la cinquantaine, il conservait cette belle prestance qui l'avait séduite vingt-cinq ans auparavant. Que n'avait-elle conservé elle-même la silhouette des premières années de leur mariage ! Pour cette fille unique d'un viticulteur aisé de Chalabre qui avait reçu une bonne éducation chez les sœurs à Limoux, voir son corps se refléter dans une glace était devenu une épreuve. À l'aube de la ménopause, Ernestine luttait pied à pied contre l'embonpoint qui la gagnait sournoisement pour transformer ses appétissantes rondeurs féminines en bourrelets mal placés. Heureusement, le corset qu'elle portait serré dissimulait l'avachissement de sa chair.

— Tu te lèves déjà ? murmura-t-elle en se tournant vers l'ombre.

— Il est presque sept heures, Ernestine… Tu sais bien que je dois aller chercher Pierre à Foix.

— Crois-tu, mon ami, que j'ai oublié que notre fils arrivait aujourd'hui ?

— Certes, non ! Tu l'attends avec trop d'impatience…

— Veille à ce qu'il n'oublie rien. Tu sais combien Pierre peut être étourdi, surtout cette année. Avec ce départ en vacances avancé de quinze jours, le calendrier du porte-plume ne correspond plus à celui de la charrue !

— Je ferai attention.

— Vérifie aussi le contenu de sa grande malle…

— Je n'y manquerai pas, c'est promis… Allez, il ne faut pas que je traîne si nous voulons être là pour le déjeuner, les pensionnaires sortent à dix heures du lycée.

— Tu vas faire un tour au garage avant de partir ?

— Oui, Mathieu doit dépanner la Panhard-Levassor de Bernadac à la première heure et, quand il n'est pas là pour les mettre au boulot, les gars se tournent les pouces. Ce n'est pourtant pas le travail qui manque…

— Je passerai au garage au retour du marché, vers dix heures. Me voir les incitera peut-être à se montrer plus actifs…

— Ma pauvre Ernestine, soupira Victor Maurel, aux yeux de ces drôles, tu n'es qu'une femme…

— Mon ami, voilà un constat qui justifie le combat des suffragettes d'Emmeline Pankhurst en Angleterre…

— Des pétroleuses ! rétorqua Victor en haussant les épaules.

— Qui luttent pour l'égalité des droits !

— Des hystériques…

— Cette Emily Davison, qui a connu une mort affreuse, le 8 juin, au derby d'Epsom, était pourtant de bonne famille. Toute la presse en a parlé…

— Eh bien, moi, je te dis que les journaux feraient mieux de s'intéresser à autres choses et toi à notre déjeuner ! Sur ce, ma chère, je vais boire mon café, conclut Victor qui goûtait peu l'intérêt qu'Ernestine manifestait depuis quelques mois pour la vie politique, domaine traditionnellement réservé aux hommes.

Ernestine ne répondit pas, affligée du conservatisme que son conjoint, comme de nombreux hommes de sa génération, affichait. Pourtant, au quotidien, Victor se montrait un mari prévenant et un compagnon aimant. En un peu plus de vingt-cinq ans de mariage, elle n'avait guère eu l'occasion de se plaindre de lui. D'un naturel calme et posé, il n'avait jamais fait preuve de cette brutalité bestiale dont nombre d'épouses étaient encore victimes. De même, il n'allait traîner ni dans les bistrots ni dans ces maisons où la fréquentation de femmes vénales se soldait par des maladies honteuses. Mais sans doute Victor était-il encore corseté par son éducation. En ce début de siècle, malgré les spectaculaires progrès scientifiques et techniques de ces dernières années, elle mesurait, ô combien, la domination sociale de l'homme qui ne laissait occuper aux femmes qu'un statut inférieur.

Ernestine soupira lourdement, s'étira comme un jeune chat, puis se redressa pour quitter sa couche à regret. Elle mit son peignoir et, s'installant devant sa table de toilette, saisit le broc décoré d'un bouquet de fleurs roses. Elle versa un peu d'eau dans la cuvette pour se débarrasser de la moiteur de la nuit qui s'attardait sur son visage. Elle insista longuement sur le dessous des yeux, cherchant à atténuer le creusement de ses rides. Revigorée, Ernestine passa un rapide coup de brosse dans ses cheveux qui commençaient à se teinter de fils d'argent. Se sentant plus présentable, elle enfila ses mules et descendit à la cuisine.

Victor était déjà attablé, le dos tourné à la fenêtre, dans la timide luminosité de l'aube naissante. Pour économiser le lampant, il avait ouvert en grand les volets. Une serviette nouée autour du cou, il étalait avec soin quelques cuillères d'une odorante confiture de cerise sur une large tranche de pain. Une petite casserole en fer-blanc, pleine de café, commençait de frissonner sur le réchaud à pétrole en cuivre qui jouxtait la jardinière. Surgi du jardin de curé parsemé de dahlias et de glaïeuls sur lequel ouvrait la cuisine, un chat à la robe couleur feu sauta en souplesse sur le rebord de la fenêtre pour venir se couler en miaulant entre les jambes de Victor.

— Té, Caramel… te voilà ! Où as-tu été rôder cette nuit ? Tu viens te faire pardonner d'avoir encore découché, c'est ça ? Et si on faisait pareil, qu'est-ce qu'elle dirait la patronne, hein ?

Ernestine entra à ce moment-là et fit semblant de lancer un regard noir à son mari. Elle évita le matou qui slalomait entre les pieds des chaises et s'affaira quelques instants autour de l'évier encombré de la vaisselle de la veille. Constatant qu'elle avait oublié de mettre à tremper le plat de la merlusade, elle actionna le manche en bois qui commandait la pompe puisant l'eau dans la citerne. Alimentée par la pluie recueillie sur la toiture de la maisonnée, la citerne était précieuse. Assez grande pour abriter une charrette de foin, elle permettait de s'affranchir de la corvée d'eau à la fontaine du quartier, été comme hiver, dans l'attente de l'hypothétique branchement au réseau qu'on leur promettait. Par saccades, l'eau jaillit en psalmodiant du bec de cuivre qui dominait l'évier de pierre grise.

— Ernestine !

— Quoi ?

— Le café va déborder, prévint son mari en voyant la casserole sur le réchaud s'animer d'un bouillonnement croissant.

— Flûte ! J'ai les mains dans l'eau…

— Café bouilli, café foutu, rétorqua d'un ton badin Victor.

— Bou Diu, éteins vite !

Victor se leva. Il attrapa prestement le manche de la casserole qu'un savant empilage de ficelle isolait de la chaleur. Lorsqu'il le versa dans son bol, le liquide noir crachota. Le café était bouillant. Pour ne pas passer une demi-heure à attendre qu'il refroidisse, il s'empara de la cafetière en tôle émaillée et y ajouta une bonne rasade du café de la veille puis deux pierres de sucre tirées de sa boîte en fer au décor d'une célèbre marque de biscuits nantais. Il se rassit et Caramel en profita pour sauter sur ses genoux. La queue dressée en point d'interrogation, le matou esquissa des grâces dans l'espoir d'obtenir plus vite le petit morceau de sucre qu'il mendiait à son maître chaque matin.

Victor, qui avait reporté sur son chat son trop-plein d'affection depuis le départ de son fils pour le lycée, câlina Caramel. Il enviait parfois l'indépendance du matou, sa désinvolture quand il promenait son regard dominateur sur le monde qui l'entourait. Tout en agitant sa petite cuillère pour mélanger sucre et café, il caressa, de la main gauche, l'échine du félin. En arrivant dans la zone où la patte arrière s'articule avec le dos, il accrocha une aspérité dans le poil soyeux. Il fronça les sourcils et examina le bourrelet. C'était une croûte de sang frais, juste coagulé. Sans doute le matou, à la réputation bien établie de rôdeur, avait-il pris part à quelque bagarre pour la conquête du cœur d'une demoiselle…

— Ah, vieux fripon ! Tu t'es fait moucher, on dirait ! Tu vois ce qu'il en coûte de courir la gueuse !

— Il s'est encore battu ? demanda Ernestine.

— Hé, bien sûr… Toutes les nuits, il cavale avec les filles du quartier !

— Un jour, ton estafier, il finira par prendre un coup de fusil !

— Ne parle pas de malheur !

— À miauler comme il le fait sous les fenêtres des voisins, il doit en déranger plus d'un…

— Qui lui voudrait du mal à mon pauvre Caramel ? répondit Victor en accentuant ses caresses sur le dos du chat qui ronronnait doucement.

Son café avalé, Victor essuya sa moustache poivre et sel qui avait trempé dans le café et rendit sa liberté à Caramel. Dépité par l'arrêt des cajoleries de son maître, l'animal fit le gros dos. Victor jeta un coup d'œil par la fenêtre. Dans le cerisier, un merle se goinfrait consciencieusement des dernières guignes noires, les disputant à un couple de moineaux belliqueux. L'aube était lumineuse, annonciatrice d'une belle et chaude journée d'été. Un jour heureux puisque, ce samedi-là, Pierre, leur fils unique, rentrait à la maison. Victor enfila une veste en toile beige, se coiffa de son canotier de paille dont il ajusta l'angle devant le miroir en pitchpin. Dans un geste familier, il lissa les crocs de sa moustache, confortant la mâle expression de son visage. Satisfait de son examen, il se retourna et déposa comme chaque matin un léger baiser sur le front d'Ernestine qui lui répondit d'un sourire.

Sortant de la cuisine, Victor saisit dans le couloir le guidon de sa bicyclette, un vélocipède de la marque Griffon, une solide machine fabriquée à Courbevoie et dont il était le dépositaire pour le pays d'Olmes. Il ouvrit la porte et, une fois dans la rue, le pied gauche sur la pédale, prenant de l'élan, il enfourcha son vélo. L'air était diaphane et il éprouvait un réel plaisir à pédaler dans les rues par ce petit matin de juillet. Le garage, une affaire montée par son forgeron de père, n'était qu'à une encablure de la maison. Les rues bruissaient d'une foule de passants plus ou moins pressés, bien souvent des façonniers allant embaucher dans les nombreux ateliers et usines textiles de la ville. Juchés sur leurs vélos, un panier en osier sur le porte-bagages, un bigou sur l'épaule, le mégot aux lèvres, quelques tâcherons se mêlaient à la cohorte des ménagères se hâtant vers le marché. Ces femmes, à la mise modeste, allaient s'approvisionner en volailles et fromages pour compléter les fruits et légumes produits dans les jardins familiaux. Au coin de la rue, le dos voûté par trente-cinq années de labeur, un cantonnier rebouchait méthodiquement un nid-de-poule.

Malgré l'heure matinale, on était loin ici du calme des soulanes des montagnes proches où les troupeaux paissaient paisiblement. Partout, d'un quartier à l'autre de la ville, s'élevait une rumeur sourde. Cadencé à un peu plus de soixante-dix coups par minute, le cliquetis métallique ressemblait à un battement de cœur : c'était celui des centaines de métiers à tisser au rythme desquels la cité ouvrière de Lavelanet vivait au quotidien. Cette activité industrieuse n'était pas l'apanage des seuls fabricants de draps comme les Dumons, les Pidoux, les Rondière ou les Couquet. Chaque foyer en avait un, bien souvent installé dans la pièce à vivre. En croisant et décroisant chaîne et trame pour créer des rouleaux de drap de différentes laizes par le passage de la navette, les métiers emplissaient les rues d'un staccato infernal auquel les habitants ne prêtaient plus attention.

Victor, d'un coup de pédale que l'habitude rendait souple, les bras tendus sur le guidon de sa machine, roulait tranquillement vers le garage, sifflotant l'air de *Viens, poupoule*, un succès de Félix Mayol. Le vent tiède de juillet portait l'odeur chaude et puissante de l'ensimage. Il dépassa quelques voitures à cheval, contourna une jardinière tirée par une pouliche alezane. Au fil des rues, comme dans les arrière-cours, s'entassaient, pêle-mêle, dans de grands sacs en jute, bobineaux de fil vides et ensouples. Plus Victor approchait du centre, plus le nombre de paysans venus vendre poules, lapins, œufs, fruits et légumes de leur « hort » augmentait, ce qui ne manquait pas d'occasionner maints embouteillages entre lesquels il se faufilait, telles les rares truites du Touyre, la rivière de Lavelanet polluée par les apprêts de l'industrie textile.

Bientôt, Victor parvint devant le garage. La double-porte surmontée de l'enseigne « Maurel, cycles et automobiles » était grande ouverte, histoire de faire rentrer un peu de fraîcheur matinale pour dissiper la moiteur poisseuse de l'ancienne forge devenue atelier de réparation à l'avènement de la voiture à pétrole. Une plaque en tôle émaillée faisant la réclame pour le Bibendum de Michelin accueillait le client à l'entrée du garage encombré de toute une collection de vélos et de motos de marque Peugeot ou Terrot. Dans un coin, une charrue à double brabant, dont le coutre attendait une soudure, voisinait avec un moulin à blé noir découvrant la complexité de ses engrenages intimes. À l'intérieur de ce royaume mécanique empuanti d'une odeur tenace d'huile et de graisse, une belle De Dion-Bouton verte, un modèle 15/18 HP double phaéton, jouxtait une Renault 1910 type BK de couleur rouge et noire, capote baissée, chaleur de juillet oblige. Les deux voitures avaient le capot ouvert. Penchée sur celui de la Renault, la partie inférieure du tronc d'un homme dépassait, comme avalée par la mécanique.

L'ouvrier s'affairait dans les profondeurs du moteur. Dans la demi-pénombre, une fesse négligemment posée sur un fût d'huile, un type à la quarantaine confirmée le regardait faire. Vêtu d'un bleu de chauffe rapiécé aux genoux, le mégot coincé à la commissure des lèvres, il avait remonté les manches de sa chemise sur ses avant-bras. Il faisait face à un petit jeune, la casquette relevée sur le front, assis sur un tas de pneumatiques usagés. À leurs côtés, agrippé au manche de son balai de bruyère comme un moule à son rocher, un « gafet[4] » d'une quinzaine d'années bâillait à s'en décrocher la mâchoire. Seul signe d'agitation matinale, le bruit du marteau tapant sur un chasse-goupille résonnait, ponctué de temps à autre par un « macarel » sonore. L'apparition de Victor dans l'encadrement de la porte les tira de leurs rêveries.

4. Jeune apprenti.

— Il y en a que le travail fatigue pas beaucoup…, lâcha Victor en fronçant les sourcils devant l'inertie de ses ouvriers.

— Hé, faut bien qu'on souffle un peu !

— Souffler ? Bientôt, vous serez comme les cantonniers ! Vous aurez un durillon sous le menton à force d'appuyer votre tête sur le manche de la pelle pour regarder travailler les autres !

— On vient juste de s'arrêter, patron !

— Mathieu est parti en dépannage ?

— Oui, il ne rentrera pas avant midi.

— Hum… Il a fini de remonter le carburateur de la De Dion-Bouton ? La voiture est prête ?

— Oui, elle l'est.

— Mathieu l'a essayée ?

— Non, il n'a pas eu le temps…

— Le docteur Pousse doit venir la chercher en fin d'après-midi. Fais-moi le plein et vérifie les niveaux. Je vais la prendre pour aller chercher mon fils à Foix.

— La classe se termine bien tôt cette année.

— Il vous donnera la main ici.

— Je vous mets un bidon de cinq litres de pétrole en réserve ?

— Oui, c'est plus prudent… Quand tu auras fini, faudra que tu regardes le vélo de la veuve Caralp. Elle est encore passée hier soir voir si on lui avait réparé ses freins et le cadre…

L'ouvrier acquiesça. Pendant qu'il fermait

le capot du moteur 4 cylindres borgnes bi-bloc développant 15 CV fiscaux de la De Dion-Bouton, Victor grimpa trois marches pour atteindre l'appentis vitré où il avait aménagé quelques années plus tôt un petit bureau. Saisissant un formulaire commercial dans le classeur à rideaux, il s'assit à une table de bois blanc maculé de taches de graisse. Ouvrant son encrier, il rédigea, à la plume Sergent-Major, la facture de la réparation de la voiture du médecin. Il mit toute son application à calligraphier la note, témoignant de cette science des pleins et déliés que son maître, M. Delbosc, lui avait jadis enseignée sur les bancs de l'école communale. Puis, d'un coup de buvard, il sécha l'encre violette et relut la facture avec la satisfaction du travail bien fait.

À travers la vitre recouverte d'une pellicule grasse, Victor jeta un coup d'œil dans l'atelier. « Mon arrivée a remis les types au travail », constata-t-il. Tandis que le « gafet », pour faire oublier sa nonchalance, s'activait à balayer la sciure que l'on répandait dans le garage afin d'éponger les suintements d'huilc, Rogcr, un chiffon à la main, contrôlait soigneusement le niveau de la jauge de la De Dion-Bouton. Son examen terminé, l'ouvrier tourna la manivelle, chercha le point de compression et, d'un coup de poignet sec, il lança le moteur qui hoqueta deux ou trois fois avant de démarrer franchement et faire entendre le chant harmonieux des pistons. Victor le vit alors passer un chiffon propre sur la calandre et les phares en cuivre jaune, puis s'installer au volant pour sortir la voiture du garage enfumé par les gaz d'échappement.

Satisfait, Victor sortit de son bureau. Il traversa l'atelier, promenant son regard sur les uns et les autres, s'attarda un instant pour répéter une dernière fois ses consignes de la matinée, s'assurant que chacun avait bien compris. Puis il grimpa sur le marchepied du double phaéton dont le moteur tournait avec les sonorités onctueuses des belles mécaniques. La banquette, recouverte d'un cuir noir capitonné, était des plus confortables. Bien assis, la casquette solidement vissée sur la tête, il ajusta les lunettes protégeant ses yeux de la poussière et du vent. Victor desserra le levier du frein et la De Dion-Bouton prit paisiblement la direction de la sortie de la ville pour gagner, au terme d'une longue montée en ligne droite, le hameau des Chaubets.

En cette année 1912, faute d'une liaison ferroviaire entre Foix, Lavelanet et Quillan, et ce malgré la construction d'un début d'ouvrage à Celles et Saint-Paul-de-Jarrat, la route restait, pour les gens du pays d'Olmes, le seul moyen de rejoindre la préfecture de l'Ariège. Classée « chemin de grande communication », appellation des départementales d'alors, la route offrait une alternance de belles lignes droites et de tronçons plus tortueux dans les secteurs pentus. Même la côte du petit col de Nalzen était un jeu d'enfant pour cette belle et grande automobile. Un peu moins d'une heure plus tard, il entrait dans la vallée de l'Ariège, passait près du pain de sucre de Montgaillard, là où le Scios se jette dans la rivière qui donne son nom au département.

Bien qu'on ne fût pas, ce samedi, comme à Lavelanet, jour de marché, la ville de Foix témoignait d'une belle animation en cette fin de matinée. Traversant l'Ariège sur un pont de pierre encombré de charrettes, il atteignit le cœur de la vieille ville qui, construite au pied des trois tours légendaires d'un château fort, avait débordé de son cadre médiéval. Délaissant le dédale des venelles souvent maculées de crottes de chien et les petites rues étroites aux caniveaux ponctués de déchets ménagers, Victor remonta, par la rue Labistour, vers les allées de Villote sur lesquelles veillait depuis 1882 la statue du conventionnel Lakanal, l'un des pères de l'école publique. Une foule d'élégantes chapeautées et de messieurs en canotier de paille ou melon flânait à l'ombre des platanes, faisant halte sur les nombreux bancs qui parsemaient l'esplanade. Même si la population de la petite préfecture était habituée à voir de belles automobiles, la magnifique De Dion-Bouton, qui brillait de tous ses cuivres sous le soleil de juillet, valut des regards envieux à Victor.

Tournant à droite à la hauteur du triste collège de jeunes filles, Victor dépassa la halle style Baltard pour se diriger vers le Grand Bazar parisien et l'hôtel de ville. Avant d'arriver à l'hôtel de la Caisse d'Épargne, un magnifique édifice moderne érigé en 1911 selon les plans d'Émile Sauret, l'architecte de la ville, en haut de l'esplanade de Villote, Victor Maurel tourna à gauche pour prendre la rue du lycée qui avait été inauguré en grande pompe vingt-cinq ans plus tôt, en 1887. La voiture roulait au pas. En ce premier jour des vacances scolaires, elle était engluée dans une foule de potaches de tous âges, la gibecière au dos, escortés de leurs parents, les bras chargés de paquets et de valises. Une centaine de mètres après le bâtiment en pierre de taille de la Banque de France qui nichait sa construction classique à l'abri d'un porche imposant, le lycée de Foix dressait sa majestueuse façade de briques rouges derrière une grille en fer forgé.

Victor trouva à se garer devant la belle demeure appartenant à Raoul Lafagette. Qui ne connaissait pas cet homme de lettres surnommé le poète des Pyrénées, ami de Frédéric Mistral et d'Alphonse Daudet ? Ce membre du félibrige de la seconde moitié du XIXe siècle, ardent défenseur du régionalisme, avait fait de ses racines la source de son œuvre poétique. En cet âge d'or de la Belle Époque où le patois constituait encore la langue courante des classes populaires provinciales, cette gloire littéraire locale jouissait du respect unanime de ses concitoyens. Le temps de serrer le frein à main, une poignée d'élèves, qui sortaient du lycée en courant, se massa devant la De Dion-Bouton, admiratifs. Avec un sourire bon enfant, Victor les chassa d'un revers de casquette. Les galapiats s'égayèrent dans la rue, le cartable aux épaules, piaillant, à l'image de ces nuées de moineaux peuplant les platanes de l'esplanade et dont les déjections recouvraient les bancs de la promenade.

D'un pas décidé, Victor franchit la grille où couraient, au printemps, les pampres d'une luxuriante glycine. Il gravit les marches et pénétra dans le hall de l'établissement. Dans de grandes jardinières, de belles plantes vertes ombrophiles s'épanouissaient à la faveur de la fraîcheur que les murs épais contribuaient à entretenir. Instinctivement, il ôta sa casquette, un peu intimidé dans cette cathédrale d'un savoir secondaire qui lui était peu familier. Lui s'était arrêté au certificat d'études primaires, faute d'être né dans une famille bourgeoise. Le nez en l'air, il promenait un regard quelque peu perdu sur les grandes baies vitrées, quand le concierge, vêtu d'une blouse grise, surgit de sa loge comme un diable de sa boîte.

— Monsieur… Monsieur ?

— Je viens chercher mon fils, expliqua Victor.

— Comment s'appelle-t-il ?

— Maurel… Pierre Maurel. Il est en classe de mathématiques élémentaires…

— C'est un pensionnaire ?

— Oui, nous habitons Lavelanet.

— Dans ce cas, vous le trouverez probablement près de la salle de permanence. Traversez le jardin et suivez la coursive de droite. Vous ne pouvez pas vous tromper. Les internes entreposent leurs affaires salle B1 en quittant les dortoirs. Votre fils sera sûrement dans les parages.

Victor le remercia et poussa la porte vitrée qui donnait sur un charmant jardin délicatement festonné de massifs de buis bien taillés où s'épanouissaient rosiers tiges et pieds de pivoines. Au pied d'un cèdre de belle allure, quelques poissons rouges tournaient mélancoliquement dans un bassin circulaire, passant de l'ombre au soleil. Empruntant la galerie qui courait sous les arcades de briques rouges, Victor croisa deux professeurs en grande conversation. Poursuivant son chemin, il délaissa une cour ombragée de platanes pour atteindre la salle que le concierge lui avait indiquée. Accoudés nonchalamment sur les barres de fer qui reliaient les arches de briques, un groupe de grands élèves bavardait en se donnant des airs d'adultes.

Parmi eux, Victor reconnut son fils. Assez grand, bien bâti, Pierre arborait en cette fin de matinée de juillet une veste de sport légèrement cintrée à la taille par une martingale, une chemise claire à faux col fermée d'un ruban marron et un pantalon de toile, le tout complété par une casquette à carreaux. Un léger duvet lui fleurissait la lèvre supérieure. Le jeune homme cultivait avec soin cette pilosité naissante, en lissant parfois les pointes d'une once de cirage. Pierre était persuadé que cet attribut le rendait plus mâle, amplifiait un pouvoir de séduction qu'il cherchait à affirmer auprès des jeunes filles croisées sur les bancs de la promenade à l'occasion des sorties dominicales.

En l'apercevant, le visage du père s'éclaira d'un sourire bon enfant. Pierre se redressa, un peu surpris par l'irruption paternelle en ce lieu dévolu aux élèves. Rougissant, il présenta sobrement Victor à ses camarades présents. Puis, peu désireux par un reste de pudeur adolescente de le voir prendre langue avec ses compagnons, il entraîna son père vers la salle de permanence où les internes avaient rassemblé leurs impedimenta. Parmi les valises et les innombrables paquets qui s'entassaient dans un désordre digne d'un magasin d'objets trouvés, Victor aperçut la malle chiffonnière de son fils. Son voisin, menuisier, l'avait spécialement fabriquée pour le départ de Pierre au lycée de Foix. Équipé de roulettes, le coffre de forme rectangulaire s'ouvrait en deux. Un côté était équipé de tiroirs pour y accueillir chemises et caleçons et l'autre, pourvu de cintres, afin d'y suspendre vestes et pantalons. Victor saisit la malle par la poignée en cuir.

— Attends, papa, j'ai aussi cette petite valise pour mes affaires…

— Ta gibecière ne te suffit pas ? répondit Victor en fronçant les sourcils.

— Pour les livres de classe, oui, mais j'en ai reçu d'autres à la distribution des prix !

— C'est vrai que tu t'es couvert de gloire cette année ! Le prix d'excellence, un premier prix en mathématiques, en physique, des accessits à la pelle… Je suis fier de toi !

— Dommage que vous n'ayez pu assister à la cérémonie. C'est le préfet en personne qui m'a remis la couronne de lauriers !

— Ah, Pierre… ta mère et moi avons beaucoup regretté d'avoir manqué ton triomphe samedi dernier ! Hélas, l'enterrement de la tante Eugénie était le même jour. Personne n'aurait compris notre absence…

— D'autant que nous sommes ses seuls héritiers.

— Oui, il faut d'ailleurs que j'aille voir maître Fourié, le notaire…

— Elle vous laisse beaucoup d'argent ?

— Comment savoir ? En dehors de la petite maison au pied de Sainte-Ruffine que tu connais, elle n'affichait guère des goûts de luxe. Eugénie n'était pas du genre dépensier. Bien que née dans une famille de modestes boutiquiers, à force d'économies et de privations, elle jouissait d'une relative aisance. Peu lui importait que son tablier soit élimé ! Elle continuait à épargner pour les jours mauvais.

— Excepté un bonbon de temps à autre, elle ne m'a jamais rien donné !

— Pour elle, un sou était un sou… Elle achetait les légumes défraîchis en fin de marché, pour les payer moins cher. Combien de fois l'ai-je vue ramasser des fruits pourris pour faire sa confiture ! Mes parents la traitaient d'Auvergnate et ils n'avaient pas tort !

Victor et Pierre avaient regagné l'entrée du lycée par les galeries. Saluant courtoisement au passage le concierge tapi en embuscade derrière le guichet de sa loge, ils franchirent le seuil de l'établissement pour atteindre le perron qui se terminait par une cascade de marches de grès blanc. En haut de l'escalier, dans les rumeurs assourdies qui lui parvenaient de la ville, Pierre respira à pleins poumons l'air tiède de juillet. En ce premier jour de vacances, avec la porte du lycée s'ouvraient pour lui les chemins de la liberté. Que n'avait-il rêvé de ces congés d'été quand il transpirait sur un thème latin ou que la trigonométrie lui donnait des migraines ! Dans la rue, les ménagères enchapeautées s'éloignaient du centre-ville. Le panier chargé de provisions, elles rejoignaient les pimpantes maisons fraîchement construites dans les quartiers qui poussaient désormais au-delà des allées de Villote, vers le château de Lauquié.

Victor hissa la malle sur la banquette arrière. Il veilla avec soin à ce que les coins en cuivre jaune de la chiffonnière ne détériorent pas le magnifique capitonnage en cuir. D'un bref coup de poignet qui trahissait une longue expérience, il démarra à la manivelle la De Dion-Bouton. Le moteur s'anima de la vie mécanique des cylindres en un bruit sourd rassurant. Installé au poste de conduite, Victor le laissa prendre toute sa puissance. Quand il jugea à l'oreille qu'il avait atteint un régime acceptable et régulier, il ajusta ses lunettes sur ses yeux, desserra le frein à main et manœuvra le levier au volant pour passer la première des trois vitesses. La voiture s'élança. Rapidement, ils sortirent de la ville de Foix, passèrent le bourg de Montgaillard pour prendre la route de Lavelanet au carrefour de la Charmille.

Rouler avec cette belle De Dion-Bouton en cette mi-juillet était un vrai plaisir. Aux côtés de son père qui s'adonnait aux joies du pilotage sous la tiède caresse du soleil, Pierre savourait sa joie de rentrer à la maison. Grisé par le vent qui fouettait son visage, il fermait les yeux par moments pour se laisser bercer par les vibrations. Ah qu'il aurait aimé conduire cette magnifique routière ! Hélas, il était loin d'avoir l'âge requis pour obtenir le certificat de capacité, fixé par décret à vingt et un ans depuis 1899. Certes, Victor lui avait appris les rudiments mais pas question pour autant de le laisser sillonner la ville au volant d'une voiture. Il l'autorisait tout juste à sortir de l'atelier les véhicules dont les réparations étaient terminées. Un accident était si vite arrivé ! Nombre d'habitants en étaient restés ici à l'âge technologique de la vitesse du pas du cheval. Les jours de marché, quand la petite ville grouillait de la foule des paysans venus vendre la production de leur jardin, combien d'inconscients continuaient à traverser places et rues sans faire attention à ces bolides qui surgissaient de toute leur puissance mécanique sans crier gare ?

Pierre ne se lassait pas de regarder le paysage. Les fruits mûrissaient dans les vergers aux abords des villages : poires au couteau, pommes à cidre ou à croquer, figues blanches, prunes rouges ou mirabelles jaunes, nommées communément ici « gasquets », apportaient leur modeste contribution à la richesse d'un terroir de piémont où l'élevage concurrençait la culture du blé et du sarrasin, ce « gabatch » qui, à la saison, recouvrait les terres pauvres de fleurs blanches que butinaient les abeilles. Sans pousser la mécanique, Victor Maurel maintenait une bonne allure, ne ralentissant qu'aux abords des villages et des hameaux où un danger imprévu, homme, chien ou bête, pouvait toujours surgir.

Midi venait de sonner quand la De Dion-Bouton s'engagea dans la descente des Chaubets qui menait à Lavelanet. Victor avait levé le pied, laissant la voiture aller par elle-même, attentif à sa seule trajectoire. Le marché touchait à sa fin et, en un flot de charretons, les paysans regagnaient leurs bordes et leurs métairies. L'automobile s'arrêta devant la maison dans le crissement saccadé d'un frein à pied aléatoire. Victor étouffa le moteur qui s'éteignit en un ultime hoquet. En descendant du marchepied, Pierre releva les lunettes sur son front. Le bruit sourd des métiers remplissait l'azur. D'une profonde inspiration, il huma l'air chargé des odeurs d'apprêt de la capitale du pays d'Olmes. Sans prendre le temps de décharger sa malle, il abandonna Victor et courut embrasser sa mère qu'il n'avait pas serrée dans ses bras depuis les vacances de Pâques.

Pour Ernestine, le retour de Pierre était un jour de fête. Elle l'attendait depuis des semaines, rongeant son frein en silence dans une sorte de douleur muette. Elle était en train de faire un peu de vaisselle dans l'évier de pierre grise de sa cuisine quand elle entendit le moteur de la voiture. Elle leva aussitôt la tête. Au son du pas qui résonnait sur les tomettes rouges du couloir, son cœur se mit à battre plus fort. Elle s'essuya rapidement les mains à un torchon. Avant qu'elle n'ait eu le temps d'arranger son chignon, la porte de la cuisine s'ouvrit et la silhouette de Pierre s'encadra dans le chambranle de bois ciré. Un éblouissant sourire illumina le visage d'Ernestine, tandis que son fils se précipitait dans ses bras.

— Ah, mon petit, mon petit…

— Maman !

— Mon Dieu, si tu savais ce que tu m'as manqué…

Ernestine le couvrit d'une avalanche de baisers à lui couper le souffle. Quand elle fut rassasiée, Pierre dut faire face à des questions aussi désordonnées qu'anecdotiques. Bien qu'il lui écrivît très régulièrement, Ernestine voulait tout savoir. Tout y passa : la cantine, les heures d'études, ses camarades, les professeurs, la distribution des prix qu'elle se reprochait d'avoir ratée… Sous l'œil amusé de son père qui se lavait les mains, Pierre se plia à l'exercice de bon cœur. Il s'efforçait de répondre le mieux possible et ne se formalisait pas de ce trop-plein d'affection que manifestait Ernestine chaque fois qu'il revenait pour les vacances.

— Laisse-le respirer ! Passons plutôt à table, jeta Victor pour mettre un terme à ces effusions.

Comme chaque fois qu'il rentrait de pension, Ernestine s'était fait un devoir de mettre les petits plats dans les grands. L'arrivée de Pierre, c'était pour elle le retour du fils prodigue. En bonne mère de famille, elle savait mieux que quiconque qu'à la cantine du lycée l'alimentation était généralement assez roborative. L'économe avait pour consigne de nourrir correctement tous ces jeunes gens au moindre coût. Il s'agissait avant tout de remplir des ventres qui avaient un solide appétit, pas de faire de la gastronomie. Les légumes secs faisaient donc partie du régime de base. Les menus que le chef préparait avec la régularité d'un métronome manquaient singulièrement d'originalité. Ainsi, du 1er octobre aux vacances d'été, les commensaux étaient assurés de trouver dans leur assiette des lentilles le lundi, un bœuf bourguignon le mardi, qui n'avait de daube que le nom, un gratin de pommes de terre qui se voulait dauphinois le mercredi. Le jeudi, c'était le jour des haricots qu'on nomme ici « mounge », le vendredi, celui de la morue, inévitablement servie avec des pommes de terre, le samedi, celui de la choucroute. Les dimanches, où seuls les internes prenaient place à la table commune, comportaient une note de fantaisie.

Pour lui faire oublier la morne cuisine de l'internat et bien que ce ne fût pas trop de saison,

Ernestine lui avait préparé un azinat[5], comme sa grand-mère Anna lui avait appris à le faire. Cette potée au chou à la mode ariégeoise avait cuit à feu doux toute la matinée sur la jardinière tandis qu'elle allait au marché, embaumant la cuisine de la puissante odeur du terroir. Ses premières bouchées goulûment avalées, Pierre leur confia ses aspirations. Ses excellents résultats lui ouvraient bien des espérances. À l'issue de cette Mathelm qui lui avait accordé le titre envié de bachelier ès sciences, son admission en taupe le faisait entrer dans le monde des « trois demis». S'il réussissait son année de mathématiques spéciales, il pourrait, au terme d'un difficile concours, intégrer une école d'ingénieurs. Passionné de mécanique, il se voyait déjà travailler dans l'automobile ou, mieux encore, dans cette aviation balbutiante.

Victor écoutait son fils raconter l'avenir qu'il s'imaginait. Un sourire d'admiration s'affichait sur ses lèvres. Il était fier de lui. Pierre avait une ambition légitime. À eux de la soutenir ! Malgré les bruits de bottes qui faisaient frémir l'Europe après quarante années de paix, malgré le coup d'Agadir où l'Allemagne avait envoyé une canonnière pour arrêter l'expansion coloniale de la France au Maroc, l'époque était à l'espérance.

5. Potée de légumes à base de chou, enrichie de petit salé, de plat de côte et de saucisson de couenne.

Le progrès se répandait, les salaires augmentaient, favorisant l'émergence de la classe ouvrière qui arrivait désormais à vivre décemment. Dans cette France où la rente à trois pour cent était une valeur sûre, une invention en chassait une autre, conjuguant le progrès au quotidien. La jeunesse de toute l'Europe n'avait-elle pas poussé des vivats unanimes lorsque Blériot avait traversé la Manche en 1909 ? Malgré la persistance de certaines habitudes, même les campagnes profondes ouvraient désormais un œil sur le modernisme. L'esprit d'entreprise vivifiait l'économie locale et ici, dans ce pays d'Olmes où le textile demeurait l'activité dominante, la crise de la fin du siècle n'était plus qu'un mauvais souvenir. D'ailleurs, la population des bourgs augmentait. Loin d'aller à l'encontre des rêves de son fils, Victor voulait croire en l'avenir radieux auquel le jeune homme aspirait.

— Dis-moi, tu es passé au garage ce matin ? demanda Victor à sa femme.

— Oui… Malgré mon sac de provisions qui pesait un âne mort, j'ai fait le détour…

— Et alors ? Mathieu était déjà rentré du dépannage ?

— Il est arrivé en même temps que moi.

— Que faisaient les autres ?

— Roger soudait un cadre de vélo et Jeannot avait démonté le moteur de la Renault du pharmacien. Il y en avait partout…

— Et le petit Milou ?

— Il balayait la sciure…

— Encore… Il aura passé la matinée à ça !

— Les gars font le boulot, mais en prenant leur temps.

— Ce n'est pourtant pas le travail qui manque, répondit Victor.

— Hélas, la chaleur ne les incite pas à l'ouvrage, fit Ernestine.

— Faut que j'y aille, annonça Victor en finissant la délicieuse part de tarte qu'Ernestine avait parfumée d'une cuillerée d'abricotine, cette liqueur qu'elle concoctait en faisant macérer des noyaux d'abricots.

— Attends-moi, papa, je t'accompagne !

Repoussant son assiette, Pierre s'était levé, la bouche encore pleine. Victor esquissa un sourire. Il n'ignorait pas le plaisir que Pierre prenait depuis tout petit à rôder au garage. Gamin, il passait de longues heures à y monter et remonter les pédaliers des vélos. La passion pour la mécanique ne l'avait pas quitté à l'aube de l'adolescence et il manifestait un réel savoir-faire dans l'art de régler le ralenti d'un moteur. Que de satisfaction pour son père de voir que Pierre aimait le parfum âcre des gaz d'échappement, l'odeur fade de la graisse, le son clair du marteau rivetant le métal. Pour celui que les ouvriers du garage Maurel taxaient dans son dos de « jeune boutonneux », le bruit des moteurs au démarrage apparaissait tout aussi majestueux que cette *Symphonie du Nouveau Monde* que Dvořák avait composée quelques années plus tôt durant un séjour aux États-Unis.

Il était un peu plus de trois heures de l'après-midi quand, dans l'air brûlant de juillet qui écrasait Lavelanet d'une chape de plomb, Victor et son fils montèrent dans la De Dion-Bouton, les manches de chemise retroussées sur l'avant-bras. À Ernestine le soin de débarrasser la table ! Les deux hommes avaient été surpris par la chaleur suffocante qui les avait cueillis à la sortie de la maison. Les rues étaient presque désertes, les volets des maisons clos pour garder un peu de fraîcheur. Les rares habitants qu'ils croisaient se réfugiaient sous les arbres. Traîner son ombre serait presque devenu fatigant. Dans la cité ouvrière, même le bruit des métiers paraissait avoir ralenti. Il ne leur fallut pas longtemps pour arriver au garage. Victor s'engagea sous le porche pour mettre la voiture à l'ombre. Pierre sauta lestement du marchepied. Il huma l'air lourd de l'atelier. Une odeur poisseuse de graisse mêlant des relents d'huile de vidange et de ferraille le saisit à la gorge. Un sourire éclaira son visage juvénile. Il était chez lui !

2
Un amour de vacances...

Pierre fit rapidement le tour de l'atelier. Une accolade par-ci, une poignée de main par-là, il retrouvait avec joie l'univers familier de son enfance. Il aimait la mécanique et mettre les mains dans le cambouis ne le dérangeait pas. Quoiqu'il fût bachelier, c'est-à-dire presque un savant aux yeux de ceux qui travaillaient ici, tenir une lime pour rectifier un alésage n'était pas pour lui déplaire. S'il se rêvait ingénieur, il ne s'imaginait pas gratter à longueur de journée des intégrales sur une feuille de papier dans un cabinet poussiéreux, pur esprit déconnecté des choses de la vie. Les senteurs de l'huile de ricin, celles de la graisse de pied de bœuf, dont on lubrifiait le cuir des courroies pour les assouplir, l'odeur du charbon de la forge, les fumerolles blanches du trempage d'une pièce lui parlaient plus qu'un raisonnement abstrait. Pragmatique de nature, il cultivait l'amour du concret, cherchant des solutions pratiques aux problèmes rencontrés.

Le temps de donner quelques consignes à ses gars et Victor avait grimpé dans le local qui lui servait de bureau, laissant son fils aller et venir sous l'œil bon enfant des ouvriers. La présence du jeune homme leur fournissait une occasion légitime de manifester moins d'ardeur au travail. Malgré le portail largement ouvert, l'atmosphère était presque irrespirable en ce milieu d'après-midi. Les clients se faisaient rares, terrés chez eux comme des grillons au fond de leur trou. À intervalles réguliers, les employés buvaient à la régalade à de grandes bouteilles stockées dans une comporte remplie d'eau refroidie par un demi-pain de glace. Parfois, l'un d'eux y plongeait son mouchoir crasseux pour l'humecter et rafraîchir un peu son visage nimbé de sueur.

Pas question pour Pierre, en tenue de ville, de mettre la main à la pâte, de plonger les mains dans le cambouis pour aider l'un ou l'autre des ouvriers qui s'affairaient à l'établi ou dans les entrailles d'un moteur. Ce n'était pas l'envie qui lui manquait mais il ne voulait pas prendre le risque de salir son costume du dimanche. Tout juste passait-il à Jeannot clés anglaises et tournevis, se tenant à l'écart de Roger qui maniait avec dextérité le chalumeau oxyacétylénique, promenant le dard de feu à quelques millimètres des pièces qu'il soudait. Sans être devenu une ruche bourdonnante, l'atelier bruissait des gestes simples du travail ordinaire, quand la silhouette gracile d'une jeune femme chapeautée et se protégeant d'une ombrelle de dentelle écrue s'encadra dans l'embrasure du portail. Instinctivement, Pierre leva la tête. Malgré le contre-jour qui ne permettrait pas de distinguer la pureté de ses traits, il la reconnut tout de suite. C'était son amie d'enfance…

— Clémence ! s'écria-t-il en esquissant un large sourire.

— Pierre…, répondit-elle en se précipitant vers lui, avec juste ce qu'il convient de retenue.

— Tu es toujours aussi rayonnante…

— Et toi toujours aussi flatteur !

— Cette robe te va à ravir, lâcha-t-il en dévorant des yeux la taille haute qui mettait en évidence sa poitrine ferme.

— Tu es un brigand ! murmura-t-elle en n'osant lui avouer qu'elle avait mis cette robe rien que pour lui.

— Ce n'est pas pour te déplaire, il me semble ?

— Betassou ! fit-elle, rougissante, avant de lui tendre sagement la joue pour qu'il y dépose un chaste baiser.

Pierre et Clémence se connaissaient depuis l'enfance. Sans avoir partagé les bancs de la communale qui séparaient les garçons des filles, habitant la même rue, ils avaient été compagnons de jeu durant leurs années d'innocence. Fille d'instituteur, studieuse et appliquée, Clémence envisageait d'embrasser le même métier que son père Anatole et sa mère Antoinette. Elle entamerait, à l'issue des grandes vacances, sa dernière année à l'EPS. Au terme d'une scolarité irréprochable, le brevet supérieur lui ouvrirait peut-être le chemin de l'école normale. Encore faudrait-il réussir ce concours difficile qui n'offrait qu'une douzaine de places pour plus de soixante-quinze candidates. Un rêve qu'elle caressait et dont Pierre n'ignorait rien. Combien de fois lui avait-elle confié ses souhaits les plus chers alors qu'il venait chercher quelques livres à la bibliothèque de l'école que dirigeait son père.

À l'adolescence, le regard qu'ils posaient l'un sur l'autre avait imperceptiblement changé. Si Pierre, passionné de sport, pensait surtout à se dépenser physiquement pour se positionner en gymnaste accompli, Clémence, toute en douceur, délaissant le jeu de la marelle ou du carré magique, baissait pudiquement les yeux devant son œil de mâle qui admirait ses formes, une manière comme une autre de lui faire comprendre qu'il ne lui était pas indifférent. À la dérobée, Pierre regardait avec gourmandise les courbes de son bustier mais il rougissait quand, pris sur le fait, son regard croisait le sien. Leurs ambitions réciproques et quelques bêtises dont ils partageaient le secret – des courses folles dans la mer des graminées qui ondulaient en juin sous la caresse du vent taquin ou le souvenir de fous rires enfantins qui leur avaient scié les côtes – constituaient le socle d'une complicité que les longues semaines de séparation scolaire n'avaient pu altérer.

— Les nouvelles vont vite, dis-moi… Il n'y a pas deux heures que je suis à la maison et tu es déjà là. Par quel prodige as-tu deviné que j'étais arrivé ?

— Il n'y a rien de sorcier, répondit Clémence avec un sourire plein de candeur. Ta mère a tout simplement rencontré la mienne ce matin au marché !

— Et toi, il y a longtemps que tu es là ?

— Deux jours à peine…

— Tes parents t'ont laissée sortir avant le début des vacances ?

— Papa et maman avaient besoin de moi pour les aider à ranger l'école. Si je passe maintenant, c'est parce que, ce soir, je dois aller voir ma tante à Bélesta.

— Cette vieille bique d'Emma ?

— Oui… Ça ne m'amuse guère mais maman y tient beaucoup. Je n'ai pas eu le courage de refuser, d'autant que, demain, je veux aller au pique-nique que Maxime Michaud et ses amis organisent.

— Un pique-nique ?

— Oh, plutôt une partie de pêche sur les bords du Touyre.

— Et ta mère a accepté ? demanda Pierre étonné, connaissant la légendaire réputation de sévérité laïque de Mme Naudy.

— Oui, mais je ne serai pas seule. Isabelle et Martine sont invitées, Françoise et Berthe Siret m'accompagnent et puis M. et Mme Escande seront eux aussi de la partie.

— Qu'est-ce qu'ils viennent faire ?

— Officiellement, c'est eux qui apportent tout ce qu'il faut pour le pique-nique avec la jardinière…

— Hum, ils viennent surtout vous surveiller…

— Question d'appréciation.

— Et pour les cannes ?

— Gaétan Icre s'en charge.

— Où cette partie de campagne doit-elle avoir lieu ?

— À Laroque… Maxime m'a demandé de te dire que, toi aussi, tu es le bienvenu.

— C'est aimable de sa part, répondit Pierre. Il appréciait son condisciple d'école communale qui avait trouvé, quelques mois plus tôt, un travail d'employé aux écritures dans les bureaux de l'entreprise Dumons frères, les fabricants de drap.

— Tu viendras ?

— J'arrive tout juste, mes parents ne vont pas comprendre…

— Fais un effort !

— Peut-être…

— Écoute, on part tous ensemble à vélo. Chacun amène ce qu'il veut. Le rendez-vous est fixé devant le bureau de l'octroi à onze heures.

Pierre avait opiné d'un hochement de tête. Vérifiant d'un geste familier le positionnement de son chapeau, en jeune femme attentive à son image, Clémence l'avait quitté sur un sourire empreint d'amitié complice, le temps d'une rapide poignée de main. Pierre la regarda s'éloigner, observant sa silhouette gracile qui se découpait dans le contre-jour du grand portail. Depuis les dernières vacances, Clémence était devenue bigrement séduisante… L'esprit libéré de toute influence féminine, Pierre avait bien vite reporté son attention sur les entrailles de la voiture qui, ventre à l'air, l'attirait comme un voleur le coffre d'une banque. Respirer l'odeur du garage était pour lui une véritable drogue. Que n'avait-il attendu ce jour tout au long de ses semaines d'études au lycée de Foix ? Si les jeunes filles l'émoustillaient, la mécanique restait sa grande passion. Des yeux, Pierre détaillait les pièces du moteur qui s'étalaient sur l'établi, mémorisant sans effort leur rôle et leur fonctionnement, pour vivre égoïstement une après-midi de bonheur.

Mise au courant du projet au repas du soir, Ernestine avait fait contre mauvaise fortune bon cœur. Certes, son fils venait d'arriver mais comment lui refuser une sortie avec des jeunes gens de son âge après les remarquables résultats qu'il avait obtenus cette année au lycée de Foix ? Son mari, Victor, n'allait-il pas rituellement boire l'apéritif, tantôt au café que tenait Prosper Abatut, près de la gare, terminus de la voie ferrée de Bram, tantôt au café du théâtre, face à l'hôtel de ville ?

Le lendemain matin, dissimulant son désappointement, Ernestine avait plaqué un rapide « poutou[6] » sonore sur le front de son fils, avant de le regarder enfourcher son vélo pour disparaître au bout de la rue. La casquette vissée sur la tête, un vent tiède de juillet fouettant son visage, Pierre pédalait avec une ardeur juvénile au milieu de la rue où les gamins jouaient aux billes ou au cerceau, ignorant qu'il roulait vers son destin.

Dans cette ville de trois mille habitants où l'urbanisation et l'industrie avaient imprimé leurs marques dans le paysage sous forme d'ateliers et de cheminées d'usine, le panorama, au-delà des grands axes tels l'avenue de Foix, la promenade et ses platanes, demeurait pour l'essentiel rural et agraire. La campagne restait proche et nombre d'ouvriers exploitaient des lopins de terre que les partages successoraux avaient réduits à la taille

6. baiser.

de confettis. Comme tous les dimanches matin, la cité tournait au ralenti. Certes, le bruit des métiers à tisser remplissait toujours l'azur mais l'agitation urbaine était en sourdine. Les Lavelanétiens vaquaient tranquillement à leurs occupations. Si, en ce milieu de matinée, croyants et bigots prenaient le chemin de Notre-Dame de l'Assomption, place de l'église, pour assister à l'office dominical de l'abbé Laffargue, nombre de ménagères profitaient de la fraîcheur relative pour aller chercher de l'eau à la fontaine, tandis que les hommes, au retour du jardin, s'arrêtaient à la ressège[7], à deux pas de l'hôtel de ville, la bêche sur l'épaule, pour bavarder.

Clémence Naudy était déjà au point de rendez-vous quand Pierre Maurel arriva en vue du bureau de l'octroi. Le jeune homme la reconnut de loin. Elle était adossée à la petite baraque de bois qui dominait le Touyre de son clocheton pointu. Arborant une délicieuse robe bleue à manches courtes qui faisait ressortir la délicatesse de sa carnation, la jeune fille était au centre d'un groupe de garçons en gilets, portant canotiers et casquettes. Certains, pour faire les intéressants et paraître plus matures qu'ils n'étaient vraiment, tiraient fébrilement sur une cigarette dont la

7. Lieu où l'on papote, où les conversations répétées et rabâchées font un bruit lancinant comme celui des cigales.

fumée leur irritait la gorge. Accompagnée de son amie Françoise Miquel, la jeune fille était bien entourée. Comme souvent, son charme et sa grâce polarisaient le regard des jeunes mâles. Pierre fut brièvement effleuré d'une once de jalousie qu'il se hâta de chasser. Clémence Naudy n'était-elle pas qu'une amie d'enfance ?

Après un bref échange de poignées de main et l'arrivée des derniers retardataires sous quelques quolibets moqueurs, la petite troupe s'élança d'un coup de pédale dans les rires et les clameurs. Ils étaient une bonne douzaine, prêts à croquer à pleines dents cette belle journée sous la caresse tiède du soleil. Aux portes de l'âge adulte, cette partie de campagne avait pour ces jeunes gens un parfum de liberté et d'espérance. À l'image de cette littérature alors en vogue, alliance onirique de l'intime et du merveilleux, dont la publication du *Grand Meaulnes* d'Alain Fournier quelques semaines plus tard serait l'exemple, nombre d'entre eux rêvaient de trouver l'amour au cours de ce rendez-vous champêtre. Aussi, comme portés par la ferveur des promesses de l'aube, pédalaient-ils avec entrain sur la route de Laroque.

Passé Dreuilhe, à la hauteur d'un frêne majestueux qui dressait sa ramure vers le ciel comme une prière, la troupe, délaissant la modeste départementale rectiligne, s'engagea sur un petit chemin empierré qui coulait en pente douce vers la rivière.

Pierre, posant pied à terre, le souffle court, marqua une halte à l'embranchement pour s'essuyer le front. S'adossant au tronc du frêne, il consulta sa montre de gousset. Ils avaient roulé vite, peut-être dans l'espoir d'épater les filles qui suivaient tant bien que mal. Leur balade n'avait pourtant rien à voir avec les exploits que les coureurs de la Grande Boucle accomplissaient chaque année, cette compétition organisée pour la première fois en 1903 par Henri Desgrange pour le compte du journal *L'Auto*.

Bientôt rejoint par deux compères d'excursion, Pierre s'élança sur le petit chemin. On percevait le murmure discret de la rivière entre les pierres moussues. Sa molle déclinaison entre deux rideaux de peupliers bruissant sous le zéphyr chaud de juillet incitait à la rêverie. Une cinquantaine de mètres plus loin, la voie carrossable débouchait sur un pré fraîchement pacagé par les vaches qui avaient laissé sur leur passage de cyniques outrages. Un grand parasol bleu, cinq chaises pliantes de bistrot disposées autour d'une table improvisée formée de trois planches à cheval sur deux caisses, le tout recouvert d'un drap blanc, constitueraient l'infrastructure rudimentaire de ce pique-nique.

Pierre embrassa le décor champêtre du regard. Dans l'herbe fraîchement broutée, les cadres noirs de plusieurs vélos émergeaient, guidons couchés, roues en l'air. À l'ombre majestueuse d'un frêne, un blondinet à la moustache duveteuse ajustait les courroies en cuir d'un accordéon à ses épaules. Un sourire béat aux lèvres, effleurant de ses doigts le clavier du piano du pauvre, le bellâtre joua quelques accords pour se dégourdir les phalanges. Puis, d'un mouvement de tête, comme saisi d'une inspiration soudaine, il enchaîna les premières mesures de *Viens, poupoule*. La célèbre polka, au tempo quelque peu massacré, remplit l'air estival pour couvrir la vibration des élytres des insectes, donnant des allures de fête à cette sympathique réunion au bord de la rivière. Face à ce spectacle bucolique qui lui rappelait des souvenirs de lectures sur Marie-Antoinette au Petit Trianon, un sourire monta aux lèvres de Pierre Maurel. La journée promettait d'être agréable...

Soudain, Pierre la vit. À genoux sur une couverture de bure grossière, la corolle de sa robe jaune déployée autour d'elle, entourée de deux jeunes filles qui écaillaient des œufs durs dans un saladier en grès. Son attention fut instantanément captivée par son port altier et ses yeux bleus, inhabituels chez les filles du pays. Elle leva son regard vers lui et une bouffée de chaleur l'envahit et lui colora les joues. Il la détailla. D'un délicieux chapeau de paille d'Italie orné de deux oiseaux en coton peint émergeaient quelques anglaises de cheveux noirs. Pierre se figea, incapable d'esquisser un mouvement, aimanté par son sourire lumineux. Maxime l'interpella mais Pierre ne l'entendit pas. Clémence Naudy, en arrivant à sa hauteur, lui lança :

— Elle est jolie, n'est-ce pas ?

— Oui, enfin…

— Ne dis pas le contraire ! lui glissa, un rien perfide, son amie d'enfance. Tous les hommes n'ont d'yeux que pour elle.

— Qui est-ce ?

— Angélique Michaud, la fille d'un tisserand de Laroque…

— C'est la première fois que je la vois.

— Une belle coquille vide, murmura Clémence.

— Que veux-tu dire ?

— La pauvrette est simple d'esprit. Elle vient de sortir d'une maison spécialisée de Narbonne. Sourire, c'est tout ce qu'Angélique peut faire. Le bon Dieu lui a donné un joli minois mais il a oublié l'étincelle pour animer son âme…

— Une ravissante idiote ?

— Quelque chose comme ça. Le corps d'une femme mais sept ou huit ans d'âge mental. Sa sœur la promène comme une enfant…

— Mon Dieu, c'est bien triste, fit Pierre en détournant les yeux, rouge de confusion autant que de pitié.

Son regard, en suivant le bord de la rivière, rencontra, à l'orée du pré, une croupe charnue, celle d'une femme qui lavait du linge dans le Touyre à une vingtaine de mètres. Pierre l'observa quelques instants. Sans prêter attention à la joyeuse troupe qui arrivait, l'inconnue rinçait chemises, torchons, serviettes et mouchoirs des fines scories de cendre de bois qui lui avait servi de lessive. Elle les essorait rapidement pour les déposer dans une corbeille en osier. Il allait quitter la silhouette des yeux quand, son travail terminé, elle se releva prestement.

La jeune femme ne devait avoir guère plus d'une vingtaine d'années. Elle arborait une longue jupe bleue et un corsage grège qui soulignait une taille mince pour mettre en évidence une poitrine avantageuse. La masse de ses cheveux était retenue par un fichu noué, comme souvent chez les paysannes. Quelques mèches rousses s'en échappaient. Son visage harmonieux s'éclairait de grands yeux en amande. Sa bouche gourmande et ses lèvres pulpeuses avaient l'attrait de goûteuses pêches de vigne. Au milieu de sa frimousse mutine, un petit nez retroussé lui donnait un air coquin. Les mains sur les hanches, elle dévisagea Pierre d'un regard effronté. Au silence qui s'installa, Maxime perçut l'intérêt que la jeune femme suscitait chez Pierre.

— Belle plante, n'est-ce pas ? susurra-t-il avec un brin de malice à l'oreille de Pierre qui n'arrivait pas à détacher ses yeux de la jeune femme.

— Qui est-ce ?

— La fille Jouret…

— Elle n'a pas l'air d'avoir froid aux yeux !

— Une bougresse !

— Tu la connais ?

— Pas plus que ça. Elle traîne dans le bourg. On l'appelle Mina…

— C'est joli comme prénom…

— C'est une fille de peu…

— Une Marie-couche-toi-là, tu veux dire ?

— Nombre de types lui tournent autour. Disons qu'elle n'a pas la réputation d'être farouche. Elle t'intéresse ?

— Raconte…

— Sa mère, Antoinette, est laveuse. Plusieurs familles de notables l'emploient à Laroque.

— Et le père ?

— Inconnu ! Antoinette est fille-mère.

— On peut être d'extraction simple mais honorablement connue.

— Hum ! Mina est une fille tout juste bonne à te faire avoir des histoires, mais il faut reconnaître que cette « garce » a assez de charme pour qu'on apprécie sa compagnie…

— Un beau brin de femme, en effet !

— Tiens-toi à l'écart, si tu ne veux pas te brûler les ailes !

Comprenant qu'il était sans doute question d'elle, la jeune femme décocha à Pierre un sourire à faire fondre un iceberg. Puis, jouant de toute sa féminité, elle esquissa un gracieux mouvement des hanches pour se saisir de sa corbeille de linge. Se redressant, elle fit saillir sa généreuse poitrine et lui jeta un regard de bravade, lourd de promesses équivoques. La bouche à peine entrouverte, la lèvre humide, elle le toisa. À cet instant, Pierre crut que la terre se dérobait sous ses pieds. Tétanisé, littéralement ensorcelé, il rougit jusqu'à la pointe des oreilles. Son cœur se mit à battre la chamade et sa respiration s'accéléra brusquement, tandis qu'une onde brutale de désir l'étreignait. Le jeune homme n'osait bouger, dévorant des yeux cette créature qui lui lançait un défi qu'il n'osait relever. La corbeille de linge sur la hanche, la jeune femme marcha à leur rencontre.

— Bonjour, Mina, lui lança Maxime quand elle passa à leur hauteur. Tu travailles même le dimanche ?

— Ma mère et moi ne sommes pas assez riches pour rester oisifs comme toi !

— Mes amis et moi-même, nous allons partager un pique-nique. Tu peux te joindre à nous, si tu veux…

— Merci, Maxime, mais ma mère m'attend.

— Ne fais pas ta timide. Regarde… Tu connais tout le monde ou presque.

— Pas tout à fait. Qui est-ce celui-là ?

— Laisse-moi te présenter mon ami Pierre.

— Pierre ?

— Pierre Maurel, mademoiselle !

— Mademoiselle... Il m'a appelée « mademoiselle » ! s'exclama Mina en se retenant pour ne pas pouffer, elle que la fréquentation des nombreux ouvriers espagnols venus travailler comme manœuvres dans les usines textiles du pays d'Olmes n'avait guère habituée à ce genre de prévenance.

— Pierre vient juste d'arriver pour les vacances... Il est interne au lycée de Foix.

— Ah, les vacances, le luxe de ceux qui sont nés avec une cuillère d'argent dans la bouche !

— Son père est garagiste à Lavelanet... Tu sais bien, le garage Maurel.

— En tout cas, ton ami a de beaux yeux, lâcha Mina avec un air gourmand qui acheva de troubler Pierre.

— Tu ne veux vraiment pas rester avec nous ?

— Faut que je rentre, Maxime. Dimanche prochain, je n'aurais pas dit non...

— Dimanche ? répéta Pierre, la voix empreinte d'un brin d'espérance.

— Oui, il y a un bal à Dreuilhe, chez Danjou.

— Vous y serez ?

— Peut-être..., répondit l'ensorceleuse Mina d'un ton énigmatique qui balaya toute prudence chez le jeune homme.

La jeune femme les quitta sur un sourire désarmant qui laissa Pierre Maurel à moitié groggy. Il la suivit des yeux, les narines remplies des effluves féminins d'un corps plein, incapable de détacher son regard de cette croupe ferme et charnue qui ondulait en remontant vers la carretière[8]. Maxime, constatant le trouble de son ami, le saisit par le coude pour l'entraîner au bord de la rivière où la joyeuse troupe de jeunes gens s'installait déjà. Dans un état voisin des paradis artificiels chers aux romantiques du XIXe siècle, Pierre le suivit. Sans perdre conscience de l'endroit où il se trouvait, il n'arrivait pas à oublier la jeune femme qu'il avait croisée. Un peu à l'écart, Clémence Naudy avait suivi toute la scène sans rien dire. Mais qui aurait pu discerner l'imperceptible pli de contrariété qui ridait son front ?

Dans la prairie aux bords du Touyre, une jeune fille arborant un charmant corsage bleu hortensia, délicieusement chapeautée d'un gracieux galurin de paille orné de fleurs et d'oiseaux, s'évertuait à étendre une étamine jaune sur une claie de planches disjointes que le zéphyr d'été dérangeait. Sur cette table de campagne improvisée, pains, tomates, oignons, œufs durs, melons, pêches de vigne surgissaient des paniers en osier et des sacoches de vélos. Bientôt, un petit baricaut de rouge fut mis en perce. L'ouverture des

8. Chemin mal empierré, uniquement accessible aux charrettes.

agapes attira l'ensemble des convives comme les mouches sur du miel. Les garçons, la plaisanterie souvent goguenarde aux lèvres, les jeunes filles minaudant avec délices selon les codes sociaux que leurs mères leur avaient inculqués, tous se pressaient autour de la table improvisée, les yeux plissés, le sourire aux lèvres.

— Et si on dansait ? lança soudain quelqu'un.

Il n'en fallut pas plus pour qu'apparaisse, par une de ces alchimies mystérieuses dont certains ont le secret, un gramophone de salon à large pavillon de cuivre, du type de ceux inventés par l'Allemand Émile Berliner de 1886 à 1889. Sans doute emprunté au salon d'une famille aisée, remonté à grands coups de manivelle, le bras tubulaire pourvu d'une aiguille en acier, comme celles que les couturières emploient pour leurs raccommodages, ne tarda pas à réveiller les sonorités enfouies dans la galette d'ébonite à la vitesse de 90 tours par minute. Sur l'air de la *Polka des English*, un grand succès de Victor Lejal, des couples, bras dessus, bras dessous, se formèrent pour esquisser les premiers pas de danse. Le soleil tapait fort mais, emporté par leur ardeur juvénile, nul parmi la joyeuse troupe de jeunes gens ne semblait y prêter attention. Les bottines des filles piétinaient hardiment l'herbe et les corps tressautaient au rythme entraînant de la musique, exhalant des odeurs âcres de transpiration qui se mêlaient aux lourds parfums de cette après-midi d'été.

En nage, Clémence Naudy s'arrêta au terme de cette polka endiablée, les joues rouges, haletante. Elle tourna la tête de gauche à droite. À côté d'elle, le visage de Pierre, lancé dans une valse fougueuse aux bras de Françoise Sicre, se brouilla dans ses yeux. D'un fin mouchoir de baptiste, elle épongea son front perlé de sueur. Sans éprouver nulle jalousie pour cette jeune fille qui exerçait, comme sa mère, le respectable métier de couturière, elle reprit sa respiration pour mieux apprécier la situation. Pierre pensait-il encore à la fille qu'il avait rencontrée au bord de la rivière ? Il était trop cher à ses yeux pour qu'elle ne prenne pas ombrage des regards qu'il pouvait jeter à d'autres. La grassouillette Françoise Sicre, qui transpirait l'azinat et la rouzolle[9] comme les filles du Levant le loukoum et les mezze, ne pouvait, elle, passer pour une concurrente !

Picorant amuse-gueules et friandises sucrées, se délectant de la limonade de Fontestorbes et des bouteilles d'un rosé gouleyant amenées par les uns et les autres en complément du baricaut de rouge, l'aimable jeunesse coula une délicieuse après-midi. Tout au bord du cours d'eau, pour passer le temps, deux garçons un peu lourdauds, le cheveu ras et le

9. Farce mélangeant chair à saucisse, œuf, mie de pain, ail et persil, cuite comme une gallette à la poêle.

teint rougeaud, avaient déployé des cannes à pêche à emboîtement dans l'espoir de taquiner un hypothétique goujon que les produits chimiques rejetés par les teintureries n'auraient pas encore occis de leurs effluents nocifs. Un brin d'herbe entre les lèvres, allongée sur le dos, les paupières mi-closes, Clémence suivait la course des nuages dans le ciel, écoutant d'une oreille distraite son amie Jeannette lui confier ses émois amoureux.

Vers quatre heures, l'azur se chargea de quelques cumulonimbus bourgeonnants. Les mouches et les taons étaient plus agressifs. De minute en minute, l'atmosphère se faisait plus lourde. Quelques grondements menaçants se firent entendre, amplifiés par les montagnes toutes proches. Les plus prudents de la joyeuse troupe commencèrent à plier bagage, tandis que d'autres, insouciants, s'attardaient en d'ultimes flâneries sur les rives du Touyre. Lassée du babillage de Jeannette, Clémence se leva. Elle chercha des yeux son ami Pierre Maurel. Elle l'aperçut à l'autre bout du pré, adossé à un arbre. Le jeune homme était assis à l'ombre d'un vénérable ormeau qui plongeait ses puissantes racines dans le gazouillis de la rivière. Elle s'avança vers lui. Immobile, son regard mélancolique se perdait dans le clapotement de l'eau entre les pierres moussues. À son approche, il leva la tête, sortant de la rêverie solitaire où il s'abîmait.

— Tu as entendu le priboul[10] ? dit Clémence.

— Vaguement… Tu veux rentrer ?

— Je préférerais… D'ailleurs, les autres s'en vont aussi. L'orage ne va pas tarder à éclater et je ne veux pas revenir à la maison trempée comme une soupe !

Le jeune homme acquiesça d'un hochement de tête. Il se releva, chassa d'un revers de main les quelques brins d'herbe qui s'accrochaient à son pantalon. Du regard, il embrassa longuement le pré. Clémence ouvrit la bouche pour lui demander s'il cherchait quelque chose ou quelqu'un mais se ravisa. Docilement, elle lui emboîta le pas pour rejoindre leurs vélos appuyés à un buisson de noisetiers charnus. Pédalant avec ardeur pour échapper à l'orage menaçant, ils traversèrent Dreuilhe. Aux portes du bourg, les deux jeunes gens croisèrent une charrette pleine de gerbes de blé, tirée par une paire de bœufs gascons. Le mufle tendu vers l'avant, la tête courbée sous le joug, recouverte d'un morceau de toile pour les protéger des mouches qui leur dévoraient les yeux, les bêtes avançaient d'un pas lent, mettant toute leur puissance à tirer le lourd chargement. Le garbejaire[11] qui, l'aiguillon à la main, conduisait l'attelage, se hâtait de porter les gerbes à la machine à

10. Désigne le tonnerre en occitan.

11. Ouvrier chargé de rentrer les gerbes de blé.

dépiquer que l'entrepreneur de travaux agricoles avait installée pour deux jours dans la cour de la ferme de son patron.

Abandonnant devant l'école son amie Clémence après un rapide au revoir qui laissa la jeune fille dubitative, Pierre arriva chez lui quand les premières gouttes commencèrent à tomber. Il trouva sa mère assise près de la fenêtre, en train de tirer l'aiguille. Ernestine reprisait patiemment une paire de bas. Un œuf en bois glissé dans le talon, elle passait habillement un fil de coton gris là où l'usure du temps avait fait son œuvre. Il l'embrassa sur le front pour se faire pardonner son absence et, pour échapper au flot de ses questions, il monta derechef dans la petite chambre que son père lui avait aménagée sous les toits afin qu'il puisse étudier tout à loisir, loin de l'agitation de la cuisine.

Allongé sur son lit, dans la pénombre que les volets à demi clos faisaient régner dans la pièce pour conserver un peu de fraîcheur, Pierre ferma les yeux, cherchant une réponse à la question qui le taraudait : comment revoir cette jeune femme rencontrée sur les bords du Touyre ? Depuis qu'il l'avait aperçue, il ne pouvait chasser son image de son esprit. Sa silhouette, les rondeurs de son corsage, la courbe de ses hanches, son sourire mutin l'avaient obsédé tout l'après-midi. Loin de la douceur sucrée des jeunes filles qu'il avait eu jusque-là le loisir d'approcher, celle-ci avait le charme des fruits défendus. Que savait-il d'elle ? Pas grand-chose… Son nom, Jouret, son prénom, Mina, qu'elle était d'origine modeste… Il n'avait guère osé poser plus de questions à Maxime, craignant de révéler les feux de la passion que la jeune femme avait allumés dans son cœur.

Mina lui avait parlé d'un bal, le samedi suivant, dans un estaminet de Dreuilhe. Ne pouvant croire en l'heureux hasard d'une fortuite rencontre, il savait que c'était sa seule opportunité. Encore fallait-il trouver un prétexte pour aller traîner ses souliers vernis du dimanche dans ce qu'il pressentait être un bouge où venaient s'encanailler ces classes laborieuses que les patrons des usines textiles du pays d'Olmes – les Ricalens, les Dumons, les Fonquernie et bien d'autres – considéraient, à l'instar de la bourgeoisie bien-pensante de l'époque, comme des classes dangereuses. Parvenir à la croiser sans éveiller la suspicion de ses parents relevait de la gageure… Pierre n'était sûr que d'une chose : à attendre de revoir la belle Mina, la semaine serait longue !

À table, lors du repas du soir, face à son père en manches de chemise, Pierre semblait si absent qu'Ernestine, toute pleine de la sollicitude naturelle des mères, crut que son fils était malade. Ni le melon mis quelques heures auparavant à rafraîchir dans l'eau du lavoir, ni les œufs mimosa agrémentés d'une cerise de mayonnaise, ni la friture de goujons achetés au père Grauby, un pittoresque pescaire[12] à la solide réputation de braconnier qui vendait son poisson sous le manteau à la barbe des gendarmes, ne paraissaient avoir ses faveurs. Pierre mangeait du bout des lèvres. Il bouda même la charlotte aux fraises du jardin, des petites gaillac délicieusement parfumées dont il était d'ordinaire friand.

— Tu n'as pas faim ?

— Si, si…

— Mais tu n'as même pas fini le gâteau ! Les fraises ne sont pas bonnes ?

— Elles sont délicieuses, maman…

— Pierre, qu'est-ce qui t'arrive ?

— Rien, maman…

— Tu es malade ?

— Non, maman…

— Victor…

— Quoi ?

— Cet enfant n'est pas dans son état normal, je te dis !

— Ma pauvre femme, ton fils est fatigué de son pique-nique avec ses camarades et de la chaleur qu'il a fait cette après-midi, voilà tout.

— Tu crois ?

12. Pêcheur.

— Évidemment…

— Comme si ça pressait de partir les retrouver à peine arrivé ! Mon Dieu, à quelles excentricités se sont-ils encore livrés !

— « On n'est pas sérieux quand on a dix-sept ans et qu'il y a des tilleuls verts sur la promenade… », soupira Victor en citant les deux derniers vers du célèbre poème d'Arthur Rimbaud qu'il avait lus récemment dans *Lecture pour tous*, ce recueil de textes destiné à la culture des familles.

— Que veux-tu dire ?

— Laisse-le vivre sa jeunesse, ce pauvre gosse ! répliqua-t-il d'un ton bourru mais plein d'une bonne dose d'indulgence paternelle.

Pour un peu, en mère poule, Ernestine se serait levée pour poser sa main sur son front, comme lorsqu'il était petit, avant de lui faire ingurgiter un peu d'huile de foie de morue, remède universel en usage. Souffrait-il d'insolation ? Pourtant, il n'avait pas le teint rouge. Et puis il avait sa casquette… Si la température caniculaire n'était pas en cause, comment expliquer la langueur qui l'affectait ? Quelque chose l'aurait-il contrarié ? Se serait-il par hasard disputé avec Clémence ? Ernestine ne pouvait le croire. Certes, ils étaient l'un et l'autre à l'âge des premiers émois, mais Pierre connaissait cette jeune fille depuis l'enfance. La sincère amitié qu'il nourrissait pour elle était exempte de toute trace de passion amoureuse. À moins que ce ne fût le contrecoup d'une année scolaire studieuse au cours de laquelle son fils s'était couvert de lauriers... Se perdant en conjectures, Ernestine s'était contentée d'émettre un profond soupir quand Pierre leur demanda la permission de se retirer dans sa chambre.

Les jours suivants, l'inquiétude d'Ernestine s'estompa. Pierre était redevenu le fils qu'elle chérissait. Il avait repris son rythme de vie du temps des vacances. Enfourchant sa bicyclette après avoir avalé son bol de chicorée et deux tartines, il partait tôt pour rejoindre son père au garage. Le jeune homme avait soif d'apprendre. L'odeur fraîche de l'huile de vidange, le confort moelleux des sièges en cuir capitonné des berlines et des phaétons, le parfum caoutchouté des pneumatiques Dunlop l'attiraient comme les mouches les rubans de glu suspendus dans les cuisines de mai à octobre. Les pistons, les cylindres et les vilebrequins exerçaient sur lui une attraction magique, celle de la puissance maîtrisée. Pierre n'avait pas son pareil pour régler à l'oreille le ralenti d'un moteur. L'entendre ensuite chanter sa mélopée était la récompense de son opiniâtre patience. Ainsi, il faisait la joie de son mécanicien de père qui rêvait en secret de le voir reprendre ce garage auquel il avait consacré sa vie.

À l'issue d'une journée de labeur un peu moins

caniculaire que les précédentes, le jeudi au dîner, profitant du climat de bonne humeur familiale liée à la dégustation d'une délicieuse tarte aux prunes, Pierre évoqua dans la conversation la tenue d'un bal à Dreuilhe, samedi soir. Devant le silence de ses parents, le jeune homme débita d'une voix blanche la fable qu'il avait mûrement élaborée pour retrouver la belle Mina : Antonin Favergeon et Maxime Michaud, ses amis, lui avaient proposé d'aller y faire un tour. À cette annonce, Ernestine fronça les sourcils. Une ride plissa son front. Elle dévisagea son fils d'un œil réprobateur et celui-ci piqua le nez dans son assiette.

Elle était prête à s'opposer à un tel projet, déraisonnable à ses yeux, mais le regard de son mari l'en dissuada. Victor affichait une mine réjouie qui ne tenait en rien au verre de vin qu'il venait de se servir. Ernestine pinça les lèvres. Pour ne pas passer pour l'empêcheuse de tourner en rond, elle baissa la tête. Dehors, par la fenêtre de la cuisine ouverte, dans le soir qui tombait, on entendait le phono asthmatique de leur voisin égrener les notes de la valse lente de Bérard, *J'ai tant pleuré…*, suivi bientôt du 78 tours de Paulette Darty, interprétant d'une voix suave et pleine de trémolo *Amoureuse*.

Fort de l'assentiment arraché ce soir-là à ses parents, Pierre avait impatiemment attendu ce moment. Tout au long de ces jours, les minutes lui avaient semblé des heures et les heures des jours interminables… Parfois, une angoisse sourde le taraudait, implacable torture de l'âme. Et si la belle Mina, si brièvement entrevue sur les bords du Touyre, n'était pas au rendez-vous ? Pierre savait que sa déception serait grande. Certes, elle ne s'était pas engagée, mais la brûlante espérance qu'elle avait d'un regard allumée dans son cœur ne valait-elle pas les promesses les plus folles ? Par moments, la raison l'emportait. Ne magnifiait-il pas la rencontre tant attendue ? Mais il balayait d'un revers de main ces funestes prémonitions pour faire confiance au charme ravageur du sourire dont elle l'avait gratifié.

Le samedi dans l'après-midi, rentré de bonne heure du garage sous un soleil de plomb, Pierre s'était isolé dans sa chambre. Après un tub et des ablutions en règle, les ongles bien récurés, fébrile, il avait ajusté son faux col, puis savamment noué sa cravate. Il avait passé de longues minutes à s'observer dans la glace ovale de l'armoire pour jauger du potentiel de séduction de sa modeste personne. Tantôt de face, tantôt de profil, le menton en avant, tel un toréador… il s'était essayé à toutes les postures, cherchant à déterminer celle qui serait la plus avantageuse. Arrosé de cette eau de Cologne que sa grand-mère appelait du « sent-bon », les mèches rebelles domptées d'un dernier coup de brosse, Pierre avait descendu l'escalier de la maison familiale, le cœur battant, pour récupérer son vélo appuyé au mur du couloir.

— Ne rentre pas trop tard, lui avait simplement murmuré à l'oreille Ernestine en le voyant ajuster ses pinces pantalon en acier.

— Ne t'inquiète pas, maman !

Ernestine, en s'approchant de lui, avait senti les effluves du parfum dont il avait abondamment fait usage. Elle avait posé sa main sur son avant-bras, renonçant à l'embrasser. Pierre lui avait adressé un lumineux sourire avant d'enjamber le cadre de sa bicyclette. Malgré la chaleur lourde qui rendait l'air poisseux, le jeune homme pédala comme un fou, tout à la hâte qu'il était de retrouver celle qui avait enflammé son cœur. Au rythme des forçats de la Grande Boucle, il ne lui avait pas fallu longtemps pour atteindre Dreuilhe. À l'orée du village, il était en nage, aussi rouge que les écrevisses qu'il braconnait gamin dans l'Hers. Aussi, avant le café Danjou, prit-il le temps de s'arrêter à une fontaine pour se rafraîchir.

Bien que situé un peu à l'écart du centre de ce faubourg ouvrier de Lavelanet, Pierre trouva sans peine le café Danjou. Deux lampions étaient allumés à la porte de l'estaminet pour inviter le quidam à entrer. Il posa son vélo contre un mur, prenant soin de mettre le cadenas. Il hésita quelques secondes. De toute évidence, le bistrot tenait plus du bouge que du café Mozart de Vienne.

Une odeur de graisse rance planait dans l'air. Prenant son courage à deux mains, il poussa la porte de l'établissement. Dans la demi-pénombre, il distingua la silhouette de deux ouvriers en bleu de travail. La trogne fleurie des litres de vin qu'ils ingurgitaient quotidiennement, ils étaient cramponnés au zinc comme des moules à leur rocher, en attente de la marée montante.

Passablement imbibés, les deux types, la bouche mauvaise, lui jetèrent un regard torve. Qui était ce gamin cravaté ? Des flonflons s'élevaient du fond de la gargote. Faisant fi de ses appréhensions, Pierre traversa la salle et franchit une porte vitrée de petits carreaux. Dans une courette attenante au cabaret, à l'ombre vénérable d'un platane, des tables en fer et des chaises en bois s'éparpillaient face à une estrade. Parsemées de bocks de bière, de pichets de vin, de ballons de rouge et de coupelles de cacahuètes, elles accueillaicnt une population bigarrée qui, d'une oreille distraite, se laissait bercer par le son d'un d'accordéon sur lequel évoluaient quelques couples lascivement enlacés.

Pierre marqua un temps d'arrêt. L'endroit était sordide. Le café sentait la vinasse, la crasse et la sueur. Du regard, il embrassa la société qui s'entassait dans l'arrière-cour de l'estaminet. Il y avait là une foule picaresque, échantillon d'une classe ouvrière cherchant à oublier dans les vapeurs de l'alcool les longues journées de travail. Ici, le vin aidant, on riait fort et gras. De temps à autre, une exclamation fusait pour s'achever en une cascade de rires avinés. Pierre parcourut l'assistance, cherchant un visage connu dans un univers qui n'était pas le sien. Dans cet assommoir digne d'un roman de Zola, son regard glissa d'une table à l'autre. Il ne rencontra que des visages tout autant fatigués par les dix heures de travail quotidien que par les ravages d'un alcoolisme récurrent. De toute évidence, parmi les hommes et les femmes qui se pressaient dans la pièce, il n'y avait que peu d'amateurs de la limonade de Fontestorbes !

Et soudain, Pierre la vit. Il se figea quelques secondes, subjugué par sa beauté sauvage. Sans chapeau, avec juste une rose piquée dans la masse de ses cheveux roux tombant en cascade sur ses épaules, Mina faisait face à un ouvrier endimanché, la casquette relevée sur le front. En dépit des louables efforts du bellâtre, la jeune femme semblait s'ennuyer ferme. À son côté, écroulé sur une table en fer, un bonhomme sans âge cuvait paisiblement sa cuite de l'après-midi. Prenant son courage à deux mains, le cœur battant la chamade, Pierre fit quelques pas dans sa direction. La beauté de la jeune femme balaya ses dernières appréhensions. À son approche, Mina leva la tête et son regard s'éclaira alors d'un sourire.

— Bonjour, mademoiselle, lança Pierre en

s'éclaircissant la voix.

— Bonjour…

— Je vous ai croisée la semaine passée sur les bords du Touyre… Vous veniez rincer du linge à la rivière. Vous vous souvenez ?

— Je n'ai pas oublié, répondit la jeune femme d'un ton doucereux, assez lourd de promesses pour être équivoque. Asseyez-vous…

À cette invitation, le bellâtre avait froncé les sourcils, peu ravi de voir le jeune homme s'immiscer dans leur tête-à-tête. Pierre comprit qu'il n'était pas le bienvenu. Pour faire plus facilement accepter sa présence, il crut bon de héler le patron de l'estaminet, un quinquagénaire à la carrure athlétique qui circulait entre les tables, le torchon sur l'épaule. D'un signe de la main, comme il avait parfois vu faire son père au Café du Commerce, il commanda une nouvelle tournée. Amadoué par la perspective de boire un coup gratis, l'ouvrier esquissa une mimique qui tenait plus de la grimace que du sourire. Ostensiblement, Mina se tourna vers Pierre, laissant le type s'abîmer dans la contemplation des profondeurs du pichet de rouge que le patron venait de déposer devant eux. L'accordéoniste attaqua la célèbre valse lente de Bérard. Sur l'estrade, les couples se formaient.

— Vous me faites danser? lui lança Mina en lui décrochant une œillade provocante.

— Si… si vous voulez. Ou… oui…, balbutia timidement le jeune homme, sans oser avouer qu'il n'était guère familier de cet exercice, même si son amie Clémence Naudy lui avait donné quelques leçons.

Pierre transpirait. Il sortit son mouchoir pour sécher ses mains moites mais Mina le lui subtilisa pour tamponner la sueur qui perlait à son front. Le jeune homme lui tendit galamment la main, usage en vigueur dans la bonne société, comme il l'avait lu dans *Le Comte de Monte-Cristo*, le roman d'Alexandre Dumas. La jeune femme la saisit du bout des doigts et, avec un sourire canaille, l'entraîna sur le parquet. Gauchement, il l'enlaça, tentant de respecter les distances que la bienséance impose. Mais Mina, plongeant ses yeux au fond des siens, le serra de plus près, se collant contre lui sans vergogne. L'odeur de son corps moite lui monta aux narines. Malgré l'eau de Cologne bon marché dont elle s'était copieusement arrosée, la jeune femme exhalait un parfum animal qui le troubla. La respiration de Pierre Maurel s'accéléra. C'était la première fois qu'il tenait une jeune fille ainsi, dans ses bras. Le corps de Mina étroitement soudé au sien, un vertige le saisit. Les dernières mesures massacrées par l'accordéoniste, Mina lui lança dans un souffle :

— Partons d'ici…

— Vous ne désirez plus danser ?

— Non, je suis fatiguée…

— Comme vous voulez…

— Et puis, ajouta-t-elle avec un air plein de sous-entendus, on sera plus tranquilles dehors pour causer…

Sans doute Mina était-elle familière de ce bouge car, sans jeter un regard au bellâtre qui se morfondait devant sa chopine, elle le conduisit par une porte dérobée vers une arrière-cour qui communiquait avec une petite rue adjacente au bistrot. Un chat de gouttière en maraude, un de ces matous au poil jaune et graisseux, traversa la ruelle lentement, sûr de la crainte qu'il inspirait à tous les surmulots. Dans la demi-pénombre de la lune qui se levait, elle l'attira dans le renfoncement d'une porte cochère. Sans lui laisser le temps de réfléchir, elle l'enlaça et plaqua ses lèvres contre les siennes en un baiser brûlant. À cet instant, le sol se déroba sous les pieds du jeune hommc. Jamais il n'avait éprouvé une telle impression.

Glissant dans un abîme sans fin, Pierre ferma les yeux, se laissant porter par la délicieusc sensation d'une langue agile qui explorait méthodiquement sa bouche. Ainsi perdit-il la notion du temps pour s'abandonner à ce plaisir nouveau qui faisait éclater dans son cœur un feu d'artifice de désirs. Combien de minutes demeura-t-il ainsi, soudé à elle, ses bras refermés sur la taille de la jeune femme qui lui caressait la nuque, écrasant les rondeurs d'un corps fait pour les caresses ? Pierre était incapable de s'en souvenir. Cette osmose avait aboli le temps. Le carillon de l'église puis un chien hurlant après un hypothétique maraudeur le tirèrent de son extase, lui faisant reprendre pied dans la réalité. Discrètement, dans la demi-clarté d'un rayon de lune, en se contorsionnant, Pierre avait extirpé sa montre de gousset de son gilet. Il n'était pas loin de minuit. Et la belle Mina, qui avait compris sa manœuvre, lui glissa à l'oreille un compréhensif : « Sauve-toi et reviens-moi vite ! » qui le libéra à regret de l'attraction de ses bras.

3

Quand le destin bascule...

Après un dernier baiser, Pierre, rendu à la réalité, pédala de toute la puissance de ses mollets pour rentrer. Son cœur battait à faire éclater sa chemise. Un vent frais, descendant des montagnes proches, fouettait son visage. Minuit venait juste de sonner au clocher de Notre-Dame de l'Assomption quand il arriva à Lavelanet. Sans faire de bruit, tant pour ne pas troubler le sommeil de ses parents que pour s'épargner l'interrogatoire de sa mère, il gravit sur la pointe des pieds l'escalier, prenant bien soin de ne pas faire couiner les vénérables marches de chêne ciré. Avec le même luxe de précaution, il ferma la porte, accompagnant le bouton de porcelaine blanche qui commandait la serrure. Sans se déshabiller, il se jeta alors sur son lit, esquissant du poing un geste de triomphe que des ouvriers au sortir d'une grève victorieuse n'auraient pas renié.

La conquête de Mina l'empêcha de dormir cette nuit-là. Comment aurait-il pu trouver le sommeil ? Le visage de la jeune femme le hantait et son parfum bon marché imbibait encore sa chemise. Comment oublier la douceur humide de ses lèvres ? Y penser le mettait en transe. Par moments, incapable de résister à l'évocation brûlante du souvenir qui lui enflammait l'âme en de délicieux tourments, Pierre sortait son mouchoir de sa poche pour y plonger le nez et s'enivrer de l'odeur de Mina. Les effluves capiteux qui l'imprégnaient agissaient comme une drogue. Il lui suffisait de fermer les yeux pour imaginer Mina allongée à côté de lui et flotter sur un océan de bonheur. Le lendemain, au terme d'une nuit agitée, il se leva dans un état second.

— Tu es malade ? lui demanda Ernestine en contemplant sa figure de papier mâché au petit-déjeuner.

— Non, maman, j'ai mal dormi…

— La chaleur ?

— Oui, sûrement…

— Tu es rentré bien tard hier soir, murmura sa mère sur un ton doucereux qui n'était pas exempt d'un soupçon de reproches.

— Je ne sais pas…

— Il était minuit passé !

— Peut-être, je n'ai pas regardé ma montre…

— Ta mère, en tout cas, elle n'a pas arrêté de regarder le réveil, laissa tomber Victor.

— Il était où ce bal à Dreuilhe ? fit Ernestine, revenant à la charge.

— Au café Danjou…

— Que je sache, cet établissement n'a pas bonne réputation, n'est-ce pas, mon ami? dit Ernestine en se tournant vers son mari.

— C'est en effet un bistrot où s'encanaille la jeunesse des métiers. Paraît qu'on y croise des marlous et même des ouvrières qui arrondissent leurs fins de mois, ajouta Victor, l'œil égrillard.

— Mon Dieu, Pierre, tu n'as pas été traîner dans un tel bouge ?

— Maman, ce n'est pas ce que tu crois…

— Et il y avait du monde au cabaret ? fit son père pour couper court à l'indignation de son épouse.

— Oui, des garçons, des filles…

— Tu en connaissais certains ? demanda Ernestine.

— Non… Avec Antonin Favergeon et Maxime Michaud, nous avons rencontré une jeune fille, Mina…

— Mina ?

— Mina Jouret…

— Quel nom dis-tu ? s'enquit Victor, une ride de suspicion barrant son large front.

— Jouret…

— La fille Jouret, celle d'Antoinette, la laveuse des Quatre Chemins ?

— Vous connaissez sa mère ? fit Pierre, le regard soudain éclairé d'un rayon de passion amoureuse.

— Hum… C'est une pauvre femme, grogna Victor.

— Une traîne-misère ! renchérit Ernestine, l'air courroucé.

— Antoinette Jouret est une malheureuse bougresse qui trime dur pour joindre les deux bouts, comme il y en a toujours eu, tempéra Victor.

— D'après Gabrielle, elle ne sait même pas qui est le père de sa fille !

— Mais… Mina est une jeune femme charmante, je vous assure, bégaya le jeune homme, la voix brisée d'émotion.

— Pierre, ne t'approche pas de cette misérable ! jeta Ernestine.

— Même si elle est jolie comme un cœur, elle reste une fille de bonne à rien…, ajouta son époux.

— Cette créature doit être porteuse de toutes les maladies du monde ! Mon Dieu, j'en frémis par avance ! Elle ne t'a pas touché ? Tu t'es bien lavé les mains au moins ?

— Allez, mon garçon ! Si tu veux un conseil, oublie cette fille… Maintenant, finis ton déjeuner et rejoins-moi au garage !

Pierre se garda bien de répondre. Peu désireux

de se rebeller contre l'autorité de ses parents, le jeune homme baissa les yeux, laissant son regard se perdre dans les profondeurs du bol de chicorée où la tartine de pain beurré avait laissé quelques yeux jaunes. Mais, faisant preuve d'un caractère bien trempé qui lui valait au lycée la réputation d'être « tignoùs[13] », Pierre n'avait nullement l'intention de mettre fin à cette relation. Le souvenir des lèvres de Mina lui enflammait trop le cœur et son désir le plus cher était de la tenir à nouveau dans ses bras. Même si ses parents ne voulaient pas en entendre parler, il fréquenterait cette jeune fille en cachette. Il savait pouvoir compter sur l'amicale complicité de Maxime et d'Antonin qui lui serviraient d'alibis. Par ailleurs, il trouverait bien, dans la semaine, quelques excuses pour aller rôder vers les Quatre Chemins dans l'espoir d'y croiser Mina.

L'occasion d'une escapade à Dreuilhe ne tarda pas à se présenter. Le mardi, juste avant midi, M. Amouroux, loueur de voitures et propriétaire d'un auto-garage à Laroque-d'Olmes, avait téléphoné à Victor Maurel. Une Peugeot type 139 Torpédo venait de tomber en panne de carburateur à l'entrée de la cité. Cette luxueuse voiture, un modèle construit à 511 exemplaires par l'usine de Lille et qui coûtait la bagatelle de 15 000 francs or, soit

13. Entêté.

l'équivalent de cinq ans de salaire moyen, appartenait à un riche chapelier de Quillan, venu pour affaires. Dotée d'un moteur de 4 cylindres de 3 817 cm3 qui permettait d'atteindre la vitesse de 70 km/h, il n'était pas question de confier ce prestigieux véhicule à un vulgaire forgeron de village, même si les automobiles présentaient encore en France un caractère artisanal, contrairement aux États-Unis où Henry Ford avait lancé en 1908 la fabrication à grande échelle de la Ford T.

L'industriel audois n'avait pas l'intention de s'éterniser en Ariège. Il voulait repartir le soir même et exigeait un dépannage immédiat. Malheureusement, Achille Amouroux, agent de Citroën, n'avait pas la pièce nécessaire à la réparation. La faire venir par chemin de fer de la succursale de Bordeaux, la seule du Sud-Ouest, prendrait trop de temps. Son confrère, dépositaire des cycles et automobiles Peugeot, pouvait-il le dépanner, à charge de revanche, bien sûr ? Victor Maurel avait accepté et la livraison urgente d'un joint de carburateur au garage Amouroux à Laroque, en début d'après-midi, avait ainsi fourni à Pierre le prétexte espéré. Malgré la chaleur qui écrasait le pays d'Olmes, il se garda bien de rechigner en enfourchant son vélo sous un soleil de plomb. Le chemin de Lavelanet à Laroque-d'Olmes passait par Dreuilhe, où il avait bon espoir de voir Mina !

Il ne fallut pas longtemps à Pierre pour s'acquitter de sa livraison. Cinq kilomètres à peine séparaient les deux localités. Comme à Lavelanet, l'intense activité qui régnait dans ce bassin traditionnel d'industries textiles donnait au bourg des airs de ruche. Laroque baignait dans le bruit mécanique des métiers. Si Ricalens et Fonquernie employaient des centaines d'ouvriers et d'ouvrières au travail de la laine – effilochage, cardage, filature, teintures et apprêts –, une grande partie du tissage s'effectuait encore à domicile. L'usage de l'électricité, qui commençait juste à s'introduire dans les usines intégrées en remplacement des moteurs à vapeur et de l'hydraulique, ne concernait pas encore les modestes familles de tisserands. D'ordinaire si curieux de mécanique, Pierre se dépêcha de repartir, refusant même le verre de limonade fraîche qu'Achille Amouroux lui offrait pour sa peine. Il avait tant hâte d'apercevoir Mina !

Pédalant avec entrain sous un soleil qui faisait se tapir les grillons au fond de leur trou, le jeune homme parvint rapidement à Dreuilhe. En nage, il s'arrêta à l'entrée du village à une borne-fontaine. Actionnant la manivelle en bronze, il fit couler un filet d'eau puis y trempa son mouchoir pour se rafraîchir un peu avant de partir à la recherche de Mina. Il musarda ensuite un moment dans le quartier dit des Quatre Chemins. Mais, sous la chaleur écrasante de cette après-midi de fin juillet, le village était désert, ce qui contrastait avec l'agitation matinale du peuple des travailleurs. Hommes et bêtes se terraient. Seul, sur un mur, un chat maigre dormait, repoussant la traque des mulots aux heures plus clémentes du soir. Deux chiens galeux, la langue pendante, se contentèrent de le regarder passer, économisant leurs aboiements rageurs, artifice de leur posture de bon gardien.

Pierre ne croisa que deux petites vieilles, assises sur un banc de bois à l'ombre de l'épaisse ramure d'un catalpa. Un grand chapeau de paille sur la tête, elles étaient toutes deux vêtues de noir. On pouvait se demander si elles avaient un jour été jeunes. Percluses de rhumatismes, les articulations rongées d'arthrose, mais bonnes langues devant l'Éternel, les deux commères ne retrouvaient un brin de vigueur que pour colporter les rumeurs. Alors leurs yeux se mettaient à pétiller. Promptes aux ragots qui habillaient le quidam pour l'hiver, à ouïr les sous-entendus perfides de conversations entrecoupées de longs silences d'approbation, on devinait qu'elles ne passaient pas leurs après-midi à dire du bien de leurs voisins ! Pierre s'approcha d'elles et, un sourire de circonstance aux lèvres, les salua en ôtant poliment sa casquette.

— Bonjour, mesdames… Peut-être pouvez-vous me renseigner, fit-il d'un ton enjôleur. Je cherche une jeune femme du nom de Mina…

— Mina… Mina Jouret ?

— Oui… Vous la connaissez ?

— Qui ne connaît pas cette garce ici ! Elle habite chemin des Vignes avec sa mère. Mais à cette heure, elles ne sont pas chez elles. Tu les trouveras plus sûrement au lavoir…

— Au lavoir municipal, près de la rivière ?

— Oui, c'est là que se retrouvent nombre de femmes quand il fait trop chaud, comme aujourd'hui… Tu sais où c'est ?

Pierre acquiesça et les remercia d'un grand sourire. Il enfourcha son vélo et ne mit pas longtemps à parvenir à l'endroit indiqué. Le lavoir de Dreuilhe ressemblait à ceux que de nombreuses municipalités avaient fait construire au tournant du siècle. Symboles de modernité par rapport aux temps encore proches où les femmes lavaient au ruisseau, il offrait deux grands bacs cimentés qui, sous un toit de tuiles plates, accueillaient les adeptes du battoir et de la lessiveuse. Dans le gargouillement d'un filet d'eau dérivé du Touyre qui coulait d'un bec de cuivre vert de gris, les bulles de savon et la cendre de bois dévalaient les caniveaux pour grossir une rivière qui passait par les couleurs de l'arc-en-ciel, fruit des usines qui rejetaient dans la nature leurs effluents chimiques sans se préoccuper outre mesure de la pollution engendrée.

Sautant lestement de son vélo, Pierre le posa contre le mur du lavoir. Un sourire de victoire éclairait son visage juvénile. Il avait tant hâte de revoir celle qui peuplait ses rêves. Le jeune homme n'ignorait pas que les lavoirs étaient de vrais lieux de sociabilité villageoise. Ici, dans le murmure de l'eau, quatre femmes vêtues de noir et de gris, les manches de leur chemise retroussées jusqu'au coude, s'activaient. Elles s'interpellaient en patois, mêlant rires, jurons et médisances. L'hilarité et la moquerie régnaient en maître. Malheur à celle qui n'aurait pas eu le cuir assez épais pour encaisser les railleries de ses voisines. Comme les deux petites vieilles le lui avaient laissé entendre, Mina était là. Elle se tenait un peu à l'écart des matrones, déployant beaucoup d'énergie pour expurger à grands coups de battoir la crasse d'un paquet de draps grisâtres.

— Mina ?

— Pierre !

— Je... je..., bredouilla le jeune homme en rougissant.

— Qu'est-ce que tu viens faire ici ? lança la jeune femme, troublée.

— Je viens de faire une livraison à Laroque-d'Olmes. Je passais te dire bonjour...

— C'est bien aimable à toi, balbutia Mina, quelque peu gênée de lui répondre sous le regard amusé des bonnes femmes.

En effet, leur petit aparté n'avait pas échappé à l'aréopage penché sur les bacs d'eau savonneuse. Peu d'hommes du bourg, sinon quelques catéchumènes de la distillation des ragots, se hasardaient à fréquenter ces lieux, traditionnellement réservés aux femmes. Une grande maigre du nom de Germaine Authié releva la tête. Son visage était creusé de rides profondes, traces d'un intense et harassant labeur qui l'avait épuisée avant l'âge. À voir son menton en galoche, son nez en lame de couteau, ses yeux brillants qui lançaient un regard de défi à ceux qui osaient le soutenir, on devinait aisément qu'elle n'était pas du genre à s'en laisser conter. Toute vêtue de noir, à l'instar de ses voisines, les mains appuyées sur son battoir, usant de l'ironie mordante qu'il était de coutume d'afficher, elle lança d'une voix rocailleuse :

— Eh, les filles, regardez qui nous arrive…

— On dirait un oisillon qui est tombé du nid ! répliqua celle qui se tenait à ses côtés.

— Eh, gamin, tu cherches de l'embauche ? reprit Germaine Authié.

— Attends… Peut-être qu'il a perdu sa mère? renchérit sa compagne.

— À moins qu'il ne songe à trouver ici une bonne fortune !

Un torrent d'éclats de rire fusa sous le lavoir. À ces mots, Pierre s'empourpra, ne sachant soudain que faire de ses mains. Mina laissa tomber son battoir et vola à son secours. Ce garçon lui plaisait. Il était différent de ses amants des jours ordinaires. Le saisissant fermement par le bras, elle jeta un regard noir à l'assemblée des laveuses avant de l'entraîner à l'écart sous les quolibets des mégères, abandonnant à sa mère le soin de répliquer aux moqueries de ses consœurs. Empruntant une étroite ruelle fraîche dont le sol était parsemé d'éclaboussures sèches de bouse de vache, les deux jeunes gens gagnèrent un pré en pente au bord du Touyre par un chemin tortueux. Dans le paisible gargouillis de la rivière qui se mêlait au bruissement des élytres de coléoptères, Pierre l'embrassa fougueusement.

Quand ses lèvres quittèrent les siennes, la jeune femme nicha son visage au creux de son épaule. Ils demeurèrent un long moment ainsi, enlacés dans la tiédeur de l'après-midi. Puis Mina, faisant preuve d'initiative, lui prit la main. Ils s'allongèrent sur un lit de pâturin des prés qui jaunissait sous le soleil de juillet. Et là, au milieu des nuées de sauterelles vertes et grises, les yeux fermés, elle se donna à lui dans le murmure du vent d'été, à l'ombre bienveillante d'un vénérable noisetier qui tendait son épaisse ramure vers le ciel limpide. Se détachant de cette étreinte qui l'avait fait homme, Pierre resta immobile quelques minutes à contempler la course effrénée des rares cumulus qui jouaient à saute-mouton avec les crêtes des

Pyrénées. Un brin d'herbe coincé entre les dents, ses doigts jouaient en silence dans la chevelure de Mina, cherchant à retenir le temps qui passe. Jamais il n'avait éprouvé un tel bonheur…

— Il faut que je rentre maintenant, murmura Mina à son oreille.

— C'est si bon de te sentir près de moi !

— Ma mère m'attend, lança la jeune femme en rabattant son jupon sur ses jambes.

— Encore un baiser…

— Plus tard…

— Où te retrouver ?

— Dimanche, aux Chaubets…

Déjà Mina s'enfuyait, le laissant dans le souvenir de l'extase vécue. Dans un état proche de l'apesanteur, Pierre la regarda disparaître au détour d'un buisson d'aubépines, soulevant les pans de sa robe pour courir vers le lavoir. Il saisit machinalement sa montre de gousset dans la poche de son gilet. Il en ouvrit le boîtier et poussa une exclamation. Mon Dieu, il était presque cinq heures ! Pourvu que sa mère n'ait pas eu l'idée de passer au garage cette après-midi ! Avec sa perspicacité féminine, Ernestine n'avait pas son pareil pour mettre le doigt sur ce qu'on voulait lui cacher. Reprenant brutalement contact avec la réalité, il chassa les brins d'herbe qui s'accrochaient à son pantalon. Pierre pédala comme un fou pour rentrer à Lavelanet, manquant de se faire renverser par une charrette lourdement chargée de javelles au débouché d'un chemin de terre.

— Té, patron… fallait pas faire du poivre, voyez bien qu'il arrive, vot' fils, lança Roger en s'essuyant le front avec un mouchoir à carreaux douteux, alors que Pierre apparaissait dans l'encadrement de la porte du garage, aussi rouge que les tomates que l'ouvrier cultivait amoureusement dans le petit jardin de curé attenant à sa maison.

— Tu en as mis du temps ! fit Victor.

— C'est que… j'ai regardé comment ils montaient le carburateur, mentit le jeune homme en détournant la tête pour éviter de croiser le regard de son père.

Pour se donner une contenance face aux ouvriers qui, sous le regard du patron, bourdonnaient dans le garage comme des abeilles dans une ruche en pleine effervescence, Pierre chercha un dérivatif. Le jeune homme avisa alors une bicyclette de femme, négligemment appuyée contre le mur, en attente de réparation, dont la chaîne pendait au sol. Ouvrant une boîte ronde de lubrifiant pour armes et cycles au logo de la marque L'Hirondelle, il se saisit d'un pinceau queue-derat pour s'abîmer dans le graissage méticuleux du pédalier, veillant à éviter les excès qui eussent immanquablement taché le jupon de sa propriétaire. Du coin de l'œil, il vit que son père avait déjà tourné les talons, retournant à ses sacro-saintes écritures. Tout en tartinant de graisse les dents du pédalier, Pierre ne pouvait s'empêcher de songer à Mina. Comment oublier le frisson qu'il avait connu dans ses bras ? Toutes ses pensées ne seraient-elles pas dorénavant tendues vers elle ?

L'image de la jeune fille accompagna chacun des gestes de Pierre toute la semaine qui suivit. Il lui suffisait de fermer les yeux pour sentir le parfum capiteux de sa chevelure, la douceur de ses lèvres, le charme pigeonnant de sa gorge profonde. Ses nuits étaient peuplées de sa silhouette ondoyante dans le doux zéphyr de l'autan. Comment aurait-il pu en être autrement pour celui qui, à l'ombre d'un noisetier, avait eu la sublime révélation de l'amour ? S'astreignant à ne rien laisser paraître du bonheur qui était le sien, Pierre faisait un effort sur lui-même pour vaquer au quotidien. Il s'efforçait d'afficher sur son visage juvénile une placide bonhomie de circonstance. Sans doute lui arrivait-il de sourire bêtement, un peu à contretemps des conversations qu'on lui tenait.

Fort de l'alibi de la fête annuelle du hameau des Chaubets, Pierre s'éclipsa du domicile familial ce samedi à peine la dernière bouchée du dîner avalée. Chevauchant son vélo en danseuse, à l'image du coureur Eugène Christophe, héros du Tour de France, réparant quelques jours plus tôt la fourche de son vélo cassé à la forge de Sainte-Marie-de-Campan, il monta la côte, l'espoir chevillé au cœur. Et si Mina était déjà là ? La nuit tombait quand Pierre arriva en vue du modeste hameau. Quelques lampions colorés étaient tendus sur un fil de fer en travers de la route. Pierre eut vite fait de trouver le lieu des festivités. Prenant soin d'entraver sa roue par une chaîne munie d'un cadenas, il abandonna son vélo contre le mur d'une grange qui débordait de paille fraîche. Sur l'estrade d'une placette médiocrement éclairée de deux réverbères à gaz, cinq musiciens, constituant un semblant d'orchestre, s'évertuaient à faire danser un rassemblement hétéroclite d'ouvriers et de paysans.

Scrutant la foule endimanchée des classes populaires qui se trémoussait, Pierre aperçut Mina. Vêtue d'un corsage bleu pâle, la jeune femme valsait au bras d'un bellâtre d'âge mûr dont le visage rougeaud s'ornait d'une magnifique paire de rouflaquettes à faire pâlir d'envie un adolescent imberbe. Aérienne, les cheveux symboliquement couverts d'un minuscule chapeau de paille, Mina tenait un pan de sa robe de la main gauche pour dégager ses bottines de cuir noir qui virevoltaient sur le parquet de bois. Pierre vit que la main du type se plaquait à chaque contretemps un peu plus sur sa croupe. Un sentiment de rage le submergea tandis que l'orchestre massacrait allégrement

La Chasse royale, une œuvre de Gatien Marcailhou d'Aymeric, compositeur né à Ax-les-Thermes qui passait aux yeux des connaisseurs tel Maurice Ravel pour le véritable inventeur de la valse. Mais cet ami de George Sand qui avait écrit pour la romancière *Indiana*, en souvenir du premier roman de la Dame de Nohant paru en 1832, ne tombait-il pas aujourd'hui dans l'oubli ?

Pierre ne pouvait quitter des yeux la silhouette de Mina. Elle ondulait harmonieusement dans les bras du bellâtre, leurs deux corps plus étroitement imbriqués que les conventions morales ne le permettaient. Une colère sourde lui étreignait le cœur. Celle qu'il désirait par-dessus tout, celle qui habitait les rêves de ses nuits et occupait les pensées de ses jours, celle qui lui avait fait découvrir l'amour se pavanait au bras d'un autre. Leur danse trahissait une complicité intolérable. Il serra les poings à s'en faire blanchir les articulations. Si son amie d'enfance, Clémence Naudy, avait vu les éclairs furibonds que jetaient ses yeux, elle eût sûrement pris peur. Pierre affichait un regard dur, presque meurtrier.

— Mina, je suis là, lâcha-t-il gauchement quand elle passa à proximité de lui.

— Plus tard, Pierre… Plus tard.

— Plus tard ? Mais Mina…

— Tu vois bien que je suis prise…

Tandis qu'elle s'éloignait, l'orchestre écorcha

les premières mesures d'un air qui avait fait valser toute une génération ces dernières années. Chantée par Dickson, cette œuvre, aux paroles écrites en 1907 par Gaston Millandy et composée par Joseph Rico, avait été popularisée par le célèbre chanteur Bérard qui l'avait reprise en 1908.

J'ai tant pleuré pour toi
Tant prié, sans t'attendrir, méchante !
J'ai passé tant de jours, tant de nuits à ne
songer qu'à toi ! J'ai tout au fond de moi
Dû cacher tant de larmes brûlantes
Que j'ai lassé mon cœur à tant souffrir pour toi !

Et déjà Mina, délaissant les bras du bellâtre, avait rejoint ceux d'un autre cavalier. À cet instant, une fille un peu grasse à la poitrine lourde qui exhalait l'ail et le vin rouge vint se planter en face de Pierre. D'une voix gouailleuse, elle le héla d'un « Eh, tu danses ? » Pierre n'osa pas dire non. D'autorité, elle passa ses bras autour de son cou alors qu'il la saisissait par la taille, s'efforçant de suivre la cadence. La fille, collante, transpirait une sueur aigre. Son corps grassouillet tressautait dans la poussière qui volait sous les pas des danseurs. Le suint s'échappait de ses aisselles pour détremper les emmanchures de sa robe d'une auréole nauséeuse.

Pierre était submergé par son parfum fétide, quand, soudain, sans qu'il comprît ce qui en était la cause, un brusque mouvement de foule eut lieu à quelques mètres de lui. Une clameur s'éleva parmi les danseurs. Des cris fusèrent. Une bagarre venait d'éclater. Les dernières notes de la valse moururent sous les doigts des musiciens. Pierre en profita pour abandonner sans regrets les bras de sa partenaire. Des coups de poing étaient échangés. L'épicentre du combat se rapprochait. Il entendit le déchirement d'une chemise. Une courte lutte suivit. Et puis, brusquement, une lame jaillit dans la lumière des lampions. Rapide comme l'éclair, elle traça un zigzag meurtrier dans la demi-pénombre avant de frapper l'homme en gilet avec qui dansait Mina quelques instants auparavant.

Sous l'estocade, le type recula. Son visage devint blême. Il regarda son ventre avec un air surpris. Une tache sombre s'élargissait sur sa chemise. L'homme leva les yeux au ciel, essayant de comprendre ce qui lui arrivait. Comme un boxeur sonné, il tituba et, cherchant son équilibre, s'accrocha au bras de Pierre.

— C'est pas vrai ! C'est pas vrai ! gémit-il dans un souffle avant de s'effondrer dans la poussière telle une poupée de chiffon, la tête dans le caniveau, aux pieds de Maurel.

Instinctivement, le jeune homme ramassa le surin qui était tombé par terre. C'était un solide couteau de travailleur. Le manche, en bois, était poisseux d'une substance liquide et tiède. Au même instant, la foule des danseurs s'écarta en poussant des cris d'effroi. Les gens regardaient sa main blanche qui étreignait la lame maculée de sang. Une fraction de seconde, un lourd silence s'instaura.

— Il l'a piqué ! hurla un type d'une voix de stentor.

— Un médecin ! cria une femme d'âge mûr. Vite, un médecin !

— C'est plutôt un prêtre qu'il faudrait, jeta un quinquagénaire à la barbiche blanche en se penchant sur la victime qui râlait faiblement. Il est en train de passer.

— Adrien ! Adrien ! brailla une jeune femme aux traits vulgaires en se précipitant au chevet de celui qui venait de s'effondrer.

— Mais… mais… balbutia Pierre Maurel, qui demeurait le couteau à la main, incrédule, dépassé par les événements.

— Il m'a tué mon homme ! Il m'a tué mon homme ! glapit la fille.

— Qui ça ?

— Lui… lui !

— Eh, je le reconnais ! C'est le fils du garage Maurel ! gueula Louis Escande, un type maigre en bleu de chauffe qui avait l'air aussi franc qu'un âne qui recule.

— Regardez, il a encore le couteau à la main !

— Attrapez-le ! Attrapez-le ! gronda l'assistance qui formait un demi-cercle entourant l'homme à terre, victime du tragique pugilat.

Pierre jeta un coup d'œil autour de lui. Une foule hostile le cernait, menaçante. On n'hésiterait pas à lui faire la peau. À voir les regards meurtriers dégoulinant de haine et de vengeance qui l'entouraient, il eut l'impression d'être comme un de ces sangliers tenus au ferme, après une longue traque dans la forêt de Bélesta, par une meute de chiens impatients de planter leurs crocs. Brusquement, deux types le saisirent par les bras pour essayer de le plaquer au sol. Le jeune homme se débattit, résistant à leur étreinte de toute la force de sa juvénile musculation. Sa chemise se déchira en un craquement sinistre, laissant apparaître son maillot de corps. La poche droite de sa veste resta entre les mains d'un de ses agresseurs. Au même instant, jouant des coudes pour briser la masse des témoins qui n'avaient rien vu et qui braillaient plus fort que les autres, Mina fit irruption sur la scène du drame. Avec son corsage malmené, son chignon en bataille, la jeune femme, qui s'était trouvée au cœur de la rixe, faisait peine à voir. Les voix les plus tonitruantes se transformèrent en un murmure sourd.

— Pierre !

— Mina, j'y suis pour rien… Explique-leur, toi !

— C'est vrai, protesta-t-elle. C'est pas lui… C'est pas lui…

— Qu'est-ce que t'en sais ?

— Ouais, tais-toi ! On l'a vu !

— Pas la peine d'attendre les cognes !

— Réglons-lui son compte !

— Faudra me passer dessus, répliqua la jeune femme dont les yeux jetaient des éclairs.

— Pousse-toi de là ! cria un grand diable aussi large qu'une armoire de mariage en posant la main sur son épaule pour l'écarter.

— Sauve-toi, Pierre ! Sauve-toi ! hurla Mina en écartant les bras pour faire de son corps un rempart afin de protéger sa fuite.

— Mina…

— Fous le camp !

— Mais…

— Fous le camp, bordel !

Pierre lança un bref coup d'œil par-dessus son épaule. Au-delà de la médiocre clarté diffusée par les lampions du bal, la placette était plongée dans la pénombre. Là était son salut. Il n'hésita pas longtemps. La voie était libre. Il n'y avait pas d'autre moyen d'échapper à la vindicte de la populace. Prenant ses jambes à son cou, le jeune homme détala comme s'il avait à ses trousses le diable dont les menaçait le curé de la paroisse à chaque office. En quelques secondes, l'obscurité l'avait avalé, tandis qu'une sourde clameur montait sur la place. Sans oser se retourner, Pierre s'engagea dans la ruelle qui résonnait du bruit de sa course éperdue. Retrouvant sa bicyclette, le cœur battant la chamade, il se hâta de l'enfourcher pour s'élancer sur la route menant à Lavelanet, noyée dans la nuit épaisse.

Aux Chaubets, la fête était définitivement terminée. Personne n'avait plus envie de danser et les flonflons du bal s'étaient tus. Même la buvette était au chômage. Les gendarmes n'avaient pas tardé à faire leur apparition. Après les constatations d'usage, ils avaient relevé les identités des protagonistes et enregistré les témoignages. Ils attachèrent une grande importance à celui de Louis Escande qui affirmait avoir reconnu l'assassin. Puis le corps de la victime, recouvert d'un simple drap fourni par une âme charitable, avait été chargé sur un charreton pour être ramené à son domicile où une veillée funèbre avait été improvisée par ses voisins. Et par groupes, les gens étaient rentrés chez eux, parlant à voix basse.

Tout en pédalant vers Lavelanet, tandis que le zéphyr des montagnes fouettait son visage juvénile d'une tiède caresse estivale, Pierre commençait de réfléchir. Sa fuite, sur l'injonction de Mina, dans un mouvement de panique incontrôlé, n'accréditait-elle pas sa culpabilité aux yeux de la foule ? Il aurait dû laisser passer la bronca de la populace. Comme toutes les colères, elle serait retombée tel un soufflet. Quels étaient ses torts ? Il était bien certain de ne pas avoir frappé ce type. Sa seule faute avait été de ramasser le couteau poissé du sang de la victime. Il n'avait pas eu le temps de s'expliquer. Ah, que n'avait-il fait face pour prouver sa bonne foi ! Désormais, tout l'accusait, pire : il avait entendu un homme crier son nom. Il avait donc été formellement reconnu… Il pouvait faire une croix sur son rêve de devenir ingénieur. Sa vie était foutue !

Cette certitude faisait naître chez Pierre, à chaque coup de pédale, une sourde angoisse qui lui tenaillait le ventre. Les gendarmes n'allaient pas tarder à venir l'arrêter. Où pouvait-il trouver refuge ? Chez ses parents ? Inutile d'y songer. Les cognes auraient vite fait de lui mettre la main dessus ! Mais quel lieu serait assez sûr pour attendre que son innocence soit reconnue ? Impossible de demander asile à son amie Clémence Naudy. Il la connaissait trop bien. La pureté des sentiments qu'il avait cru distinguer dans son cœur ne s'en accommoderait pas. Quant à ses parents, les convenances les plus élémentaires leur interdisaient de l'accueillir. Passer la nuit dehors, comme ces trimardeurs qui couchaient sur les bancs publics, enveloppés dans leurs hardes pouilleuses, n'était guère envisageable. La nouvelle de la rixe allait se répandre comme une traînée de poudre et, au petit matin, il serait pris comme un lièvre au gîte. Non… Il lui fallait fuir vite et loin.

Mais en attendant, le seul endroit où il pouvait espérer assistance, c'était chez Mina.

Sans prendre le risque de passer chez ses parents, Pierre pédala jusqu'à Dreuilhe. Il retrouva assez facilement le chemin des Vignes où vivait Antoinette Jouret. Mais pas question d'aller tambouriner à la porte et de réveiller le quartier. Il ne pouvait rester dehors en attendant le retour de Mina. Pierre avisa alors une petite remise qui jouxtait la modeste maison ouvrière. La porte du local céda au premier coup d'épaule, révélant, dans un bref rayon de lune, un bric-à-brac de pelles, de pioches, de râteaux et de bigoucets[14]. Sur une table branlante, un sécateur aux lames rouillées voisinait avec une paire de tenailles, une pelote de raphia et une boîte ouverte de sulfate de cuivre. Dans un coin de l'appentis, un petit baricaut achevait de perdre ses cerceaux de fer. Laissant la porte légèrement entrouverte pour se garantir de toute visite inopinée, il s'assit sur un tas de sacs en jute qui pourrissaient dans une humidité fétide. Dans le silence de la nuit, prenant sa tête entre ses mains, Pierre ferma les yeux et se mit à pleurer.

Pierre Maurel avait vu juste. Nanti de son nom et de son adresse complaisamment fournis

14. Petite houe à deux dents qui sert à sarcler.

par Louis Escande, les gendarmes eurent vite fait de débarquer chez lui. Après une longue soirée passée sous la tonnelle à prendre le frais, vers minuit, les Maurel s'apprêtaient à se coucher. Victor était en train de se débarrasser des bretelles qui tenaient son pantalon, tandis qu'Ernestine délaçait son corset, quand ils entendirent frapper. Victor descendit l'escalier de chêne ciré et ouvrit la porte. Grande fut sa surprise de se trouver devant deux représentants de la maréchaussée. Interloqué, le sourcil en accent circonflexe, il les contempla d'un œil rond. Qu'est-ce qui pouvait bien lui valoir la visite des argousins à une heure pareille ? À voir leurs mines figées de sévérité gendarmeuse, ce n'était pas la courtoisie.

— Bonsoir, messieurs, fit Victor.

— Monsieur Maurel ?

— Oui, c'est pourquoi ?

— Il est là ? demanda le plus grand des deux pandores.

— Qui ?

— Votre fils !

— Mon fils ? Ma foi, non… Il est sorti faire un tour en ville avec des amis.

— Inutile de finasser ! Où se cache-t-il ? Dites-le nous…

— Mais voyons, messieurs, pourquoi se cacherait-il ?

— Parce qu'il a poignardé un rival au bal des

Chaubets, il y a une heure !

À cette annonce, Victor Maurel crut que le ciel lui tombait sur la tête. Il lâcha un « quoi » étouffé, puis demeura sans voix. Il se raccrocha à la poignée de la porte, mis K.-O. par cette nouvelle, comme le boxeur James J. Jeffries lors du « combat du siècle », organisé trois ans plus tôt, le 4 juillet 1910, à Reno dans le Nevada, devant plus de 20 000 spectateurs, qui avait fait de Jack Johnson le premier Noir champion du monde des poids lourds. Ernestine, sur le palier, avait entendu toute la conversation. Les mots résonnaient dans sa tête, perdant leur sens. Elle se sentit défaillir. Sa vue se brouilla. Ses jambes se dérobèrent sous elle. Sa main chercha vainement à serrer la rambarde en bois pour conserver l'équilibre. Ses phalanges blanchirent sans parvenir à retenir le poids de son corps. Et Ernestine s'effondra sur le parquet. Le bruit sourd alerta Victor qui grimpa l'escalier quatre à quatre, suivi des deux gendarmes. Les trois hommes portèrent Ernestine jusqu'à son lit. Ils l'allongèrent, s'employant à l'aide d'un mouchoir trempé dans le broc à eau à la faire revenir à elle.

— Pierre… Mon Pierre…, balbutia-t-elle en reprenant ses esprits.

— Ces messieurs font sûrement erreur, fit Victor. Notre fils est incapable de commettre un geste pareil !

— Hélas, monsieur… il y a des témoins. Dites-nous plutôt où il se cache.

— Mon fils n'est pas là… Mais si vous ne me croyez pas, vous pouvez fouiller la maison.

— C'est dans son intérêt de se livrer à la justice. Demain, à la première heure, nous lancerons un avis de recherche le concernant.

Après avoir quitté les Chaubets, Mina était partie à la recherche de Pierre. Mais où le jeune homme avait-il donc pu trouver refuge ? Elle erra longuement dans les rues de Lavelanet. De guerre lasse, vers une heure du matin, elle rentra chez elle à Dreuilhe. Elle s'apprêtait à pousser la porte quand elle fut intriguée par le rayon de lune qui éclairait l'intérieur du cagibi jouxtant sa maison. Là, elle découvrit Pierre, assis sur un tas de sacs qui servaient d'ordinaire à la récolte des pommes de terre. Totalement abattu, le jeune homme ne réagit pas à l'appel de son nom. Doucement, Mina lui caressa la joue.

— Pierre, c'est moi…

— Il est vraiment mort ? balbutia-t-il d'une voix blanche en levant vers elle de grands yeux embués de larmes.

— Plus mort que ça, ce serait difficile ! Un coup de surin, tu sais, ça ne pardonne pas, soupira Mina, un rien fataliste.

— Alors ils vont venir me prendre.

— Ils ?

— Les argousins…

— Laisse passer le temps. Les esprits s'apaiseront et tu pourras t'expliquer.

— Mais Mina, fit Pierre en se redressant, les gendarmes ne croiront jamais à mon innocence. Trop de gens m'ont vu le couteau à la main. Un type a même crié mon nom…

— Qui ?

— Je crois que c'est un certain Louis Escande. Il travaille de temps en temps comme ferblantier chez Servat, à Lavelanet.

— Tu en es sûr ?

— Ah, oui, quelle histoire ! L'an dernier, mes parents lui ont confié le rétamage de toutes nos casseroles. Mon père n'a pas été très content de son travail. C'est un jean-foutre.

— Dans quelques semaines, les gens auront oublié…

— Le temps n'y changera rien, Mina. Je te jure que ce n'est pas moi qui l'ai tué !

— Je le sais bien.

— Jamais mes parents ne s'en remettront.

— Tu n'es pas le premier à qui il arrive des embrouilles.

— Mais tu ne te rends pas compte? On va me mettre en prison… me juger, m'envoyer pourrir au bagne, comme Dreyfus, ou peut-être même me guillotiner !

— D'abord, ils ne t'ont pas encore pris.

— C'est tout comme ! Je suis fait comme un rat…

— Il ne faut pas rester là…

— Mais où veux-tu que j'aille ?

— En Espagne.

— Ils ont mon signalement… La frontière est bien trop surveillée par les gabelous et les gendarmes.

— Écoute-moi, j'ai un cousin qui habite vers Saint-Jean-de-Luz.

— Au Pays basque ?

— Oui. J'en réponds comme de moi-même. Il travaille sur un thonier-sardinier qui fournit les conserveries du quartier du Fargeot. Il s'appelle Baptiste Saurat. Va le voir. Tu seras en sécurité et il saura comment te faire franchir la Bidassoa pour passer en Espagne…

— Mais comment veux-tu que j'arrive là-bas ? Les gendarmes vont me coincer à la gare de Lavelanet.

— Pédale jusqu'à Foix et saute dans le premier train pour Saint-Girons… De là, il faudra te débrouiller pour attraper une correspondance pour Bayonne. Dans le flot des voyageurs que la Compagnie des chemins de fer du Midi transporte vers les villes d'eau, personne ne te reconnaîtra.

— Je n'ai pas de papier, pas d'argent… Ma

chemise est en lambeaux, mon costume est tout déchiré…

— Attends-moi là.

— Mais, Mina…

— Tais-toi et ne bouge pas ! ordonna-t-elle en posant son index sur ses lèvres. Je reviens…

Et la jeune femme s'éclipsa, son ombre furtive se dissolvant dans l'épaisseur de la nuit. Pierre s'avança dans l'entrebâillement de la porte. Il aspira une goulée d'air pour purger ses poumons de l'odeur âcre du sulfate de cuivre qui imprégnait le carretal[15]. Mon Dieu, dans quel pétrin était-il allé se mettre ! S'enfuir comme un voleur de poules… Un petit vent frais qui descendait des montagnes vint lui lécher le visage, lui apportant une bouffée d'espérance qui lui réchauffa le cœur. Pierre pensa à ses parents. Sa mère allait en mourir de chagrin ! Comment les prévenir ? Impossible de rentrer à la maison, les gendarmes y étaient peut-être déjà. Pierre était perdu dans ses pensées quand Mina le rejoignit.

— Tiens, voilà des vêtements propres et de quoi payer ton billet, fit-elle en lui tendant une poignée de billets de banque de couleur rose.

— Mais Mina, cet argent…

— C'est ma paye de la semaine… Tu me le rendras plus tard.

15. Petite remise.

— Je ne peux pas accepter, balbutia Pierre, élevé dans l'idée que c'était à l'homme de rapporter le salaire.

— Prends ça aussi, fit la jeune femme en fourrant sa main dans la poche intacte de sa veste.

— Qu'est-ce que c'est ?

— Un casse-croûte et des noisettes toutes fraîches que j'ai cueillies cette après-midi, le long du Touyre.

— Des noisettes ? Mais pourquoi faire ?

— Tu les croqueras en chemin. En les grignotant, tu penseras à moi et ça te rappellera le pays.

— Et mes parents ? Mon Dieu !

— Tes parents ne peuvent rien pour toi, sauf à passer pour les complices d'un crime que tu n'as pas commis. J'irai les voir demain matin. Je leur expliquerai tout. Ne t'inquiète pas… Je m'en occupe. Allez, maintenant, file ! Profite de la nuit pour disparaître avant qu'on ne songe à venir ici te chercher…

Et Mina, dans un de ses mouvements passionnés dont elle était capable, colla ses lèvres sur les siennes et l'embrassa comme elle ne l'avait jamais fait. Ce baiser brûlant lui réchauffa le cœur tout autant que l'âme. Il lui remonta le moral, à l'image de ces vessies de porc, utilisées comme ballons, que l'on regonflait de quelques coups de pompe à vélo à la mi-temps des matchs disputés par le Stade lavelanétien, une équipe de rugby créée en 1920 et qui évoluait le dimanche sur la prairie de M. Bastide, en face de la gare, pour le championnat des Pyrénées. L'étreinte qu'elle lui accorda au firmament de cette nuit fut si intense que Pierre eut bien du mal à se résoudre à quitter ses bras. Quand il parvint à se détacher d'elle en lui caressant tendrement les cheveux, il vit, dans la demi-pénombre du cagibi, que les yeux de Mina brillaient comme des diamants noirs. Le feu dévorant qu'il aperçut au tréfonds de son regard balaya ses doutes et dissipa ses dernières craintes. Mina serait pour toujours la femme de sa vie. Pierre Maurel la laissa s'échapper, fort de certitudes qu'il voulait croire inébranlables.

— Mina, je t'aime…

— Sauve-toi, Pierre ! lança la jeune femme en relevant ses jupes pour rentrer chez elle.

— Mina !

— Sauve-toi !

Demeuré seul dans l'obscurité de l'appentis, Pierre se hâta de changer de vêtements. En se dépouillant de ses habits déchirés pour endosser ceux que Mina lui avait apportés, il eut l'impression de changer de peau. La chemise était un peu grande pour lui. Taillée dans une toile grossière, elle avait été reprisée aux poignets. Sans doute avait-elle appartenu à un travailleur ou à un domestique… La veste, étroite pour sa carrure, le boudinait un peu et le pantalon était manifestement trop court. Pierre n'avait pas besoin de glace pour savoir qu'ainsi vêtu il n'était plus tout à fait le même.

Que restait-il de Pierre Maurel, du brillant élève de mathématiques élémentaires qu'il avait été ? Ses parents l'auraient-ils reconnu sous ce déguisement ? S'appartenait-il encore un peu ou était-il déjà un autre, tels ces trimardeurs sur les chemins de l'errance ? Mais trêve de lamentations ! Il n'avait pas de temps à perdre… Impossible de passer embrasser sa mère et son père. Les gendarmes n'allaient pas tarder à rappliquer. Tirant derrière lui la porte de la petite remise, il ajusta sa casquette sur son crâne et sauta sur son vélo pour se fondre dans la nuit, tel un passe-muraille.

Pierre savait que l'obscurité était sa meilleure alliée. Pour ne pas courir le risque de tomber par hasard sur les gendarmes, il décida de ne pas emprunter la grande route. Il préféra opter pour les chemins mal empierrés, surtout fréquentés par les carrioles des paysans, qui, via les villages de Raissac et de Roquefort-les-Cascades, rejoignaient Foix. Cet itinéraire avait en outre l'avantage de contourner le pont conduisant à la cité comtale et le Grand Hôtel Benoît. Roulant sans lumière dans la nuit noire pour ne pas se faire repérer par un éventuel insomniaque sorti prendre le frais sur le pas de sa porte, il fallut au jeune homme un peu plus de deux heures pour parcourir les vingt-six kilomètres qui séparaient Dreuilhe de Foix. Construite sur la rive droite de l'Ariège cinquante ans plus tôt, en 1862, la gare avait fait naître un ruban de pavillons le long de la route de Toulouse. Pierre connaissait les lieux pour y avoir accompagné son père. Il savait que, faute de commerces, ce quartier périphérique était désert à la nuit tombée.

À l'orée du village de Labarre, Pierre Maurel profita de la lumière jaunâtre d'un réverbère pour consulter sa montre. Il était un peu plus de quatre heures du matin. La gare n'était plus qu'à quelques coups de pédales. S'il parvenait à sauter dans un wagon, il était sauvé. Tel un fantôme, le jeune homme pénétra dans l'emprise ferroviaire par la partie réservée aux marchandises. Dépassant un portique de chargement, il rasa les murs d'un double hangar, nanti d'un quai. Il n'y avait aucun trafic à cette heure. Seuls deux cheminots s'affairaient au ravitaillement en eau de la chaudière d'une locomotive, à proximité d'une citerne située de l'autre côté de l'entrelacs des rails. Pierre se glissa vers le bâtiment central qui accueillait les voyageurs. Avisant devant le buffet de la gare une borne-fontaine Bayard, il en tourna le volant pour faire couler un peu d'eau fraîche dont il se désaltéra. Il essuya sa bouche d'un revers de main et jeta un coup d'œil au panneau grillagé qui indiquait les horaires des trains.

En application du plan Freycinet, la ligne à voie

unique, longue de quarante-deux kilomètres, était ouverte dans sa totalité depuis octobre 1903. Ainsi la vallée de l'Ariège était-elle reliée à celle de la Garonne par trois liaisons quotidiennes entre Foix et Saint-Girons en période estivale, deux seulement le reste de l'année. Le premier train, un convoi mixte, voyageurs et marchandises, partait à 7 h 9 pour arriver à 8 h 23 au terme de huit arrêts. Bien que la salle d'attente fût ouverte, Pierre jugea plus prudent de s'installer dans un lieu moins passant pour éviter toute rencontre inopportune. Délaissant le banc public installé devant le buffet de la gare, près de l'endroit où stationnaient les pataches[16] qui déposaient les voyageurs, il aperçut un petit massif de buis niché à l'extrémité d'un bouquet de platanes. Il abandonna sa bicyclette contre un mur et s'y dissimula, assis par terre, adossé à un arbre, en attendant que son train arrive.

Étreint d'une intense fatigue, le jeune homme lutta pour ne pas s'endormir. Il craignait d'être surpris dans son sommeil par quelque soupçonneux qui pourrait avoir la malencontreuse idée de prévenir la maréchaussée à la vue du trimardeur auquel il ressemblait désormais. La perspective d'être ramené au bout d'une chaîne de conduite, les deux mains liées par des poussettes, ces ancêtres des menottes qui faisaient partie de l'équipement

16. Voiture lourde faisant le transport des lettres et de passagers.

du gendarme, tel un vulgaire malfrat, le révulsait assez pour le tenir éveillé. Un peu avant six heures du matin, la gare commença à s'animer des cheminots prenant leur travail. Chauffeurs, conducteurs, lampistes, mécaniciens, gardes-freins, aiguilleurs, piqueurs, manutentionnaires, tous en bleu de chauffe, la tiraient de son engourdissement nocturne. Bientôt, une locomotive type 030, destinée au service mixte, manœuvra sur le quai en face, crachant un panache de fumée qui se perdait dans le ciel laiteux. Pierre sortit de sa cachette. Il croisa un cantonnier qui l'assura que c'était bien l'omnibus pour Saint-Girons. Prenant un air faussement dégagé, il pénétra dans le hall pour acheter un billet que la modestie de son pécule limitait à la troisième classe. Ce n'était pas le moment de se faire coincer par un contrôleur !

Dès que le train fut à quai, Pierre Maurel se précipita dans l'un des deux wagons. Il ouvrit la porte d'un compartiment et y hissa son vélo. Une fois installé, il tira le store pour éviter les regards indiscrets et attendit de longues minutes, le cœur plein d'angoisse, que l'omnibus démarre. Quand le train s'ébranla enfin dans le vacarme du cliquetis des bielles, Pierre poussa un soupir de soulagement. Il serait désormais plus difficile aux gendarmes de Lavelanet de le retrouver. Son destin venait de basculer… Les portes de la liberté s'ouvraient devant lui. C'était celles de l'aventure !

4
Les chemins de l'aventure

La vitesse du tortillard, qui ne dépassait pas les soixante-quinze kilomètres à l'heure prévus sur cette ligne par la Compagnie des chemins de fer du Midi, laissa amplement à Pierre Maurel le temps d'admirer les paysages de son Ariège natale. Le nez collé à la vitre, il s'emplissait les yeux du défilement des prés et des champs, de l'alternance des hameaux blottis dans leur écrin de verdure et des bordes[17] isolées. Durant tout le trajet, ponctué de haltes durant lesquelles montaient quelques paysannes toutes vêtues de noir, il ne pouvait s'empêcher de se remémorer les événements. Certes, tout l'accusait : le témoignage de ce type, Louis Escande, tout comme ses empreintes que l'on ne manquerait pas de relever sur le manche du couteau. Ah, mais pourquoi l'avait-il donc

17. Grosse ferme souvent pourvue d'une cour carrée.

ramassé ? Ce réflexe imbécile faisait de lui un coupable idéal. Et cette fuite ? N'avait-il pas agi sur un coup de tête, cédant à un instant de panique ? Maintenant, il était trop tard. Il ne pouvait plus faire machine arrière. Mais Pierre se jura qu'un jour il reviendrait. Déjà, l'omnibus ralentissait. Son destin était en marche…

— Saint-Girons ! Saint-Girons ! Terminus du train ! aboyait mécaniquement un employé de la Compagnie des chemins de fer du Midi alors que le jeune homme ouvrait la porte du compartiment pour descendre sur le quai empuanti de vapeur.

— La route vers Saint-Gaudens ? demanda-t-il à un employé de voie vêtu d'un bleu de chauffe rapiécé.

— Vous n'avez qu'à suivre les panneaux, lui répondit laconiquement le type qui, à voir son teint rougeaud, avait dû largement arroser son casse-croûte de dix heures.

Pierre Maurel savait que son signalement allait être diffusé dans toutes les brigades de gendarmerie du département. Pas le temps donc de s'attarder à Saint-Girons pour contempler les eaux claires du Salat courant en un gargouillis cristallin entre les pierres ! Au sortir de la gare, il enfourcha son vélo et s'élança sur la route de Saint-Lizier, en direction de Saint-Martory, dans la fraîcheur du petit matin. Une vingtaine de kilomètres séparait la capitale du Couserans de la vallée de la

Garonne, mais le jeune homme craignait de s'égarer. En l'absence de ces grosses bornes carrées en béton pourvues d'indications routières gravées sur pierre de lave, que Michelin n'implanterait qu'à partir de 1920, il devait se fier aux bornes kilométriques qu'une circulaire du ministère de l'Intérieur avait généralisées à partir de 1853.

La route longeait plus ou moins le Salat pour s'en écarter en grandes courbes, laissant place à de larges râpes de gravier. Sous le soleil qui se faisait plus ardent, chaque coup de pédale était un pas vers la liberté. Porté par l'espérance que, hors du département, il serait plus difficile de lui mettre la main dessus, Pierre Maurel, malgré sa nuit blanche, ne ressentait nulle fatigue. Passé la vénérable cité de Saint-Lizier dominée par le palais des Évêques, le village de Lorp-Sentaraille, la ville d'Aristide Bergès, cet industriel papetier connu pour être « le père de la houille blanche », le jeune homme aborda la grand-rue du bourg de Prat-et-Bonrepaux, qui dormait au pied d'un château médiéval dominant le confluent de Salat et de la Gouarège, vers les dix heures du matin. Une fine sueur perlait maintenant à son front. De temps à autre, il s'essuyait d'un bref revers de manche. Toutefois, peu désireux d'attirer l'attention, Pierre Maurel s'abstint de faire halte à la fontaine publique du village. Plutôt que d'affronter le regard interrogateur de quelque matrone venue rincer son linge, il préféra continuer sa route vers Salies-du-Salat, quitte à mouiller un peu plus la chemise que Mina lui avait procurée en remplacement de la sienne, déchirée dans la rixe.

Le jeune homme s'arrêta en bordure du Salat, juste une centaine de mètres avant les fours à chaux de Lacave. Des panaches de vapeur d'eau s'élevaient en fumerolles pour se dissoudre dans le ciel bleu. En cours de chimie, au lycée de Foix, Pierre en avait étudié le processus de fabrication. Dans cette usine construite en 1870, jadis alimentée par le bois de la forêt de Betchat, on calcinait le calcaire à neuf cents degrés pour obtenir de la chaux vive que l'on éteignait par immersion dans l'eau. Une centrale hydroélectrique construite sur le Salat avait désormais pris le relais. Exploitant la proximité d'une carrière de gypse, l'usine Boussion produisait ainsi une chaux agricole de qualité. Tout le site était noyé sous une poussière blanchâtre qui tapissait route et végétation environnantes. Pour ne pas piquer la curiosité des ouvriers qui déchargeaient les wagonncts de minerai, il convenait de ne pas s'attarder et de pédaler sans ménager ses efforts.

Appuyant sa bicyclette contre une touffe de peupliers bruissant au vent d'autan, il se pencha pour humecter son mouchoir de l'eau froide du torrent. Une fraction de seconde, il contempla le reflet de son visage. La fatigue y avait sculpté deux cernes profonds qui lui creusaient le regard. En quelques heures, l'adolescence qui s'y attardait encore avait achevé de se dissiper. Pierre passa le mouchoir sur sa figure pour en chasser la poussière et reprendre une apparence plus présentable. Ôtant sa casquette, il lissa sa chevelure rebelle. De ses yeux, il suivit le cours de la rivière tumultueuse qui, au XIXe siècle, était encore navigable pour des bateaux construits sur place à destination de Toulouse. En cette saison estivale, on n'était pas loin de l'étiage.

Le regard du jeune homme glissa des joncs aux valérianes qui parsemaient la berge. Ici et là, des touffes d'herbe déployaient leur chevelure au gré du courant. L'eau, tantôt gaie, tantôt dolente, gazouillait entre les souches d'arbres dont les racines plongeaient dans le Salat. Le ciel s'y reflétait dans le pullulement des moucherons et des éphémères. Un rai de lumière pénétrant dans le clapotis révélait les araignées d'eau, patineurs infatigables qui remontaient le courant des gours profonds. Instinctivement, le cerveau de Pierre enregistrait toutes ces images, comme si elles étaient vouées à disparaître. Autour de lui, la vie était partout, foisonnante, d'une richesse naturaliste. Pierre poussa un soupir empreint d'une grande lassitude. Si son avenir pouvait lui offrir un bel échantillon d'opportunités inconnues, à lui d'assurer la pérennité des souvenirs face à l'oubli dont la vie habille les instants passés.

Reprenant la route après s'être rafraîchi, le jeune homme parvint rapidement à Mane, traversa Salies, connue dès l'époque romaine pour ses thermes, avant de franchir la Garonne sur un pont historique construit en 1724 par l'intendant Antoine d'Étigny et d'atteindre enfin le bourg de Saint-Martory. Bâtie sur la rive gauche du fleuve, juste au pied du front rocheux de l'Escalère, forte d'un millier d'habitants, la cité avait des airs de place forte. Pierre ne s'y attarda pas. Il avait hâte de rejoindre Saint-Jean-de-Luz dont le nom évoquait pour lui un parfum de liberté. Encore lui faudrait-il trouver le quartier du Fargeot et parvenir à joindre le cousin de la belle Mina, un certain Baptiste Saurat. Sachant que les thoniers-sardiniers basques ne s'éloignaient guère de leur port d'attache et pratiquaient traditionnellement une pêche côtière à bord de leur « txalupa[18] », il pouvait espérer tomber sur lui. À la sortie du bourg, sur la route du hameau de Beauchalot, Pierre rattrapa l'attelage d'un roulier. Tirée par une paire de chevaux lourds, la patache, lourdement chargée de ballots enveloppés de toile, témoignait de la survivance d'un mode de trans-

18. Chaloupe basque servant à la pêche en mer.

port que le chemin de fer avait presque fait disparaître au cours du XIXe siècle.

— Ho là, garçon, où cours-tu si vite ? lui cria le voiturier, le voyant le dépasser en pédalant comme un forcené.

— Vers Saint-Gaudens, répondit Pierre en ralentissant.

— Tu as l'air bien pressé.

— C'est que je ne veux pas rater le train !

— Tu as bien le temps, le prochain ne partira pas avant le début de l'après-midi.

— Vous en êtes sûr ?

— Eh, pourquoi crois-tu que je ferais charroi, sinon ? Alors si tu tiens à économiser ta peine, monte donc, tu me tiendras compagnie.

— Je n'ai pas d'argent, vous savez.

— Qui te parle d'argent ? répliqua le voiturier avec un sourire.

— Vous allez où ?

— À Montréjeau. Et toi ?

— Je vais à Bayonne voir ma grand-mère qui est malade, mentit Pierre, prenant soin de rester dans le vague.

— Allez, petit, accroche ton vélo à la ridelle.

Le voiturier l'avait déposé aux portes de Saint-Gaudens. La capitale du Comminges, forte de près de sept mille habitants, était une ville importante entre Toulouse et Tarbes. Pierre savait pouvoir y passer inaperçu plus facilement que sur une route de campagne. Il remercia chaleureusement le jovial transporteur et, saisissant son vélo, il respira à pleins poumons avant de s'élancer vers la gare. L'air se faisait plus tiède, empreint des saveurs sucrées des fruits qui mûrissaient dans les jardins inondés du soleil d'août. À cette heure, les rues étaient presque désertes, pause déjeuner oblige. Il croisa une petite vieille, le visage aussi ridé qu'une pomme reinette au sortir de l'hiver. Elle avait dans les yeux la bonté naturelle des gens simples. Avec la voix bienveillante de ceux que la vie a instruits, elle lui indiqua le chemin de la gare. Bordée d'arbres, la route jouxtait un damier de petits jardins, ouvrant sur la plaine Miramont, dominée au loin par la haute silhouette du Cagire.

La gare ressemblait à toutes les gares de France et de Navarre. Bâtie sur le même modèle de celles qui, à la fin du XIXe siècle, témoignaient du dynamisme de l'ère industrielle et de l'urbanisation qui avait découlé de la construction des chemins de fer, c'était un gros parallélépipède de ciment jaune, couvert de tuiles romanes, cerné de piliers en briques et flanqué de deux bâtiments plus petits. Au premier étage, les fenêtres du logement du chef de gare donnaient sur les voies. À côté de la porte d'accès au quai, une inscription en lettres bleues indiquait l'altitude du rail. Une marquise protégeait les voyageurs des intempéries. Pierre jeta un bref regard à la grosse horloge qui ornait la façade noircie par la fumée de la traction vapeur. Il était à peine treize heures, il avait tout le temps de déjeuner. L'express en direction de Bayonne ne partirait qu'à 15 h 26. Il s'installa sur un banc en bois, un peu à l'écart du modeste va-et-vient des cheminots.

De sa poche, le jeune homme sortit le casse-croûte que lui avait donné Mina. Il déplia le morceau de papier journal pour en extraire un croûton de pain noir et un morceau de fromage qui aurait saturé le nez délicat d'un parfumeur de la Côte d'Azur. Affamé, il mordit à pleines dents dans la croûte passablement rassie. Il s'efforça de mastiquer lentement, agrémentant sa déglutition d'une bouchée de l'odorant fromage des Pyrénées. Rassasié, il se leva et fit quelques pas pour étancher sa soif à une fontaine d'eau potable. En psalmodiant, le robinet délivrait un liquide tiède, jaunâtre et insipide. En revenant s'asseoir sur son banc, Pierre jeta un coup d'œil blasé à la feuille du journal froissée. C'était une page de *La Dépêche*, le grand quotidien radical de la région. Un article, en date du 7 août, y relatait la rencontre du Premier Ministre britannique Lord Asquith et de Louis Barthou. On envisageait de construire un tunnel sous la Manche. Épuisé par sa fuite nocturne, Pierre Maurel finit par s'endormir assis, glissant sur le côté, tel un ivrogne.

Le long coup de sifflet le tira de sa torpeur. À l'autre bout des voies, près de la halle des marchandises, une motrice manœuvrait, noyant le paysage dans un brouillard blanchâtre. Il leva les yeux vers la pendule. Les grosses aiguilles noires indiquaient un peu plus de trois heures. L'express n'allait donc pas tarder, quelques voyageurs commençaient à rejoindre le quai. Une bourgeoise chapeautée d'une volière multicolore, la quarantaine un peu empâtée malgré le corset qui lui serrait la taille, la carnation pâle de son visage atténuée d'une voilette noire, le toisa de la tête aux pieds. Pierre sentit peser sur lui son regard sans aménité. Le mépris glacé qu'il lut dans ses yeux lui fit baisser la tête. Mais pouvait-il lui en vouloir ? Avec son costume défraîchi, il avait tout l'air d'un trimardeur. Il se leva promptement et, traversant le hall, il se dirigea vers un guichet grillagé.

— Je voudrais un billet pour Saint-Jean-de-Luz, s'il vous plaît…

— Quelle classe ? grogna l'employé d'un air renfrogné, sans doute contrarié d'avoir été dérangé dans sa sieste.

— Troisième.

Le temps de payer, le train en provenance de Toulouse arrivait à quai. Le convoi stoppa dans un couinement de bielles. Déjà, tout un peuple de petites gens se hâtait d'ouvrir les portes des wagons de troisième classe. Comment la Compagnie des chemins de fer du Midi pouvait-elle accepter de transporter de tels individus ? se demandait la bourgeoise. Elle fut soulagée de voir que le jeune homme suivait le flot populeux des traîne-misère. Ce vagabond, qui devait sans doute sentir mauvais, ne viendrait donc pas l'importuner ! Au-delà du confort, les premières classes cherchaient à éviter les inconvénients en tous genres d'un voisinage désagréable. Ah, depuis que la France était gouvernée par les radicaux, faute d'autorité et du respect des valeurs chrétiennes, ce pays était en perdition !

Pierre Maurel se fichait de ces considérations politiques. Face à l'accusation du meurtre qui pesait sur lui, ce qui lui importait en ces instants, c'était de mettre le plus de distance possible entre lui et les gendarmes. Pas question donc de traîner davantage sur le quai ! Il ouvrit la première porte qui se présentait et se dépêcha de grimper dans le compartiment. Deux femmes de mise modeste y étaient déjà installées, encombrées de cabas de légumes et d'une panière où une poule caquetait. Pierre les salua d'un vague signe de tête et s'assit sur la banquette en face, détournant son regard vers la vitre couverte d'une pellicule grasse. Il s'efforçait de rester calme mais son cœur tapait fort; il avait l'impression qu'elles le dévisageaient. Son signalement ne pouvait pourtant pas avoir été déjà diffusé !

Aussi quand le train démarra, dans le grincement lugubre des essieux et les cahotements du wagon en bois, le jeune homme poussa-t-il un soupir de soulagement. Épuisé par la tension nerveuse, il ferma les yeux. Il appuya son front contre le montant de la fenêtre, insensible aux courants d'air qui participaient à l'inconfort légendaire de la troisième classe. Sans doute avait-il dû s'endormir à nouveau car lorsqu'il se réveilla, les deux femmes avaient disparu. Il regarda défiler la marqueterie des champs, ignorant que l'express avait déjà dépassé la cité du bon roi Henri et roulait maintenant à toute vapeur vers Orthez, pittoresque petite ville de 6 200 habitants, ancienne capitale du Béarn.

La voie suivait peu ou prou le tracé d'un fleuve montagnard aux eaux vives, vertes et bleues, qui courait entre les prés sur de grandes râpes caillouteuses. En se laissant bercer par les secousses, Pierre essaya de se remémorer les leçons de géographie suivies en classe de rhétorique avec M. Lagarde. Si ses souvenirs étaient exacts, cette rivière devait être le gave de Pau. À la gare de Puyoô, lieu de bifurcation vers la ligne Bordeaux-Dax, la porte du compartiment s'ouvrit à la volée, le tirant de ses rêves. Un type monta. Il avait la cinquantaine ventripotente. Avec son visage rougeaud et son teint fleuri, on discernait aisément en lui davantage un adepte du confit de canard ou de la dégustation mystique des ortolans qu'un amateur d'endives braisées. Sa trogne, churrigueresque, était empreinte de la bonté naturelle des amateurs de bonne chère. Un sourire éclaira son visage à la vue de Maurel. À n'en pas douter, l'homme devait être du genre bavard.

— Holà ! Il y a de la place ici ? lança-t-il sur un ton jovial.

— Comme vous le voyez, répliqua Pierre d'une voix atone.

— Alors, monsieur, permettez que je m'installe !

— Faites donc…

— Je vais à Bayonne, chez ma sœur Lucille. La pauvrette, elle s'est cassé la cheville en faisant une mauvaise chute dans l'escalier…

— Ce sont hélas des choses qui arrivent, admit prudemment Pierre.

— Figurez-vous qu'elle l'avait ciré la veille !

— Une vraie malchance…

— Oh, ça, vous pouvez le dire ! Mais comme elle a la charge de notre mère qui est invalide, faut bien que j'aille lui donner la main.

— Naturellement…

— Et vous, vous allez où comme ça ?

— À Saint-Jean-de-Luz…

— Vous n'êtes pas du pays…

— Comment le savez-vous ?

— À votre accent ! Vous avez de la famille là-bas ?

— Une cousine qui habite le quartier du Fargeot, mentit Pierre.

— Vous connaissez le coin alors ?

— Pas très bien… Et vous ?

— Oh, moi, vous savez, je n'y suis allé qu'une fois, répondit le type en plissant des yeux rieurs. Mais je sais que cette baie de sable fin est un bien joli coin de la côte basque. D'ailleurs, parait que c'est là que le roi Louis XIV s'est marié avec une Espagnole… Vous connaissez l'histoire ?

Et sans attendre sa réponse, l'homme, qui affichait une bonne humeur communicative, le noya sous un bavardage incessant jusqu'à Bayonne. Tout juste si, le temps d'une brève respiration, sa logorrhée s'interrompait. Submergé par ce flot de paroles qui coulait de ses lèvres comme la mer lèche les plages du flux et du reflux, Pierre se contentait de hocher la tête de temps en temps en signe d'assentiment. Il était incapable de placer une phrase dans ce monologue où les mots ricochaient les uns sur les autres à l'image de l'eau des torrents des Pyrénées sur les pierres des gaves. Truculent, il posait parfois des questions auxquelles Pierre finissait par ne plus savoir quoi répondre, peu désireux qu'il était de lui révéler le véritable motif de son voyage. La gare de Bayonne vit disparaître ce voyageur encombrant, alors que le train poursuivait sa route vers Hendaye.

La voie ferrée, à travers la géométrie des prés

et des champs bordés de haies, longeait plus ou moins la côte. Les yeux rivés à la vitre graisseuse, Pierre apercevait l'océan par intermittence. Ce n'était pas la première fois qu'il voyait la mer. Un court séjour chez la cousine d'Ernestine à Valras lui avait permis, quatre ans auparavant, de découvrir la Méditerranée. Le bruit des vagues l'avait fasciné, nourrissant son imaginaire d'une soif de voyages lointains. Dans la foulée de ces quelques jours de vacances, Pierre avait découvert l'écrivain qui avait bercé ses rêves d'adolescent, Pierre Loti. Lui qui avait dévoré son roman, *Pêcheur d'Islande*, arrivait sur la terre de *Ramuntcho*, un autre grand succès littéraire de cet officier de marine.

À l'approche de Saint-Jean-de-Luz, le train avait ralenti pour s'arrêter dans un panache de vapeur en face d'un bâtiment qui ressemblait en tout point aux autres gares de la Compagnie du chemin de fer du Midi. Pierre descendit du wagon. D'un pas décidé, il traversa le grand hall. Des voitures à chevaux et trois automobiles stationnaient dans la cour qui donnait sur une large avenue bordée de ce qu'il prit pour une darse, ignorant qu'il s'agissait de la Nivelle. Le jeune homme marqua un temps d'arrêt. Ici les maisons avaient un style bien différent de celui de Lavelanet. Les volets des fenêtres étaient souvent de couleur rouge ou verte. Ne sachant trop où aller, il aborda une femme âgée, cassée en deux, qui poussait un petit charreton rempli de bric-à-brac.

— S'il vous plaît, madame, je suis perdu… Le quartier du Fargeot, c'est vers où ?

— Lehenengo eskuinera ! lâcha machinalement la vieille dame sans lever les yeux vers lui.

— Excusez-moi, je n'ai pas saisi votre réponse, fit Pierre qui ne comprenait pas un traître mot de ce sabir bizarre.

— La première à droite, juste devant vous, marmonna la femme entre ses dents avant de s'éloigner en haussant les épaules, maudissant ces jeunes qui ne parlaient plus le basque, la langue de leurs ancêtres.

Pierre la regarda disparaître, interloqué. Il traversa la place, suivant la direction indiquée. À deux reprises encore, il dut demander son chemin, avant d'arriver devant une maison basse aux volets verts passablement défraîchis. La peinture s'y écaillait par plaques sous l'effet conjugué du soleil, de la pluie et du vent marin. Devant la porte, une grande caisse en bois, qui avait dû faire office de banc, achevait de pourrir au fil des saisons. Un peu plus loin, un demi-baril vide, ayant contenu la superposition de rosaces de sardines sèches, attirait une nuée de grosses mouches bleues en quête de nourriture. À travers la fenêtre, vaguement voilée d'un rideau, il distingua, dans le jour déclinant, la silhouette d'une femme entre deux âges qui allait et venait dans ce qui devait être une cuisine. S'enhardissant, Pierre frappa à la porte. Le battant s'entrebâilla pour laisser apparaître le visage d'un type mal rasé qui le dévisagea d'un œil torve.

— Je suis bien chez monsieur Saurat ? murmura Pierre en ôtant sa casquette.

— Qu'est-ce que tu veux ? fit le bonhomme d'un ton peu amène.

— Je suis un ami de Mina…

— Mina ? Quelle Mina ?

— Mina, votre cousine d'Ariège…

À cette évocation, le type fronça un sourcil broussailleux. Son regard se fit plus perçant. Il sonda le jeune homme d'un œil interrogateur. Comment ce blanc-bec pouvait-il savoir qu'il avait de la parenté là-bas ? Il avait trop vécu pour se faire avoir comme un perdreau de l'année par le premier marlou venu. Face à l'innocence qu'il lisait sur le visage de Pierre, Baptiste Saurat esquissa une grimace dubitative. D'un geste familier, il passa sa main dans une barbe qui se parsemait çà et là de poils gris. Il avait bien, en effet, une petite-cousine de ce nom-là en Ariège. Oh, il aurait été bien en peine de la reconnaître si elle était venue frapper à sa porte ! Sa femme et lui n'ayant guère les moyens de partir en vacances, leur dernière rencontre remontait à plus d'une quinzaine d'années lors d'un unique voyage, effectué à l'occasion du décès de son grand-père, Charles-Joseph, leur ancêtre commun. La petite sauvageonne qu'il avait croisée avait dû devenir depuis une jeune femme.

— C'est Mina qui t'envoie ?

— Oui… Elle m'a dit que vous pourriez m'aider à passer la frontière.

— Et pourquoi veux-tu aller en Espagne ?

— Parce que j'ai les gendarmes à mes trousses…

— Qu'est-ce que te veulent les cognes ?

— Ils m'accusent d'avoir tué un type dans un bal…

— Rien que ça !

— Mais ce n'est pas vrai, vous savez ! Ce n'est pas moi qui l'ai frappé, je vous le jure. D'ailleurs, je ne sais même pas qui c'est, ce gars.

— Tu es innocent, quoi ?

— Oui, j'ai juste ramassé le couteau avec lequel on l'a poignardé… Même qu'il était plein de son sang.

— Hum, bien sûr !

— Vous ne me croyez pas ?

— Mais si, mais si ! répondit Saurat en esquissant un sourire qui indiquait tout le contraire. Tu as de l'argent ?

— De l'argent ? Non, monsieur…

— Dans ce cas, impossible de trouver un passeur…

— Mais je suis innocent, moi !

— Les prisons sont pleines de gens qui se disent innocents.

— Si je ne passe pas la frontière, les gendarmes vont m'attraper... Qu'est-ce que vous me conseillez ?

— Embarque-toi comme mousse ou homme à tout faire sur un de ces morutiers qui partent au large de Terre-Neuve. On dit qu'ils cherchent des hommes... De là, tu gagneras facilement l'Amérique.

— L'Amérique ?

— Oui. Oh, tu ne seras pas le seul à y tenter sa chance ! Il y a des milliers de types comme toi, de pauvres bougres, des malchanceux pour s'embarquer chaque mois vers le Nouveau Monde, l'espérance d'une vie meilleure chevillée au cœur.

— Encore faut-il que je trouve un bateau avant que les gendarmes ne me fassent faire aux pattes !

— Ça sera facile, c'est la saison. Je crois que l'*Étoile des Pyrénées* part d'ici à deux ou trois jours...

— L'*Étoile des Pyrénées*, dites-vous ?

— Oui, c'est une goélette trois mats mixte. Elle transporte de la morue séchée.

— Mixte ?

— Voile et charbon, si tu préfères...

— Et où vais-je le trouver ?

— Dans le port, pardi !

— Mais jamais ils ne me laisseront embarquer…
— J'en fais mon affaire.
— Mais comment ?
— Je connais le bosco.
— Soit… Espérons que la maréchaussée ne me tombe pas dessus avant.
— Y a une cahute au fond du jardin. J'y fais parfois la sieste l'après-midi. Personne ne viendra t'y chercher… Au fait, tu as mangé ? lâcha d'un ton bourru Baptiste Saurat.
— Un casse-croûte ce matin…
— Allez entre, petit. Eh, la Julie ! cria le type en se retournant. On a de la compagnie ce soir, rajoute donc une assiette !

L'homme s'effaça pour le laisser passer. Un couloir sombre donnait sur une grande cuisine qui faisait office de pièce à vivre. La maison était des plus modestes, meublée de bric et de broc. Un grand buffet basque, en noyer massif, les portes ciselées d'arabesques, sans doute le cadeau de mariage d'un lointain ancêtre, occupait tout un pan de mur. La cheminée, four sombre, semblait ouvrir sur les profondeurs du temps. En cette saison estivale, nul feu de bois ne venait diffuser sa douce chaleur dans le craquement des bûches qui se meurent. Autour d'une longue table en bois, ils étaient trois, déjà assis : une femme aux traits fatigués, un gamin d'une douzaine d'années au visage parsemé de taches de rousseur et une petite vieille, toute rabougrie, qui avait dépassé depuis belle lurette l'âge de travailler. Ils dévisagèrent Pierre Maurel en silence.

Baptiste Saurat s'était attablé. Sans qu'il ait besoin d'ajouter un mot, la femme se leva et alla chercher une assiette à calotte dont le fond était strié d'une multitude de coups de couteau. Elle la remplit d'un breuvage épais où flottaient un trognon de chou, des morceaux de pomme de terre et de carotte mêlés de restes d'un pot-au-feu défunt. Le potage tenait plus du brouet que du consommé maître d'hôtel, mais qu'importe ! Sans faire de manières, Pierre enjamba le banc. Se saisissant d'une cuillère en fer étamé, il se hâta d'avaler cette soupe qui, pour chaude qu'elle était, avait pour vertu première de lui réchauffer la panse, en attendant de lui tenir le ventre, grasse de ses yeux jaunes qui collaient au bord de l'assiette.

Il ne fallut pas longtemps à Pierre Maurel pour vider sa gamelle. Faute de serviette de table, il s'essuya la bouche d'un revers de manche, empruntant ainsi aux classes populaires un geste qui n'était pas dans ses habitudes. Sans lui laisser le temps de respirer, la femme, prenant une bouteille culottée de tanin, lui versa d'autorité dans l'assiette une bonne rasade d'un vin rouge épais. Toujours sans un mot, comme si l'usage de la parole était réservé aux hommes, elle poussa devant lui une miche de pain noir et un morceau de fromage aussi sec qu'un coup de trique. Le jeune homme ne se le fit pas dire deux fois. Il se jeta dessus et dévora à belles dents ce qu'on lui présentait. Repu, il s'étira comme un jeune chat.

— Tu m'as l'air fatigué, hein ? Allez, petit, va te reposer maintenant... Demain, je te présenterai au bosco de l'*Étoile des Pyrénées*.

— C'est où pour dormir ?

— Au bout du couloir... Tu traverses le jardin. Il y a un appentis en planches. Et ne te trompe pas de porte...

— Pourquoi ?

— L'autre, c'est celle des chiottes ! lâcha Saurat d'un air rigolard, ravi du trait d'humour qu'il venait de faire.

La remise était poussiéreuse, encombrée de caisses en bois et d'outils rouillés. À tâtons, dans la demi-pénombre du rayon de lune qui perçait les ténèbres par un « fenestrou » aux vitres opaques, Pierre Maurel distingua un matelas défoncé. Malgré l'odeur putride qui en émanait, il s'y allongea. Il s'endormit aussitôt sur le côté tout habillé, épuisé par sa longue fuite. Il plongea dans un lourd sommeil, entrecoupé de cauchemars où les gendarmes le poursuivaient, tel le guignol qui s'installait à Noël à la « ressège », non loin de la mairie et du bureau de l'octroi. Parfois, une présence amie venait illuminer ses songes tourmentés. Tantôt, c'était le visage aimant de sa mère, figure tutélaire apaisante, tantôt c'était celui de Mina, aussi angélique que passionné.

Quand il ouvrit un œil, un jour blême filtrait par le « fenestrou » encombré de toiles d'araignée gluantes. Quelle heure pouvait-il bien être ? Passant machinalement sa main sur son menton, Pierre constata que sa barbe avait assez poussé pour le faire ressembler à un sapeur. Lorsqu'il émergea du cabanon nauséabond, un jour gris et humide l'accueillit, lui faisant ciller les yeux. En deux enjambées, il traversa le petit jardin qui, à bien des égards, relevait du sympathique capharnaüm. Il poussa la porte vitrée et, empruntant le couloir, fit irruption dans la cuisine. Baptiste Saurat, attablé devant un bol de café fumant dans lequel il trempait de larges tranches de pain noir, leva la tête et esquissa un rictus qui pouvait passer pour un sourire de bienvenue. Vêtu d'un bleu de travail délavé par la succession des lessives, mal rasé, l'homme n'avait guère un abord engageant.

— Ah, tu te lèves enfin… Tu sais quel jour on est ?

— Pourquoi me posez-vous cette question ?

— On est mardi…

— Mardi ?

— Oui, mardi… Tu as dormi plus de trente-six heures d'affilée !

— J'étais épuisé, soupira Pierre en guise d'excuse.

— Bois un jus, mon gars, ça te réveillera ! Quand tu auras déjeuné, on ira voir l'Églefin.

— L'Églefin ? Qui est-ce ?

— C'est le surnom du bosco dont je t'ai parlé.

À son invitation, Pierre se glissa sur le banc. Baissant la tête, il plongea les yeux dans un bol de faïence au décor naïf. Le bord était tout ébréché, attestant de la modestie de la famille de Baptiste Saurat. Sans être sorti de la cuisse de Jupiter, le jeune homme mesura en cet instant la distance qui le séparait de l'aisance du foyer parental dont témoignait l'usage d'un service en porcelaine. Il se sentit brusquement pitoyable. Avec ses vêtements sales, presque pouilleux, que restait-il du brillant bachelier qu'il était quelques semaines plus tôt ? Si sa rencontre avec Mina avait changé sa vie, bouleversé ses projets, sa fuite avait ruiné son avenir. Obligé de se sauver comme un vulgaire malfrat, il avait plongé ses parents dans le désespoir. Un profond dégoût de lui-même lui envahit la bouche d'un goût amer. Pierre courba la tête. Était-il encore lui-même ou déjà un de ces zombies qui erraient sur les routes ?

L'estomac lesté d'une généreuse tranche de pain noir, le jeune homme, ragaillardi, releva la tête. En face de lui, Baptiste Saurat mastiquait lentement en silence, laissant aller de gauche à droite ses bouchées avant de les avaler en les accompagnant d'une gorgée de café mêlé de chicorée. De temps à autre, à la dérobée, le cousin de Mina lui jetait un bref regard. Pierre se demanda quelle confiance il pouvait lui accorder. L'homme ne lui manifestait pas une sympathie débordante. Mais cette question lui parut tout aussitôt inepte. Avait-il le choix dans la détresse qui était la sienne ? À pas feutrés, fantomatique silhouette dans un monde d'hommes, la femme allait et venait dans la cuisine médiocrement éclairée par une lampe à pétrole qui donnait aux choses un aspect irréel.

Le petit-déjeuner expédié, Baptiste Saurat l'entraîna dans un dédale de rues étroites vers le port de pêche. Au bout d'un quai qui puait le poisson et la marée, une noria de manœuvres transportait des marchandises vers un grand bateau à coque de bois. L'épaule protégée d'une toile, ils chargeaient placidement des caisses sur un trois-mâts goélette, un navire à voile rescapé des temps glorieux du milieu du XIXe siècle. Sans doute, eux-mêmes n'auraient jamais l'occasion de dépasser la rade de Saint-Jean-de-Luz. Sans hésiter, Saurat emprunta la coupée, intimant à Pierre l'ordre de l'attendre sur le quai. Sur le pont, un foulard noué autour du cou, une casquette sur la tête, une cigarette derrière l'oreille, un type pointait l'arrivée des marchandises sur un carnet à la couverture de moleskine noire. Pierre vit Baptiste Saurat le désigner d'un mouvement de la main, puis, au terme d'une brève conversation, il lui fit signe de monter.

En quelques enjambées, sa main gauche agrippant la rambarde de la coupée, Pierre grimpa sur le pont. Dans un geste naturel de déférence, il ôta son couvre-chef pour affronter le regard du marin. Râblé, tout en muscles, le sourcil broussailleux, la peau tannée par l'air du grand large, le visage buriné de rides profondes, le bosco le jaugea d'un coup d'œil qui tenait plus du négrier que du maître d'équipage. Pierre comprit sa chance : le type avait besoin de main-d'œuvre pour faire face à quelque défection imprévue. Il s'intéressait plus à sa capacité musculaire qu'aux papiers qu'il pouvait lui fournir. Instinctivement, le jeune homme se redressa pour paraître à son avantage.

— Alors comme ça, tu veux aller aux États-Unis et tu es prêt à travailler pour payer ton passage, c'est ça ?

— Oui, monsieur !

— Tu es majeur, au moins ?

— Bien sûr, monsieur, mentit Pierre tout en triturant nerveusement sa casquette.

— Tu as déjà embarqué ?

— Jamais, monsieur !

— C'est dur d'être marin, tu sais…

— Le travail ne me fait pas peur…

— On lève l'ancre ce soir. La prochaine escale, c'est Saint-Pierre-et-Miquelon…

— Terre-Neuve ?

— Oui. New York, c'est la suivante.

— Ça me va !

— Hé, Marcel, dit alors le bosco à l'adresse d'un type mal rasé qui passait sur le pont, trouve une bannette à ce gars dans le poste avant. Donne-lui aussi un bleu de chauffe. Il fait désormais partie de l'équipage ! Et quand il aura posé son sac, qu'il aide les autres au déchargement.

— Suis-moi, petit, fit le marin.

À ces mots, Pierre Maurel esquissa un pâle sourire. Il était désormais sur le chemin de l'aventure. Son destin lui appartenait-il encore ? Baptiste Saurat lui étreignit la main à lui briser les phalanges, puis d'une rugueuse bourrade sur l'épaule il lui dit sobrement au revoir. Pierre le regarda descendre la coupée comme on quitte une terre connue et amie. Le pont du bateau lui parut subitement étroit. La sirène d'un navire qui rentrait au port beugla, le tirant de ses songes. Le jeune homme suivit Marcel et plongea par une échelle raide dans les entrailles du navire. Tandis que ses yeux s'accoutumaient peu à peu à la pénombre, une puanteur mêlant l'odeur fade du poisson séché à celle, écœurante, de la moisissure lui monta aux narines pour lui porter le cœur au bord des lèvres.

Au bout d'une étroite coursive, le marin l'introduisit dans une soupente exiguë et crasseuse qui faisait office de poste d'équipage. Le plafond y était si bas qu'on ne pouvait se tenir debout. Une série de hamacs étaient tendus entre les cloisons lépreuses. Au pied de chacun, un petit coffre en bois permettait de remiser ses affaires personnelles. Au centre du réduit, sur une table en fer solidement arrimée au sol, une lampe à huile de foie de morue apportait une médiocre clarté une fois la nuit tombée. L'endroit était sordide, loin du confort de sa chambre de Lavelanet. Ici, point de parquet ciré ou d'armoire fleurant bon l'encaustique. La soupente exhalait la saumure mais, à tout prendre, cette odeur lui semblait préférable à un séjour dans une immonde cellule de prison que Pierre se représentait à l'image de celle d'Edmond Dantès dans le château d'If. Après lui avoir remis une tenue de travail, le matelot l'enjoignit à rejoindre la cohorte des manœuvres qui allaient et venaient de la cale au pont pour monter des caisses de morues séchées.

Au terme d'une intense journée de labeur qui avait rendu tous les muscles de son corps douloureux, le cambusier lui avait servi un bol d'un brouet clair. Puis, sans un mot, il avait poussé devant lui une gamelle en fer-blanc remplie de deux louches d'un infâme ragoût. Pierre s'était forcé pour avaler la mixture. Il l'avait terminée alors que l'*Étoile des Pyrénées* larguait les amarres pour appareiller dans le soleil couchant. Le maître d'équipage l'avait laissé monter sur le pont pour prendre l'air puisqu'il ne pouvait aider aux manœuvres pour le moment. Le bateau vibrait d'une vie mystérieuse. De la cheminée, un flot d'escarbilles jaillissait au cœur d'une fumée noire. Les matelots s'activaient au milieu des ordres lancés au porte-voix.

Accoudé au bastingage, Pierre Maurel avait regardé le quai s'éloigner avec un pincement au cœur. Les lumières de la ville s'estompaient. Un profond sentiment de tristesse le submergea. Comment aurait-il pu en être autrement? Il laissait derrière lui tous ceux qu'il chérissait, à commencer par ses parents, sa chère Clémence et, bien sûr, Mina, celle qui lui avait mis le cœur en feu. Quand pourrait-il revenir ? Combien de temps ce purgatoire allait-il durer ? Son innocence serait-elle un jour reconnue ? Mais il n'eut guère le temps de s'abîmer dans ces réflexions. Dès que le navire eut quitté l'abri du port pour affronter la haute mer, son estomac se tordit en convulsions violentes. Un spasme porta vite le repas à ses lèvres. Incapable de contenir sa nausée, il se pencha par-dessus la rambarde pour vomir l'ignoble ragoût sous le regard narquois d'un matelot à la peau burinée par le vent du grand large.

Si le mal de mer s'atténua peu à peu au fil des jours, le voyage de Pierre Maurel n'avait rien d'une croisière d'agrément pour touristes en mal d'exotisme. Ballottée comme un vulgaire bouchon par une méchante houle dans l'Atlantique Nord, l'Étoile des Pyrénées affrontait des creux de la taille d'une maison. À bord, le travail quotidien était dur, les distractions rares, les compagnons rudes. La nourriture, roborative, n'avait pour seule vertu que de remplir des estomacs affamés par l'effort. Le vin n'était qu'une vulgaire piquette. Seuls quelques verres de rhum, parcimonieusement distribués, mettaient du baume au cœur en brûlant la gorge. Employé comme chauffeur soutier, il passait de longues heures à lancer des pelles de charbon dans la chaudière de la machine à vapeur. Épuisé, il finissait par s'endormir tout habillé, bercé par les mouvements du navire.

De l'escale à Saint-Pierre-et-Miquelon, le jeune homme conserva le souvenir de gigantesques piles de morues séchées entassées sur les grèves par une noria de charrettes, de chants de marin braillés par des hommes enivrés dans un beuglant où ses camarades de fortune l'avaient traîné le deuxième soir, de l'air frais du petit matin qui balayait le pont du navire, obligeant à relever frileusement le col de sa veste. Cette terre de France n'était pas la sienne et il lui tardait déjà de repartir, de gagner cette Amérique où sa destinée, qu'un funeste sort avait contrariée, l'emportait. Là-bas, croyait-il, il pouvait refaire sa jeune vie.

Trois jours plus tard, l'*Étoile des Pyrénées* le déposa à Ellis Island, à l'embouchure de l'Hudson River, lieu de passage obligé, depuis 1892, pour tous les candidats à l'immigration. En voyant le quai s'approcher, une folle espérance précipita les battements de son cœur. Il était enfin parvenu en Amérique !

— Tu ne peux pas te tromper, c'est tout droit, lui indiqua l'Églefin avant qu'il ne franchisse la coupée de l'*Étoile des Pyrénées* pour débarquer au milieu d'une foule grouillante où de rares migrants, qui avaient, comme lui, payé leur traversée par leur travail, se mêlaient aux dockers et aux manœuvres.

— Merci pour le voyage…

— Bonne chance, petit ! Et prends garde à toi…

— J'essayerai, monsieur, j'essayerai…

Pierre Maurel se fraya tant bien que mal un passage dans la cohue et remonta le quai pour atteindre le débarcadère. Parvenu au pied d'une passerelle, il jugea du premier coup d'œil la foule qui se pressait pour pénétrer dans un grand bâtiment. Atteindre New York, c'était le rêve insensé de ces milliers d'émigrants qui, lamentable cohorte de malchanceux, débarquaient des paquebots de la Cunard ou de la White Star Line, arrimés le long de l'Hudson. Ces hommes et ces femmes, chargés de malles et de valises mal ficelées, fuyaient pour beaucoup la misère, parfois aussi, victimes de l'intolérance des hommes, les pogroms ou les persécutions auxquels leur race ou leur religion les condamnaient.

Pour eux, l'Amérique était une terre promise. Comme lui, ces gens avaient voyagé pendant un mois, souvent dans des conditions pénibles. Les plus pauvres s'entassaient en troisième classe dans des cabines exiguës où la chaleur était étouffante, quand ce n'était pas à fond de cale. Rapidement parqués comme du vulgaire bétail, une étiquette autour du cou, ils devaient attendre le feu vert des agents de l'immigration d'Ellis Island pour voir leur rêve se concrétiser. Pierre se fondit dans la marée humaine qu'un tortueux labyrinthe de barrières en fer canalisait sous l'œil blasé des employés du port. Cette foule cosmopolite, qui mêlait jeunes et moins jeunes, hommes dans la force de l'âge et femmes aux bras encombrés d'enfants, c'était l'Amérique. Ils parlaient yiddish, polonais, slovaque, grec, turc, italien… mélangeant en un sabir coloré leur langue maternelle et quelques mots d'anglais.

— T'es d'où ? demanda-t-il à un type à côté de lui qu'il avait entendu baragouiner en français avec un accent curieux.

— De Dunkerque.

— Tu sais pourquoi on fait la queue ?

— Faut passer devant le toubib…

— Le médecin ? Pour quoi faire ?

— Voir si tout va bien…

— Mais je suis en bonne santé, moi !

— C'est obligatoire. Tu dois subir ce qu'ils appellent le *six second physicals*.

— Qu'est-ce que c'est ?

— Mon cousin, qui est arrivé ici il y a deux ans, m'a expliqué comment ça se passe. C'est un rapide examen médical pour détecter les malades. Ils te regardent les oreilles, les dents, te font tirer la langue, écoutent ta respiration pour voir si tu n'as pas la tuberculose. Ceux qui ont la lèpre ou le trachome sont refoulés et repartent dans leur pays d'origine…

— Et s'ils n'ont pas d'argent pour leur billet de retour ?

— C'est la compagnie qui paye mais, rassure-toi, ils ne sont pas nombreux !

— Et après, on est libre ? On peut partir chercher du travail ?

— Pas tout à fait, mon gars ! On va nous diriger vers le Great Hall, dans le bâtiment principal.

— Et qu'est-ce qu'on y fait ?

— C'est là qu'on passe le contrôle juridique, ce qu'ils appellent la *Légal Inspection*. D'après ce que mon cousin m'a écrit, il y a des rangées de bancs. Un par un, ils nous appellent pour qu'un inspecteur de l'immigration nous interroge. Pour ceux qui ne comprennent pas bien l'anglais, il y a un interprète.

— Et qu'est-ce qu'ils nous demandent ?

— On te pose une série de questions. Les mêmes pour tous. Si ta réponse ne leur convient pas, ils peuvent te garder quelques jours ou quelques semaines. Aux dires de Paul, l'*Isle of Hope* est parfois l'*Isle of Tears* !

Le gars du Nord avait dit vrai. Partout, il fallait faire la queue. Les nouveaux arrivants étaient considérés comme de la marchandise. Seuls les plus aisés, ceux qui avaient voyagé en première classe, bénéficiaient d'un traitement plus individuel et d'un entretien plus personnalisé. Pierre avait l'impression d'être revenu au temps de *La Case de l'oncle Tom*, ce célèbre roman d'Harriet Beecher Stowe qui avait largement participé à l'émergence de la cause abolitionniste aux États-Unis dans les années 1850, prise de conscience ayant conduit à la guerre de Sécession. Conscient que la maîtrise de l'anglais était un atout, Pierre s'efforça de répondre aux questions de l'agent de l'immigration. Mais sa connaissance de la langue de Shakespeare, acquise au lycée de Foix, était bien scolaire et manquait de fluidité. Si la syntaxe était convenable, il cherchait ses mots. Néanmoins, satisfait de ses réponses, le fonctionnaire hocha la tête avant d'ajouter :

— Un conseil, jeune homme, si vous comptez faire votre vie ici, américanisez votre nom.

— Mais pourquoi ?

— Pierre Maurel, ça fait trop français.

— Comment faut-il que je m'appelle ?

— Traduisez-le, c'est le plus simple. Pierre, Peter…

— Peter… Peter Moore ?

— Oui, Peter Moore, ça sonne beaucoup mieux !

L'agent de l'immigration inscrivit ce nom sur un formulaire préimprimé. Il le tamponna d'un coup de timbre en caoutchouc et le lui tendit en ajoutant un mécanique « *Welcome to the States !* », formule rituelle adressée à tous les nouveaux arrivants qui franchissaient les services de l'immigration. Pierre Maurel, devenu Peter Moore, était autorisé à entrer sur le sol des États-Unis. Il lui faudrait désormais s'habituer à son nouveau nom. Emporté par la foule des immigrants, le jeune homme se retrouva propulsé vers la sortie. Émergeant de l'immense bâtiment en brique rouge sous la protection d'une longue verrière, il embarqua sur un ferry, le *Machigonne*, qui le conduisit d'Ellis Island sur la terre ferme.

Sur le quai, Pierre s'arrêta, surpris de l'intense circulation sur l'avenue. Aucune comparaison avec Toulouse où il avait accompagné ses parents à deux ou trois reprises. Quelle différence avec son Ariège natale ! Un tel mouvement lui donnait le tournis. Ici, l'automobile était déjà reine. Rares étaient les fiacres. Les chariots avaient eux aussi été remplacés par des camions aux moteurs pétaradants. Les gens, pressés, n'avaient pas la nonchalance bon enfant des habitants de Lavelanet. Perdu au milieu de la foule bigarrée, Pierre ne savait où donner de la tête, ni quelle direction prendre. Il avait espéré un havre de paix où il aurait pu se faire oublier, il découvrait une jungle ! Il plongea sa main gauche au fond de sa poche et ses doigts rencontrèrent le reliquat de la poignée de noisettes que Mina lui avait données. Il en restait cinq. Les serrant comme un talisman, il se jura de les planter un jour pour que son honneur puisse renaître à leur ombrage.

5
Un héritier bienvenu

Dès l'aube, le lendemain du drame, les gendarmes étaient revenus chez Victor et Ernestine, comme ils l'avaient annoncé. Sans doute espéraient-ils l'oiseau rentré, histoire de lui mettre la main au collet, en le prenant au nid. Assis dans la cuisine, ils avaient trouvé les Maurel hâves et défaits, les traits tirés, le regard éteint. Leur interrogatoire n'avait rien donné. Les pauvres gens, accablés par le malheur, avaient passé la nuit à guetter le moindre bruit, le glissement discret d'un pas sur le parquet ciré. Mais Pierre n'était pas revenu, les plongeant dans une angoisse insupportable. Six heures avaient sonné à l'horloge comtoise. Le café que Victor avait fait chauffer sur le réchaud à pétrole avait le goût du drame qu'ils vivaient. Les Maurel n'arrivaient pas à croire que leur fils unique ait pu commettre un tel geste. Pas lui ! Pas leur Pierrot… C'était un garçon doux, gentil, affectueux… Le contraire de ces bagarreurs du dimanche prêts à dégainer le surin au premier regard de travers. Qu'était devenu ce fils, objet de leur fierté et source d'espérance ? Se terrait-il, prostré, dans les profondeurs sombres d'une grange ? Avait-il pris la fuite ? L'un comme l'autre se refusaient à imaginer une seconde qu'il ait pu céder au désespoir. Victor, la mine sombre, le front barré de trois rides d'inquiétude, regardait Ernestine. Les larmes avaient raviné son visage, creusant les sillons de la douleur.

Dans la cité ouvrière qui vivait au rythme des métiers à tisser, à l'heure où Pierre Maurel se lançait sur les chemins de l'aventure, la nouvelle de la rixe s'était répandue comme une traînée de poudre. L'affaire était dans toutes les conversations dominicales. À la « ressège », le lieu privilégié pour les cancans, sur les bancs au coin de l'hôtel de ville, à la sortie de la messe, sous les platanes, à la terrasse des cafés, devant l'anisette ou un Picon-Suze, sur la promenade, à l'ombre du lavoir, on ne causait que de ça. Chacun y allait de son commentaire, émettant bien souvent des jugements à l'emporte-pièce, fruits des racontars douteux qui couraient de bouche-à-oreille. Comme toujours, moins les gens savaient, plus ils parlaient. Certains en faisaient des gorges chaudes, beaucoup glosaient, quelques-uns prophétisaient une issue improbable, d'autres s'épanchaient en considérations apitoyées. Seuls ceux qui connaissaient bien les Maurel avaient la décence de se taire.

« La fuite de ce garçon a signé l'aveu de sa culpabilité ! – Sans doute une rivalité amoureuse... – Un coup de folie... – Un coup de couteau en plein cœur, paraît-il... Ah, il ne l'a pas raté ! – Une famille honorable à ce qu'on dit... – Le père est bien garagiste, n'est-ce pas ? – Un type régulier et un honnête travailleur. – Pauvres gens, n'avoir qu'un fils et le voir commettre un tel acte ! – Un brillant élève pourtant... – Ah, ne me parlez pas des gamins d'aujourd'hui ! »

À l'annonce du drame, Clémence Naudy avait couru toutes affaires cessantes chez les Maurel, remontant prestement sa robe pour aller plus vite, les élégantes anglaises qu'elle avait coutume de laisser dépasser de son chignon battant ses tempes. Elle ne pouvait croire à la nouvelle que leur voisine, Angélique Pousse, lui avait rapportée. Sa réputation de langue de vipère accréditait plutôt l'hypothèse d'une rumeur colportée par quelques malveillants qui vous habillent pour l'hiver. Dans le logis des parents de Pierre, une maison d'ordinaire pimpante et pleine de vie, régnait un silence de tombeau. Clémence frappa. Sans réponse, elle poussa la porte d'entrée et s'engagea dans le couloir. Le vélo de Victor, le guidon appuyé contre le mur, l'assura de leur présence. Elle trouva les Maurel dans la cuisine, prostrés. À lire la détresse dans leurs yeux, elle comprit que quelque chose était irrémédiablement brisé dans leur cœur. À peine levèrent-ils la tête en la voyant paraître, tant la vie semblait les avoir quittés. L'abattement qui affligeait les parents de son ami d'enfance lui glaça le sang. Même Caramel, le matou à la robe couleur feu, semblait affecté par l'asthénie ambiante. Roulé en boule sur une chaise basse, il ne se dressa pas sur ses pattes pour lui faire ses habituelles grâces. Clémence nota que Victor Maurel ne s'était pas rasé. L'épiderme de ses joues bleuissait, ombrant son visage. Ernestine n'avait pas le maintien qu'elle lui connaissait. Faute de corset, sa taille paraissait moins mince et ses rondeurs sournoises trahissaient une quarantaine largement entamée. Épuisés par une nuit blanche, Victor, d'une voix brisée, lui confirma la véracité des bruits qui couraient. Tant bien que mal, Clémence s'efforça de les réconforter, de trouver les mots pour apaiser leur angoisse.

— C'est cette Mina qui lui a tourné la tête, soupira Ernestine en un sanglot étouffé.

— Celle-là, je vais aller lui demander des explications, répliqua Clémence, le regard noir.

— Ah, si nous savions où il est ! s'épancha Victor.

— Pierre va revenir, j'en suis sûre ! Il a cédé à la panique…

— Hélas, ma pauvre Clémence, tout l'accuse !

— Votre fils est incapable de commettre un tel acte. Je le connais comme mon frère. Ce n'est pas lui qui a planté ce couteau dans le ventre de ce malheureux, j'en suis certaine !

— Des témoins l'ont certifié.

— Fariboles !

— Puisse le ciel t'entendre, mon enfant !

— Ne succombez pas au malheur qui vous accable ! J'ai confiance en lui. Il reviendra pour prouver son innocence.

— Ah, ma petite, quel gâchis ! Quel gâchis ! répéta Victor Maurel qui avait toujours nourri en son for intérieur le rêve d'une union entre son fils et la douce Clémence Naudy.

Faute de pouvoir leur témoigner plus que son amitié en ce moment, Clémence dut se résoudre à les laisser à leur incommensurable chagrin. Elle se retira discrètement sur la pointe des pieds. Mais Clémence Naudy n'était pas femme à se laisser abattre par les coups du destin. Persuadée de la fourberie de l'accusation qui pesait sur son ami d'enfance, forte du sentiment secret qu'elle lui vouait, elle était décidée à faire la lumière sur ce qu'elle n'était pas loin de considérer comme une machination. Pour Clémence, le chemin de la réhabilitation de Pierre passait par cette Mina.

Même si elle était loin de porter dans son cœur celle qui avait séduit celui qu'elle chérissait, il lui fallait retrouver cette fille. À elle de lui tirer les vers du nez pour faire éclater la vérité.

D'un tempérament perspicace et obstiné, Clémence Naudy n'eut guère de difficultés à retrouver, dès le lendemain, la trace de Mina Jouret. Les renseignements qu'elle avait glanés sur elle ne plaidaient guère en sa faveur. C'était, de toute évidence, une fille de rien, une bougresse vis-à-vis de laquelle elle nourrissait, d'instinct, une aversion naturelle. Mais comment Pierre avait-il pu s'amouracher d'une telle traînée ? se demandait-elle en pédalant vers Dreuilhe cet après-midi-là. Qu'est-ce que cette fille avait de plus qu'elle ? En quoi était-elle différente des autres ? Sans doute avait-elle su se montrer aguichante, adoptant une attitude lascive et pernicieuse propre à alimenter les rêves d'hommes habitués à des femmes témoignant davantage de retenue. Clémence Naudy rencontra Mina Jouret à l'entrée de la rue des Vignes. Elle revenait du lavoir, poussant une brouette chargée de linge rincé à l'eau claire. L'entrevue fut brève et glaciale.

— Vous êtes la fille Jouret ? l'interpella Clémence.

— C'est bien moi, lui répondit sèchement Mina en la toisant de la tête aux pieds.

— Je suis Clémence Naudy, une amie de Pierre Maurel…

— Qu'est-ce que tu me veux ? demanda Mina, optant pour un tutoiement agressif.

— Vous parler…

— J'ai rien à te dire !

— Je veux savoir ce qui s'est passé…

— Va voir les cognes !

— Où est Pierre ?

— Qu'est-ce que j'en sais, moi !

À en juger par sa robe au drapé simple mais élégant retenu par un saute-rivière[19], par le petit chapeau de paille rehaussé d'un large ruban blanc et bleu qui couronnait sa chevelure luxuriante, cette Clémence Naudy n'était pas de son monde. Elle n'appartenait pas à ces classes laborieuses que le patronat considérait comme dangereuses parce qu'elles revendiquaient la journée de huit heures. Face à celle qu'elle estimait être une oie blanche, Mina afficha une arrogance railleuse. Elle répondait par monosyllabes, avec l'insolence de celle qui a l'expérience des hommes. La condescendance bourgeoise de Clémence Naudy ne l'impressionnait pas.

D'ordinaire pondérée, Clémence, en face, bouillait d'une colère sourde. Elle sentait la

19. Pince accrochée à une chaîne attachée à la taille qui retenait la traîne pour éviter de la salir.

moutarde lui monter au nez. Elle aurait pris plaisir à griffer le visage de l'effrontée, histoire de défigurer durablement son beau minois. Elle se retenait de lui arracher les yeux. Seuls la bonne éducation qu'elle avait reçue de ses parents et le sens des convenances qu'ils lui avaient inculqué lui permettaient d'afficher un calme apparent. Dépitée, Clémence tourna rageusement les talons. Mina la regarda partir, un sourire de victoire aux lèvres. Elle lui avait bien rivé son clou à cette petite-bourgeoise ! Elle qui avait résisté à l'interrogatoire serré des argousins venus la questionner la veille, elle n'allait pas raconter à cette pimprenelle ce qu'elle savait sur la fuite de Pierre. Et puis d'abord, qui était cette fille ? Une rivale ? Une promise ?

Comme Mina l'avait pressenti, la mort d'Adrien Vergé n'alimenta pas la chronique locale bien longtemps. Au lendemain d'une inhumation discrète dans le carré de terre gazonnée traditionnellement dévolu aux pauvres au cimetière communal, les habitants de Lavelanet avaient vite oublié la tragique rixe. Un avis de recherche avait bien été affiché sur le tableau grillagé de la gendarmerie mais, en cette fin août 1912, ils s'intéressaient bien davantage à l'ouverture de la chasse, fixée début septembre. Les plus attentifs à la vie politique suivaient les récents événements au Maroc, où une troupe de nomades sahariens et de Berbères, menés par Ahmed El Hiba, chef de la résistance marocaine au protectorat imposé par le traité de Fès, venait de s'emparer de Marrakech pour l'y faire proclamer sultan.

La Dépêche ne faisait plus allusion depuis longtemps à ce fait divers dramatique. Ce n'était plus le principal sujet de conversation des petits vieux à la « ressège ». Ils préféraient épiloguer sur les premières pousses de roussillous[20] à l'ombre des épicéas de la forêt de Bélesta, toute proche. L'assassin présumé courait-il encore ? La maréchaussée ne tarderait pas à lui mettre la main dessus… Et si sa cavale se prolongeait au-delà de son procès, il serait condamné par contumace.

Quelques semaines plus tard, le début de la première guerre balkanique opposant Bulgares et Serbes à l'Empire ottoman, à la mi-octobre 1912, occupait assez les esprits pour reléguer la fuite de Pierre Maurel dans les oubliettes de l'histoire.

En cet automne où les derniers rayons d'un soleil généreux tiédissaient la terre pour achever la maturité des parcelles de vigne tardive, ce n'était pas le travail qui manquait à Mina et à sa mère. À croire que tous les gens voulaient faire

20. Nom vernaculaire du lactaire délicieux.

laver leur linge avant l'hiver, saison, il est vrai, peu propice aux grandes lessives. Levées à l'aube, comme tous les jours, elles avaient rejoint le lavoir communal pour plonger leurs mains dans le bassin alimenté par l'eau froide de la montagne. Mina s'était fait violence pour suivre sa mère Antoinette. Elle se sentait accablée d'une fatigue persistante qu'une nuit paisible n'avait pas réussi à dissiper. Pire, depuis ce matin, elle était barbouillée d'une nausée tenace et elle sentait ses jambes toutes flageolantes.

Mina se perdait en conjectures. La veille, elle n'avait pas fait bamboche, loin s'en fallait ! Comme tous les soirs, elle s'était contentée d'une bonne assiette de soupe de légumes au pain noir, agrémentée d'un morceau de fromage du pays que deux verres de piquette avaient fait passer. Certes, le brouet datait bien de deux jours mais il n'avait pas mauvais goût. Aucune aigreur caractéristique n'avait envahi sa bouche et la jeune femme n'avait pas eu l'impression qu'il avait tourné. Exténuée par sa journée de repassage et de lessive, elle était partie au lit juste après le dîner. Et ce n'était pas la première fois qu'elle se couchait en pleine digestion. Vaille que vaille, parce qu'il lui fallait néanmoins continuer à travailler, Mina saisit son large battoir en bois. Elle se pencha sur la pierre du lavoir. Soudain, sa tête chavira et elle dut se raccrocher au rebord de pierre pour ne pas défaillir. Son estomac se souleva en un spasme incontrôlable et elle eut juste le temps de se détourner pour ne pas expulser un jet bileux sur le linge devant elle. Antoinette fronça les sourcils.

— Qu'est-ce qui t'arrive ? jeta-t-elle tout en continuant de battre un torchon finement brodé du monogramme d'une riche famille de filateurs.

— Je ne me sens pas bien…

— Et ça te prend comme ça, subitement ?

— Oui…

— C'est vrai qu'elle est toute pâlotte, la pauvrette ! fit Marguerite Ruffat qui achevait d'essorer un drap dans le bassin d'à côté.

— J'ai mal au ventre. J'ai l'impression que je n'ai pas digéré le déjeuner, murmura Mina.

— T'aurais pas pris un courant d'air ?

— Je ne sais pas…

— Tu veux rentrer à la maison ?

— Non… Ne t'inquiète pas, c'est juste un petit malaise ! Ça va passer… D'ailleurs, ça m'est déjà arrivé, il y a deux jours.

— Dis-moi, Mina… Tu as eu tes Anglais, ce mois-ci ? questionna sa mère d'un ton rugueux, le sourcil en accent circonflexe.

— Non, maman… Ni ce mois-ci ni le précédent, lui répondit Mina, gênée d'évoquer ce sujet en présence d'une étrangère qui ne perdait pas une miette de leur conversation.

— Quoi, qu'est-ce que tu me dis ? laissa tomber Antoinette, interloquée, son battoir à linge suspendu en l'air.

— Eh, Antoinette, ta fille, elle ne serait pas enceinte, des fois ? ricana Marguerite Ruffat, goguenarde.

— Toi, ma jolie, tu as intérêt à tenir ta langue, sinon je te fends la tête d'un coup de battoir, répliqua Antoinette d'un ton péremptoire pour lui clouer le bec.

— Moi ? J'ai rien entendu, battit en retraite Marguerite, peu désireuse d'affronter Antoinette Jouret.

— Quant à toi Mina, tu n'es quand même pas assez sotte pour ignorer ce que ça signifie ?

— Un simple retard, sans doute, éluda Mina, confuse.

— Tu as forniqué ? Avec qui ? Tu préfères te taire, hein ? Eh bien, demain, tu iras voir Irma Loubet, trancha Antoinette.

— Mais pourquoi ?

— Elle sait comment faire dans ces cas-là…

— Mais, maman…

— Il n'y a pas de « mais » qui tienne ! Tu sais ce que c'est que de garder un marmot dont tu ne connais pas le père ?

Mina baissa la tête, vaincue. Aller voir la faiseuse d'anges la répugnait profondément. Elle avait entendu parler de ces méthodes douteuses pour, en conjuguant aiguilles à tricoter et eau savonneuse, décrocher l'embryon. Elle s'imaginait les jambes écartées, allongée sur une table de cuisine, entourée de deux ou trois matrones à l'air patibulaire, prêtes à fouiller en elle pour expurger le fruit du péché. Comment pourrait-elle survivre à une telle honte ? Son corps serait à jamais souillé de cette infamie ! Mina connaissait trop les langues de vipères des femmes du quartier pour ignorer qu'elle serait habillée pour l'hiver. Traînant une réputation de marie-couche-toi-là, elle irait rejoindre la cohorte des filles de rien qui avaient sacrifié l'honneur de leur famille pour une étreinte furtive.

Toute la journée, Mina rumina le choix que le destin lui offrait : avorter ou accepter d'être fille-mère… Dans les deux cas, l'opprobre. Le soir, à la lumière jaunâtre de la lampe Pigeon de la cuisine où les deux femmes avalaient une assiette de soupe, elle confessa à sa mère que, toute honte bue, elle préférait encore cette dernière option à l'infanticide de la vie qu'elle sentait palpiter en elle. Antoinette la regarda. Elle hocha la tête, pensive. Sa main se posa sur celle de sa fille et la serra fort. Au fond d'elle-même, elle était fière. Dans l'épreuve qu'elle affrontait, sa fille montrait autant de courage qu'elle-même en avait eu vingt ans plus tôt, quand elle avait décidé de garder l'enfant qu'elle portait. Avait-elle eu le choix ? À l'époque, elle n'avait pas su trouver d'issues, se condamnant à devenir ce que les gens comme il faut nommaient une bougresse.

— Hier, j'ai parlé de ton état à Mme Laffont, glissa Antoinette à Mina dix jours plus tard, un léger sourire aux lèvres.

— Mme Laffont ? Laquelle ?

— Bérangère, la sœur du patron de la draperie de la rue de l'Industrie…

— Tu la connais ?

— Pas plus que ça… Elle m'a confié plusieurs fois quelques dentelles. Elle est de bon conseil, tu sais.

— Hum, une vieille bique acariâtre, à ce qu'on dit !

— Écoute-moi, ma petite Mina… Nous avons trouvé une solution à ton… problème !

— Une solution ?

— Oui. Son frère, Henri, est veuf et sans enfant. L'hiver dernier, il a attrapé une mauvaise grippe qui l'a fait passer tout près de la mort. Depuis, il craint pour l'avenir de son entreprise.

— En quoi ça me concerne ?

— Henri Laffont veut un héritier, mâle de préférence.

— Tu veux dire qu'il serait prêt à adopter l'enfant que je porte ?

— Adopter ? Non, ce n'est pas ce que sa sœur

m'a laissé comprendre.

— Mon bébé n'est pas à vendre !

— Qui te parle de ça ? Henri Laffont veut un héritier qui puisse passer pour légitime aux yeux de tous.

— Je ne vois pas comment…

— Mme Laffont en a parlé à son frère. Pour ton bâtard, il n'a pas exclu de t'épouser !

— M'épouser ? Mais, maman, ce type pourrait être mon grand-père !

— Et alors ? Il n'a guère plus de cinquante-cinq ans…

— Cinquante-cinq ans !

— Certains hommes sont encore très verts à son âge…

— Justement, je n'ai pas envie de servir ni de putain ni d'infirmière à un vieillard souffreteux.

— Réfléchis bien, Mina ! Pour toi, cette union est une opportunité inespérée. Le train ne passera pas deux fois. Henri Laffont est riche, très riche. Ses affaires sont prospères. Ce n'est pas un de ces petits fabricants, comme tous ces ouvriers qui font tourner deux ou trois métiers dans leur maison et s'usent les yeux à tisser du matin au soir pour joindre les deux bouts. Son usine emploie presque une centaine de personnes.

— Moins que Ricalens, Escolier ou Dumons…

— Tout le monde sait qu'Henri Laffont est un patron influent. C'est l'un des fournisseurs attitrés de l’armée ! Si tu acceptes ce mariage, tu pourras dire adieu à tes engelures. Ma fille, tu n’iras plus jamais laver le linge des autres au lavoir…

— Toi non plus, d’ailleurs ! rétorqua Mina, qui n’était pas dupe du calcul de sa mère.

— Ce n’est pas moi qui serai dans son lit.

— Une perspective attrayante, en effet, que de partager la couche d’un cacochyme !

— Tu seras une dame, Mina ! Une dame ! Tu auras de belles robes, des fourrures, des chapeaux à plumes, une grande maison, du personnel pour te servir… Et ton enfant aura un nom. Un nom, Mina ! Tu sais ce que ça veut dire ? Ton enfant sera quelqu’un! Personne ne se moquera de lui à l’école s’il est l’héritier des filatures Laffont.

— Mais, maman, tu sais bien que nous ne serons jamais de ce monde.

— Taratata ! Mme Laffont accepte de nous recevoir demain. Nous irons ! Il ne faut pas laisser passer cette chance. Tu n’en as pas le droit. Ne sois pas égoïste. Pense à ton enfant ! Peux-tu t’imaginer une vie sans avoir voulu faire le bonhcur dc la sicnnc ?

À ces mots, Mina comprit qu’elle n’était pas en mesure de refuser le chemin que le destin lui traçait. Elle baissa la tête, vaincue autant par l’autorité d’Antoinette que par l’instinct maternel qui pointait le bout de son nez. Le lendemain, en fin d’après-midi, Antoinette conduisit Mina chez Bérangère Laffont. Elle lui avait fait mettre sa robe du dimanche et chausser ses bottines de cuir au lieu des sabots des jours ordinaires. La jeune fille connaissait la propriété pour être passée devant, mais n'y était jamais entrée. Les Laffont habitaient une grande et belle maison bourgeoise, construite au milieu du siècle précédent, un peu en retrait de la départementale qui enjambait le Touyre. Passé un grand portail en fer ouvragé, on accédait à la demeure par une large allée cavalière plantée de massifs de buis qu'un jardinier taillait régulièrement.

Antoinette Jouret souleva le heurtoir en bronze et frappa énergiquement plusieurs coups à la porte d'entrée. Aux oreilles de Mina, ces coups sonnèrent comme un glas. Une domestique sans âge, vêtue d'un grand tablier bleu qui l'enveloppait entièrement, vint leur ouvrir. La femme les dévisagea d'un air hautain et soupçonneux. Sans lui révéler le motif de sa visite, Antoinette lui expliqua qu'elle avait rendez-vous. À la vue de son visage sévère et de ses lèvres pincées, la jeune fille pensa qu'elle devait être à l'image de la maison. La servante s'effaça pour les laisser entrer dans un vaste hall carrelé d'un damier blanc et noir. Ouvrant une double porte à droite, elle les introduisit dans un salon Napoléon III chargé de lourdes tentures de velours jaune qui enchâssaient de grandes baies vitrées. Mina contempla le décor, impressionnée. Il était à des années-lumière de son quotidien de lavandière.

Installé sur le linteau d'une cheminée monumentale, un buste de Napoléon, flanqué de deux chandeliers en argent, semblait la dévisager, les yeux pleins de la morgue des possédants. De part et d'autre du foyer, des bibliothèques présentaient l'alignement géométrique de riches dos en cuir rouge, tous rehaussés de nerfs encadrant le titre, gravé à l'or fin. Cerné d'un rang de confortables fauteuils, un piano à queue noir, le clavier surmonté d'une partition ouverte, occupait tout un angle de la pièce. Une table basse, surmontée d'un plateau en argent, offrait un coin conversation. Écrasée par cet apparat autant que par la hauteur du plafond, Mina dansait d'un pied sur l'autre. Sa mère n'était guère plus à l'aise. Les deux femmes ne savaient comment se tenir, que faire de leurs mains, ni quelle attitude adopter. Jamais elles n'avaient eu l'occasion d'évoluer dans un tel monde ! Filles des lavoirs, plus habituées aux complaintes populaires des beuglants qu'aux sonorités de la grande musique, elles se sentaient gauches et empruntées.

Soudain, dans le silence feutré du salon, le bruissement discret d'un rideau annonça l'ouverture d'une porte dérobée. Comme piquée par un de ces taons qui pullulaient au bord de la rivière l'été, Mina se retourna. Devant elle se tenait une femme d'une quarantaine d'années. De stature moyenne, elle n'avait guère besoin de corset, cet apanage des dames de la bonne société qui sacrifiait à la mode des courbes parisiennes pour affiner leur taille. Le visage était osseux, le teint terne, presque gris, marqué par les cernes bleuâtres d'une ménopause bien entamée. Le nez crochu, effilé comme une lame de couteau, évoquait les descriptions antisémites qui fleurissaient dans une certaine presse d'extrême droite nationaliste dans les kiosques. De ses yeux noirs, elle la dévisageait d'un regard direct et sombre, dépourvu de chaleur humaine. Au premier regard Mina jugea qu'elle faisait partie de la race des dures à cuire…

— Bonjour, madame… Merci de nous recevoir. Je vous ai amené la petite, fit Antoinette avec humilité.

— Ah, voilà donc la jeune effrontée, laissa tomber Bérangère Laffont, glaciale.

— Pour vous servir, madame, balbutia Mina.

Ignorant Antoinette qui demeurait en retrait, Bérangère Laffont détailla Mina de la tête aux pieds. Lentement, elle tourna autour d'elle comme un marchand de bois d'ébène attentif au débarquement de la main-d'œuvre africaine sur le quai d'un port négrier. On ne pouvait le nier : sans avoir le physique avantageux d'une de ces femmes fatales qui faisaient l'attrait des cabarets parisiens, la fautive avait un joli minois qui pouvait légitimement alimenter quelque déraisonnable passion. Par ailleurs, bien qu'elle soit d'une condition modeste, son port n'était pas dépourvu de fierté. Elle soutenait le regard avec loyauté. Bérangère sentit chez cette jeune pousse une force féminine qui ne demandait qu'à s'affirmer. Cela n'était pas pour lui déplaire. Son opinion était faite. Cette petite avait besoin d'un bon dressage. Peut-être pourrait-elle alors faire, policée par les années, une bonne épouse et constituer un élément de cette lignée aujourd'hui en panne d'héritiers. Un rictus tordit la bouche de Bérangère Laffont. Satisfaite de son examen, elle annonça :

— Puisque vous êtes ici, c'est que vous avez compris l'intérêt de cette union. Alors, autant conclure rapidement… Dès demain, vous vous installerez dans une maison que nous possédons dans le quartier de Sainte-Ruffine.

— Mais pourquoi ? demanda Mina, la voix blanche.

— Pour être loin des commérages que votre état pourrait susciter, mon enfant !

— Comme il plaira à madame, murmura Antoinette Jouret d'un ton plein de reconnaissance.

— Mon frère est actuellement à Mazamet pour affaires, poursuivit Bérangère Laffont.

— À Mazamet ? répéta Mina qui pensait rencontrer son futur époux.

— Oui, vous n'êtes pas sans savoir que ce centre de délainage importe plus dc cinquante-sept millions de kilos de peaux d'Australie, de Nouvelle-Zélande et d'Amérique du Sud. Nous y achetons toute notre matière première. Henri ne rentrera qu'en début de semaine prochaine. D'ici là, le docteur Jolieu viendra vous visiter pour s'assurer de votre grossesse. Louise s'occupera de vous.

— Louise ?

— Louise Pibouleau, la domestique qui vous a introduit ici… Elle a toute ma confiance.

L'affaire fut promptement menée. Soustraite à son environnement familial, Mina fut placée sous la surveillance étroite de l'employée à l'air sévère. À charge pour cette dernière de la dégrossir, le temps d'organiser un mariage discret. Sans être cossue, la maison de la rue Sainte-Ruffine offrait des agréments dont la jeune femme n'était pas coutumière. Confortablement installée, l'après-midi même, dans une chambre aux murs tapissés de bouquets de roses, éclairée au gaz, Mina découvrit un autre univers. Le lit, moelleux à souhait, était jonché de coussins en satin et l'armoire regorgeait de draps en fil brodé. Derrière un paravent, sur une table de toilette, une cuvette en faïence de Martres-Tolosane et son broc attendaient qu'elle fasse ses ablutions. Les meubles, bien cirés, exhalaient une odeur de propreté qui contrastait singulièrement avec le galetas où elle avait passé sa jeunesse.

Mais l'examen de ces commodités, qui auraient dû la ravir, lui fit comprendre toute la vanité de sa situation. Cette avantageuse alliance matrimoniale n'était en réalité qu'un marché de dupes reposant sur sa capacité à enfanter. Ne la chasserait-on pas comme une simple bonniche quand elle aurait mis au monde l'héritier que les Laffont attendaient ? N'allait-on pas lui confisquer l'enfant qu'elle portait dans sa chair ? Pour briser tout sentiment de fierté ou d'envie de lui tenir tête, Bérangère Laffont avait préconisé trois jours d'isolement. Suivant à la lettre les consignes de sa patronne, Louise Pibouleau lui avait donc ordonné de ne pas descendre. Le soir venu, elle lui monta une assiette de bouillon suivie d'une légère collation. La jeune femme dîna seule, sans appétit. Dans la nuit tombante, désœuvrée, en proie à une brutale crise de cafard, Mina pleura toutes les larmes dc son corps, expiant le péché qui l'avait rendue heureuse.

Cinq jours plus tard, passés à se morfondre, Mina, en cette fin d'après-midi, était au salon quand la lourde tenture s'écarta. Une silhouette sombre apparut dans l'encadrement de la porte. Elle se leva promptement de la méridienne Napoléon III où elle était sagement assise. L'homme qui se tenait devant elle était de taille moyenne. L'œil noir, le sourcil broussailleux, la bouchc charnue, le crâne dégarni par une calvitie précoce cultivée par le port d'un chapeau qu'il ne quittait que rarement, il avait le teint blafard de ceux qui passent plus de temps penchés sur leurs livres de comptes qu'au grand air. Des cernes bleuâtres auréolaient ses yeux, trahissant la fatigue d'une vie consacrée à la bonne marche de l'entreprise. La cinquantaine bien avancée, vêtu d'un costume noir porté sur une chemise blanche à faux col en Celluloïd, il émanait de sa personne une autorité naturelle qui n'admettait guère de discussion.

Son œil la scruta, l'évaluant sans une once de tendresse, avec le même professionnalisme froid qu'il affectait lorsqu'il embauchait un ouvrier ou un contremaître. Mina, habituée au regard gourmand des hommes sur son physique flatteur, ne discerna chez lui nulle trace d'un quelconque appétit sexuel. Dans l'esprit d'Henri Laffont, elle n'était qu'un ventre sur deux jambes, un outil pour transmettre cette entreprise qui était l'œuvre de sa vie. Pour le plaisir des sens, il continuerait à fréquenter épisodiquement cette accueillante et discrète maison sise en haut des allées de Villote, à Foix, qu'une lanterne rouge signalait à l'attention des fêtards et des bons pour le service à l'issue du conseil de révision. Là, il savait trouver un exutoire à ses pulsions, satisfaire ce désir qui lui taraudait le bas-ventre de fantasmes qu'il n'avait jamais pu assouvir avec sa défunte épouse.

— Ainsi, c'est vous la dénommée Mina ?

— Oui, monsieur, pour vous servir, balbutia la jeune femme en suivant les consignes que lui avait serinées Louise Pibouleau.

— Je constate que votre état n'est guère visible pour l'instant, fit Laffont en posant ostensiblement les yeux sur sa taille.

— Le docteur Jolieu l'a pourtant confirmé…

— J'espère que ce praticien n'a pas fait d'erreur… Ma sœur m'a informé que, pour le bien de l'enfant à naître, vous acceptiez pleinement et sans réticence toutes les vicissitudes de cette union.

— J'y consens en toute connaissance de cause.

— Vous m'en voyez ravi, dans notre intérêt commun. Le mariage sera célébré civilement, dans la plus grande discrétion, naturellement. Mon ami Jean-Baptiste Monié, le maire de Montferrier, s'en chargera. Paul Fontvieille sera mon témoin. Mme Pibouleau vous assistera. Si un désaccord devait survenir, cette alliance serait plus facile à rompre.

— Je l'entends bien ainsi, répondit Mina, la voix pleine de déférence.

— À la bonne heure ! Accepteriez-vous un doigt de porto pour sceller cet accord ?

— Je ne bois pas, monsieur…

— C'est une qualité rare chez les filles de la classe ouvrière, commenta Laffont sur un ton un rien condescendant, avant de susurrer : Peut-être, après quelques mois d'éducation, ferez-vous une épouse présentable.

Mina baissa les yeux, rouge d'une rage qu'elle peinait à contenir. Dominant à grand-peine sa révolte, elle demanda à Henri Laffont la permission de se retirer pour regagner sa chambre. Elle grimpa quatre à quatre les marches de chêne ciré et, parvenue dans son sanctuaire, elle se jeta fiévreusement sur le lit pour éclater en sanglots. Elle avait joué avec le feu et elle avait perdu. Où était Pierre, ce garçon à qui elle s'était ardemment donnée? Avait-il réussi à fuir ? Avait-il gagné l'Espagne ? La profondeur de son regard la hantait encore. Pourquoi s'était-elle laissée séduire ? Avait-elle succombé à la candeur naïve de son sourire ? Il avait certes la taille bien faite... Sa gentillesse, loin de la balourdise des jeunes gens de son âge, ne l'avait pas non plus laissée indifférente... Et puis n'incarnait-il pas un idéal de respectabilité auquel ou aspirait au sein des classes populaires ?

Les trois semaines qui avaient suivi n'avaient pas été plus gaies. Sous la férule de la revêche Louise Pibouleau, coupée de son environnement familier, Mina Jouret avait subi un véritable dressage social. Tout juste si Antoinette avait été autorisée à lui rendre visite.

Par un matin gris de novembre 1912, la voiture des Fontvieille, une Panhard-Levassor où sa mère avait pris place, était passée prendre la jeune femme pour la conduire à Montferrier. Apprêtée pour la cérémonie par les soins de son cerbère, Mina avait quitté sa prison de Sainte-Ruffine, sans regrets mais sans espérance. Comment aurait-il pu en être autrement ? Henri Laffont, pour riche et aisé qu'il fût, n'était pas le genre d'époux auquel aspirent les jeunes filles. Pas question pour elle, dont le ventre commençait à arborer de suspectes rondeurs, de porter une de ces robes blanches qui font rêver les femmes. Une simple toilette grise avait fait l'affaire, à l'unisson de son âme…

En descendant de voiture, Mina n'avait pu réprimer un frisson sous cette petite pluie fine qui nimbait le pays d'Olmes d'un voile humide. C'était un mariage à la cloche de bois, aussi loin des yeux que du cœur. Paul Fontvieille les introduisit dans le bureau du premier magistrat. L'élu, bardé de son écharpe tricolore, bavardait avec Henri Laffont. Un peu en retrait se tenait sa sœur, Bérangère Laffont, l'air plus pincé que jamais.

Comme convenu, les épousailles avaient eu lieu dans la plus stricte intimité. La cérémonie n'avait duré que quelques minutes, le temps de lire les articles du Code civil, d'échanger des consentements… D'une voix presque inaudible, Mina avait dit « oui », manifestant autant d'entrain qu'une bête menée à l'abattoir. Henri Laffont lui avait alors tendu unc alliance qu'elle avait passée à son doigt. Puis, à l'invitation du maire, elle avait signé d'une main maladroite l'acte qui scellait son destin.

Henri Laffont avait chaleureusement serré la main de Jean-Baptiste Monié. Avant de l'inviter à déjeuner, il lui avait glissé une enveloppe à l'attention des pauvres de la commune, prix de son amicale discrétion. Et l'industriel avait pris Mina par le bras pour la conduire à sa voiture afin de rejoindre la belle maison bourgeoise où elle allait vivre. La jeune femme avait jeté un coup d'œil inquiet à sa mère, qui les suivait. Sagement assise sur la banquette de cuir rouge, les genoux bien serrés, la nouvelle Mme Laffont était partagée entre gêne, désespoir et inquiétude. Quel avenir lui réservait cet époux de plus de trente ans son aîné ? Il ne lui avait pas caché qu'elle n'avait guère d'amour à attendre de lui… Dans un silence glacé, la jeune femme et sa mère avaient été introduites dans le salon Napoléon III. Les deux hommes y avaient dégusté une coupe de blanquette de Limoux en commentant l'élection du démocrate Thomas Woodrow Wilson, 28e président des États-Unis. Mina et sa mère étaient restées debout, attendant que, selon les ordres de Bérangère Laffont, Louise Pibouleau et une jeune bonne du nom de Rose Michau organisent le service.

Sans donner dans l'interminable litanie des plats des agapes type noces et banquets en usage dans la France d'alors, le menu de ce déjeuner était sans commune mesure avec l'ordinaire des femmes Jouret. Calligraphié à la main sur un carton blanc orné de gracieuses arabesques style nouille, Mina put lire :

Consommé de cheveux d'ange
Cornets de jambon
Coquille de salade russe
Poularde Henri IV
Petits feuilletés à la parisienne
Gigot d'agneau à la provençale
Salade de saison
Fromages
Corbeille de fruits
Bombe glacée
Café
Liqueurs

On était loin des patano[21] et du millas[22], de l'azinat et de sa rouzolle ou du cambajou[23], spécialités culinaires des foyers populaires ariégeois. Mina

21. Pommes de terre, base de l'alimentation des familles populaires.

22. Mélange de farine de sarrasin et de lait chaud, cuit dans un chaudron pour obtenir une pâte que l'on coupe ensuite en carrés avant de les faire frire à la poêle.

23. Jambon sec du pays.

observa Antoinette à la dérobée, alors absorbée dans la contemplation du bristol, les pieds martyrisés par le cuir neuf de ses bottines. Sa gouaille de lavandière forte en gueule avait visiblement fondu comme neige au soleil. Mina eut pitié d'elle tant elle paraissait mal à l'aise dans ce monde qui n'était pas le sien. Domestique exceptionnellement tolérée à table en raison des circonstances, sa mère avait honte de sa condition sociale. Sans être plus glorieuse, mais parce qu'elle était plus jeune et aguerrie par les trois semaines d'apprentissage que lui avait infligées Louise Pibouleau, Mina releva la tête pour faire bonne figure et tenir le rang qu'elle pensait être sien désormais. À la fin de cet interminable repas, Louise Pibouleau avait raccompagné Antoinette. Mina était restée seule face à ses devoirs d'épouse que Bérangère Laffont n'avait pas manqué de lui rappeler, le soir même, sans prendre de gants.

— N'oubliez pas, ma petite, qu'un mariage n'a de validité que s'il est consommé. Le vôtre n'y fait pas exception.

— Je ne l'ignore pas, madame…

— Préparez-vous donc à recevoir mon frère, ce soir.

Mina s'était retirée dans sa chambre après une légère collation. Enveloppée d'un déshabillé en soie grège que Louise Pibouleau lui avait apporté, elle avait attendu l'arrivée de son époux, consciente du sacrifice à consentir. Vers vingt-deux heures, alors qu'elle était sur le point de s'assoupir, la porte s'était ouverte, laissant entrer Henri Laffont dans la demi-clarté de la lampe à pétrole.

Cette nuit de noces, Mina n'était pas près de l'oublier tant elle avait été sinistre. À deux reprises, elle avait subi les assauts de son mari. Tandis qu'Henri Laffont ahanait comme un forgeron sur son ventre, la jeune femme, stoïque, dans un élan d'une piété qu'elle avait perdue à l'adolescence, avait les yeux levés vers le crucifix suspendu au-dessus du lit. Ses mains tordant le drap, elle avait prié la Sainte Vierge pour qu'il en finisse au plus vite. Loin des fougueux transports vécus dans les bras de Pierre Maurel, elle s'était mordu les lèvres pour ne pas hurler sous la brutale étreinte qu'elle devait supporter. Dans un ultime grognement, Henri Laffont, le corps en sueur, s'était immobilisé et la délivrance était enfin venue. Sa besogne accomplie, son époux était reparti comme il était venu, abandonnant la jeune femme dans sa couche, sans un mot de tendresse. Alors Mina avait éclaté en sanglots. Jamais, elle ne s'était sentie aussi souillée !

Colportée de bouche à oreille, de salon bourgeois en conversations de lavoir, de la « ressège » au Bistrot du Théâtre, la nouvelle du mariage d'Henri Laffont avait tôt fait le tour de Lavelanet et du pays d'Olmes. Sitôt connus le nom de l'heureuse élue, la légèreté de ses mœurs, sa modeste origine sociale, l'importante différence d'âge des époux alimenta pendant quelques jours la chronique locale. Cette union faisait jaser. Certes, Henri Laffont était veuf mais, diable, convoler avec une jeunette de trente ans sa cadette… « Il faut avoir un bon motif d'épouser sa jeune maîtresse », soulignaient non sans raison les bonnes langues. Chacun y allait de son interprétation. Les gens d'extraction populaire voulurent y voir un joli conte de fées. Ceux de la bonne société riaient sous cape. L'austère industriel avait succombé au démon de midi dans les bras de la coquine Mina. D'autres, plus perspicaces, avançaient que si, comme les bruits l'affirmaient, la petite était enceinte, c'était là le comportement d'un homme d'honneur.

— Rends-toi compte, soupira Henri Laffont en prenant le café avec sa sœur dans le salon, la rumeur me taxe de chaud lapin…

— Ces bruits sont des meilleurs, répondit Bérangère.

— Et pourquoi donc ?

— Passer pour un séducteur, mon cher Henri, est un bon moyen d'éviter tout soupçon sur ta paternité. Cet enfant à naître n'en sera que plus légitime aux yeux des faquins.

Dès ses premiers jours chez les Laffont, Mina eut tôt fait de comprendre que son mariage ne changerait rien à la vie de la maisonnée. Bérangère Laffont restait la vraie maîtresse des lieux. Les domestiques, à l'instar de Louise Pibouleau, n'obéissaient qu'à elle. Le jardinier, Victor Matignon, l'homme à tout faire, Joseph Jourda ou encore la cuisinière, Pierrette Clanet, n'affichaient guère de considération pour la nouvelle Mme Laffont. Seule la toute jeune bonniche, Rose Michau, qui venait de fêter ses quatorze ans, lui manifestait une certaine déférence, témoignant de la sympathie à l'arrondissement de son ventre. Au quotidien, Mina subissait les remarques de celle qui était devenue légalement sa belle-sœur. Bérangère ne ratait jamais une occasion de lui faire sentir qu'elle n'était qu'une étrangère, juste tolérée car elle portait dans son ventre l'avenir de la tribu des Laffont. Ainsi, Antoinette, qui venait la voir chaque semaine, n'était reçue qu'à la cuisine, comme le personnel de service.

Les mois passant, Mina vit progressivement sa silhouette s'alourdir et sa poitrine gonfler. Henri Laffont, tout à ses affaires florissantes, faisait toujours aussi peu de cas de la jeune épousée. Parce qu'elle s'ennuyait à mourir à longueur de journée, par une triste après-midi de fin d'hiver où le ciel était bas et gris, Mina osa soulever le couvercle du piano à queue. La partition devant elle ressemblait à du chinois. Maladroitement, elle laissa courir ses doigts sur le clavier. Charmée par les sonorités de l'instrument, elle s'installa confortablement sur le tabouret et laissa son esprit s'évader. Alertée par la cacophonie qui s'élevait du salon, Bérangère Laffont fit irruption dans la pièce, l'air renfrogné.

— Quand on ne connaît pas la musique, on s'abstient de toucher au piano, surtout celui de ma regrettée belle-sœur !

— Votre belle-sœur ?

— Pauline Laffont, la défunte épouse de mon frère !

— Pour savoir jouer, il faut essayer…

— Jamais vous ne lui arriverez à la cheville ! Apprenez donc d'abord le solfège, lui rétorqua vertement Bérangère en lui tendant un exemplaire de la *Méthode Rose*.

— Merci. C'est bien ce que j'ai l'intention de faire !

— Soit, mais en attendant, arrêtez de nous casser les oreilles.

— Soyez sûre que, bientôt, je vous charmerai, répondit Mina, tremblante d'une sourde colère.

Avec obstination, peut-être parce que, dans le désert affectif qu'elle traversait depuis qu'elle habitait la maison des Laffont, la musique représentait sa seule échappatoire, Mina s'obstina à tirer des sons harmonieux de cet encombrant piano que personne ne venait taquiner. Peut-être voulait-elle prouver au dragon domestique qui gouvernait l'antre des Laffont qu'elle, Mina Jouret, une fille du peuple, avait autant de dispositions artistiques que d'autres qui naissaient avec une cuillère d'argent dans la bouche ! Et deux fois par jour, Mina faisait ses gammes, répétant inlassablement les exercices proposés par Ernest Van de Velde, promoteur de la célèbre méthode d'apprentissage. Peu à peu, ses doigts gagnaient en agilité et, sans avoir la prétention de devenir une virtuose, elle arrivait à jouer *Le Carnaval de Venise* ou *Le Roi Dagobert*. Ainsi, la découverte de la musique illuminait sa vie, constituant un des rares îlots de bonheur dans la tristesse ordinaire de son quotidien.

Les jours s'allongeaient et, dans les jardins, les premières jonquilles déployaient leurs crosses charnues. Mais en cette première quinzaine du mois de mars 1913, Henri Laffont se préoccupait plus de la vie politique que du ventre de sa femme ou du charme de la douceur printanière. Un projet de loi rétablissant un service militaire de trois ans au lieu de deux avait été déposé à la Chambre des députés le 6 mars. Bénéficiant du soutien unanime du Conseil supérieur de la guerre, son aboutissement permettrait de faire passer le nombre de conscrits constituant l'armée d'active française de 519 000 à 725 000 hommes, équilibrant les forces que s'opposaient Triple

Alliance et Triplice. Cette initiative, qui mettait les socialistes vent debout, rassemblés autour du charismatique tribun populaire Jean Jaurès, ravissait Henri Laffont. Fournisseur de drap pour l'armée, l'équipement de plus 200 000 hommes supplémentaires représentait une manne pour son entreprise, comme pour celle de nombreux autres industriels dénoncés comme des marchands de canons par les pacifistes de tout bord. Mais ces gesticulations intéressaient peu sa sœur. Assistée de Louise Pibouleau, Bérangère Laffont portait plus d'attention à l'abdomen de Mina, sacrifiant à la croyance populaire.

— Avez-vous vu, Louise, le ventre de la petite ?

— Oui, Madame, c'est moi qui l'aide pour s'habiller tous les jours…

— Ne trouvez-vous pas qu'il prend la forme d'une bouée ?

— Madame pense que c'est une fille ?

— Disons que je le crains…

— Si Madame me le demande, moi, je vois plutôt un obus…

— Ah, Dieu vous entende, ma bonne Louise ! Un garçon arrangerait bien nos affaires !

— Assurément. La succession de Monsieur serait ainsi mieux assurée…

Le mercredi 7 mai, alors que le roi d'Espagne Alphonse XIII effectuait une visite officielle à

Paris, concrétisant l'accord sur le partage du Maroc conclu en novembre de l'année précédente, au milieu de la chaude après-midi qui incitait à rechercher l'ombre de la tonnelle, Mina ressentit les premières douleurs. Un spasme violent et sournois qui n'avait rien de digestif la plia brutalement en deux, tordant son visage en un rictus de souffrance. Elle tenta vainement de faire quelques pas. Elle eut toutes les peines du monde à gravir l'escalier pour regagner sa chambre. Soutenue par Louise, elle s'appuya à la rampe de bois entretenue à grand renfort de cire d'abeille. Alertée, Bérangère Laffont appela le docteur Jolieu qui arriva dans l'heure.

— Le travail a en effet commencé, commenta sobrement le praticien en refermant sa trousse en cuir.

— Vous en êtes sûr, docteur ?

— Madame, je connais mon métier ! Cette jeune femme est à terme. Il faut avertir le père…

— Henri est à Mazamet. Il ne rentre qu'en fin de semaine.

— Télégraphiez-lui que la délivrance est proche.

— Pour cette nuit ?

— Je ne peux vous l'affirmer. Mais c'est une question d'heures. Prévenez Madeleine Dunac, la sage-femme, qu'elle se tienne prête à m'assister…

— Ce sera fait, docteur.

— Quant à vous, madame, préparez des linges

propres et de l'eau chaude, ajouta le médecin à l'attention de Louise Pibouleau.

À trois heures quinze du matin, après avoir agrippé les montants de son lit en fer et cuivre au cours de douze heures d'effort, le visage ravagé de souffrance, Mina donna naissance à un garçon de 3,8 kilos. Une fois le nouveau-né pris en charge, d'autorité, par Bérangère Laffont qui découvrait les gestes maternels qu'elle n'avait jamais pu faire, Mina sombra dans un sommeil réparateur. Henri Laffont passa en coup de vent en fin de matinée. Sanglé dans sa redingote noire, le visage pâle, empreint d'une morgue grinçante, il fit irruption dans la chambre où Bérangère et Louise Pibouleau s'occupaient du nourrisson. Henri toisa la jeune accouchée. Allongée sur son lit, elle commençait à reprendre quelques couleurs. Les yeux de l'industriel glissèrent vers le berceau, dont la flèche de lit se tendait d'un voile d'organdi blanc. Contemplant le nouveau-né, son regard sévère se détendit imperceptiblement. Il se tourna vers Mina et lui dit, voulant faire preuve d'amabilité pour la circonstance :

— Vous m'avez donné plus que de l'or, madame. Plus que le pain de la terre… Le bonheur d'une vie, un héritier ! Croyez que je saurai m'en souvenir et vous en récompenser.

— Ne me remerciez pas. Cet enfant a un nom, le vôtre…

— Et nous l'appellerons Lucien, comme notre père, n'est-ce pas, Henri ? intervint Bérangère.

— Excellente idée, ma sœur ! Lucien Laffont… Voilà qui sonne bien pour un futur chef d'entreprise.

— L. L., les initiales du bonheur, soupira Louise Pibouleau en abandonnant pour une fois le masque d'austérité que son visage osseux offrait d'ordinaire.

Mina afficha un timide sourire. Elle n'avait guère d'illusion sur l'affection que pouvait lui porter Bérangère ou sur la considération de Louise Pibouleau, ombre grise de sa maîtresse. Si Mina souriait, c'est parce que ce bonheur était simplement le sien, celui de la nouvelle page qu'elle allait devoir écrire. Et pendant les jours, les semaines et les mois qui suivirent, la jeune femme eut pleinement l'occasion de mesurer combien la naissance de ce fils avait changé le cours de son destin. Considérée jusque-là comme quantité négligeable chez les Laffont, elle accédait à une nouvelle place dans la famille grâce à son statut de mère. On ne pouvait plus la traiter comme une vulgaire domestique. Quoique de modeste extraction, elle était celle qui avait mis au monde l'héritier tant désiré. Grâce à elle, le nom des Laffont perdurerait…

6
Un Américain patriote

En arrivant sur la terre ferme, Pierre Maurel, devenu Peter Moore par le coup de tampon de l'officier d'immigration qui l'avait contrôlé, ne savait où aller. Dans la plénitude de l'été qui baignait la côte est d'un soleil généreux, il hésitait, son modeste bagage à la main, décontenancé par le flot de véhicules de tous poils qui se pressaient sur l'avenue. Qu'il était loin de Lavelanet ou de Foix ! Ah, si ses parents avaient vu ça ! Cette ville ressemblait à une fourmilière. Les gens couraient dans tous les sens, le canotier ou le melon vissé sur le crâne, arborant costume, bleu de chauffe ou redingote. Malgré la largeur des trottoirs, les bousculades n'étaient pas rares. Ici, toutes les classes sociales se mélangeaient dans la cacophonie des coups de klaxon des Ford T, des Buick ou des Cadillac qui slalomaient parmi les trucks GMC et les camions Mack à plateaux, chargés de caisses en bois. Perdu dans l'agitation bruyante de cette ruche humaine, il ne vit pas venir un grand type d'une trentaine d'années en veston clair. En se retournant, Pierre le bouscula, envoyant rouler son chapeau.

— Oh, pardon, monsieur… Veuillez m'excuser ! balbutia-t-il en se précipitant pour le ramasser avant qu'il ne tombe dans le caniveau où coulait une eau fétide.

— Merci, fit le type avec un large sourire. Vous êtes français ?

— Oui…

— À votre accent, je parie que vous êtes du sud…

— Oui, des Pyrénées…

— Lesquelles ?

— L'Ariège…

— Moi aussi ! On est pays, alors ! Comment tu t'appelles ?

— Pierre Maurel… Enfin, maintenant, c'est Peter Moore. Et toi ?

— Rogale, Justin Rogale ! Je suis d'Ercé, dans le Couserans. Du pays des orsalhèrs, tu sais, les montreurs d'ours…

— Moi de Lavelanet…

— Le pays des avelanaïres !

— Té, regarde : j'en ai emporté une poignée…

— Tu débarques du bateau ? lui demanda le grand type en observant sa tenue vestimentaire.

— Oui, j'arrive d'Ellis Island.

— Tu as de la famille ici ?

— Non, personne…

— Tu cherches un toit pour dormir ?

— Je n'ai pas beaucoup d'argent. J'avais juste les cinq dollars qu'il fallait pour passer l'immigration. Faut que je trouve du travail…

— C'est quoi ton job ?

— J'étais encore au lycée il y a quelques mois, avoua Pierre.

— Au lycée ? Tu es savant alors…

— J'ai passé mon baccalauréat latin-sciences…

— Moi, j'ai échoué au certif. Faut dire que mon père, il préférait m'envoyer aux champs plutôt qu'à l'école… Faute de trouver un emploi dans la vallée, comme j'étais le cadet, je suis parti… Ici, je travaille dans un restaurant et je gagne bien ma vie. Chez Victor, ça s'appelle, précisa Justin Rogale.

— C'est loin ?

— À Times Square, à côté de la 46e Rue. Le patron est de la vallée du Garbet, c'est un bon gars… Viens, je vais te présenter. Il ne te refusera pas une assiette de soupe. Peut-être même qu'il t'embauchera…

— Pour faire quoi ?

— Plongeur, c'est comme ça que les types commencent… Après, si le métier te plaît, tu peux passer légumier ou même saucier. Certains s'installent à leur compte, comme patrons de bistrot. Tu verras, ici, tout est possible ! C'est l'Amérique…

Pierre esquissa une moue. Il ne se voyait guère faire la plonge à longueur de journée. Mais convaincu par la jovialité communicative de Justin Rogale, il le suivit dans les rues de cette ville cosmopolite, ancienne colonie néerlandaise placée, au XVIIe siècle, sous l'autorité de Pieter Stuyvesant. Parvenu devant une grande baie vitrée ornée de rideaux en cretonne, son guide s'effaça pour le laisser entrer Chez Victor. Sans être luxueux, le restaurant paraissait coquet et sympathique. La salle, éclairée d'une lumière électrique tamisée, offrait un peu plus d'une soixantaine de couverts. Pierre slaloma entre les tables recouvertes de nappes blanches pour en atteindre le fond. Là, assis derrière un petit bureau en bois ciré, trônait un type trapu au regard sombre, le visage barré d'une épaisse moustache poivre et sel. Vêtu d'un costume bien coupé, les lunettes sur le front, il était penché sur un épais livre de comptes relié de cuir rouge. Installé à New York depuis une petite vingtaine d'années, il témoignait de la réussite de ces enfants des hautes vallées du Couserans que la misère avait poussés à s'expatrier loin de l'ombre tutélaire du mont Valier. Justin Rogale fit sobrement les présentations.

— Du travail en cuisine, mon petit, je n'en ai pas pour le moment… On est au complet, vois-tu, répondit Victor Bénazet.

— Ce n'est pas grave, monsieur, balbutia Pierre, un peu déçu.

— Dis-moi, qu'est-ce que tu sais faire au juste ?

— J'aime bien la mécanique…

— Tu t'y connais ?

— Mon père a un garage à Lavelanet. Aux vacances, je lui donne la main…

— Tu as le permis de conduire ?

— Je n'ai pas l'âge mais mon père m'a appris…

— Écoute, petit, fit Bénazet en se grattant la tête, le réceptionniste de l'hôtel Astor, Marcel Icre, est de la vallée de Bethmale. Il est venu boire l'apéro hier soir. Il m'a dit qu'ils cherchaient un aide-voiturier.

— En quoi ça consiste ?

— Le voiturier, c'est le type qui, sur les ordres du portier, conduit au garage la voiture des clients qui passent la nuit à l'hôtel. L'aide-voiturier, c'est le gafet qui va briquer la carrosserie des limousines et des torpédos. Il nettoie le pare-brise, fait briller les cuivres, vérifie le niveau d'huile, la pression des pneus… Bref, tout ce qu'il faut pour que, le lendemain matin, la voiture du client soit impeccable. Alors, si tu n'es pas avare d'huile de coude…

— Je n'ai pas peur de mettre les doigts dans le cambouis !

— Très bien, petit ! Dans ce cas, Justin va te montrer la cuisine. Mange un morceau, le temps que je termine de préparer mes commandes pour demain. Ensuite, j'irai te présenter…

Pierre le remercia chaleureusement. Justin Rogale posa sa main sur son épaule et l'entraîna à l'office, désert à cette heure de la journée. Il le fit asseoir à une longue table en bois, puis il ouvrit la porte d'une chambre froide et poussa devant lui une assiette de viande froide, une terrine de pâté et un plateau de fromages. D'un buffet de style victorien, il sortit une grosse miche de pain qui ressemblait à celles que le père Chalou, le boulanger de Lavelanet, pétrissait. Avec sa croûte dorée, dûment scarifiée et saupoudrée d'une pincée de farine, elle fleurait la terre de son Ariège natale. Pierre ne se fit pas prier. De bon appétit, il dévora plusieurs tartines qu'il arrosa d'un fond de bouteille de vin. Le sourire fleurissait sur ses lèvres quand Victor Bénazet vint le chercher pour le conduire à l'hôtel Astor.

— Tu es prêt ?

— Oui, monsieur… C'est loin ? demanda Pierre en se levant de table.

— Non, à quelques blocs, à la hauteur de la 45e Ouest…

Le prestigieux établissement n'était en effet qu'à quelques rues du restaurant. Formant un quadrilatère massif, nantis d'un toit mansardé de style parisien recouvert de plaques de cuivre vert, ses onze étages abritaient un millier de chambres. Propriété des frères Muschenheim, l'hôtel avait été construit selon les plans du célèbre cabinet d'architectes Clinton et Russell. Il avait ouvert huit ans plus tôt, le 9 septembre 1904. Sobre à l'extérieur, le bâtiment qui, parmi ses commodités, comptait un fumoir flamand et une salle de billard pompéienne, était richement décoré d'une multitude d'objets exotiques provenant du Muséum d'histoire naturelle, ce qui en faisait un lieu d'attraction du tout New York. Victor Bénazet l'accompagna à l'entrée. Sur les marches de l'hôtel, le portier les toisa d'un œil méfiant. À voir son regard soupçonneux, Pierre comprit que, sans la présence de son guide, la modestie de sa mise l'aurait fait refouler. Aussi monumental qu'une cathédrale, le hall était orné de quatre peintures murales, représentant l'ancien et le moderne New York, et de statues des Trois Grâces. Écrasé par la magnificence du lieu, le jeune homme ne savait plus où poser le regard.

— C'est… c'est… grandiose ! s'exclama Pierre.

— C'est une œuvre du sculpteur Isidore Conti, inspirée de la plastique d'Audrey Munson, un célèbre mannequin qu'on surnomme Miss Manhattan, précisa Victor en le voyant fixer la statue.

— Que c'est beau ! lâcha Pierre, les yeux écarquillés.

Tout l'hôtel est comme ça ?

— Oui. Au neuvième étage, il y a une salle de bal style rococo qui peut accueillir cinq cents personnes.

— Cinq cents personnes !

— Elle mesure quinze mètres sur vingt-six.

— Mais c'est immense !

— C'est là, sous un plafond voûté en ivoire et or, soutenu par des caryatides, que s'est tenu en 1909 le dîner de la Peace Society, en présence du président américain William Howard Taft.

— Je n'aurais jamais imaginé qu'un tel endroit puisse exister, fit le jeune homme dont les références architecturales se limitaient au lycée de Foix, à la gare Matabiau de Toulouse et aux gravures du Louvre figurant dans son livre d'histoire.

— Et encore, tu n'as pas tout vu. Sur le toit, il y a un jardin, avec des fontaines et même un kiosque à musique. Mais, pour moi, le plus original, c'est l'orangeraie…

— L'orangeraie ?

— Oui, derrière le hall du premier…

— Qu'est-ce qu'elle a de particulier ?

— Elle représente un jardin italien. Le plafond, peint en bleu pour évoquer un ciel méditerranéen, est caché par des pergolas couvertes de vignes.

— Il doit être agréable de travailler là…

— Tu n'auras guère l'occasion d'y aller ! Mais en tout cas, mon gars, évite de traîner au bar…

— Pourquoi donc ?

— On dit que c'est un lieu de rencontres… pour les hommes !

— Pour les hommes ?

— Les gonzes qui n'aiment pas les femmes, si tu préfères…

Pierre Maurel, en comprenant de quoi il s'agissait, rougit jusqu'aux oreilles et baissa la tête. Ce n'était pas le genre de sujet qu'on abordait chez lui, à la table familiale. Victor Bénazet l'entraîna vers la réception. Derrière un immense comptoir d'acajou ciré, un géant charpenté comme une armoire normande les accueillit avec un sourire de bienvenue, dévoilant une mâchoire puissante. Il arborait une élégante redingote noire à boutons dorés. Issu d'une famille de rudes montagnards, Marcel Icre avait quitté son Ariège natale à la fin du siècle dernier, comme beaucoup de cadets, pour soulager ses parents d'une fratrie trop nombreuse. Arrivé pauvre et misérable dans une Amérique où le spectacle de Buffalo Bill popularisait l'épopée de la conquête de l'Ouest, il avait trouvé, grâce à sa généreuse carrure, une place de bagagiste dans un hôtel à l'ouest de Broadway. Vingt-cinq ans de travail sérieux lui avaient permis de faire son trou et de cultiver l'idée que, fortune faite, il rentrerait un jour au pays.

Victor Bénazet lui expliqua rapidement l'objet de sa visite. Le petit cherchait du boulot. En homme d'expérience qui s'était frotté aux turpitudes de la vie, Marcel Icre jugea Pierre Maurel d'un coup d'œil : ce jeune homme était de bonne race. Il avait le regard droit et franc. Satisfait de son examen, le réceptionniste hocha la tête et se tourna vers le standard téléphonique. Sans prononcer une parole, il décrocha le combiné et enfonça dans le tableau la fiche de la ligne du bureau de James O'Brady, le manager en charge de la gestion du personnel. Faute d'une maîtrise suffisante de l'anglais usuel, Pierre ne comprit pas un traître mot de ce qu'il marmonna dans l'appareil. La conversation fut brève. Quand il eut raccroché, Marcel Icre leur dit :

— C'est réglé. O'Brady est d'accord… Tu embaucheras demain matin à huit heures. Le salaire journalier est de deux dollars vingt-cinq. Presque celui d'un ouvrier de chez Ford… Ça te va ?

— Oh, oui ! s'exclama Pierre, soulagé de voir certaines de ses incertitudes se dissiper.

— Le garage est à un block d'ici, au sous-sol.

— Je vais lui montrer en sortant, fit Victor.

— Giovanni, le voiturier, t'expliquera le job. À midi, tu partageras avec lui la gamelle de restes de la veille qu'il ramène de la cuisine. Et pour dormir, poursuivit Icre, il y a une petite piaule aménagée dans un coin de l'atelier. C'est pas luxueux mais ça ne te coûtera pas un cent.

— Merci, monsieur, répondit Pierre.

— Ne me remercie pas ! Entre pays, c'est bien normal de s'aider, conclut le Bethmalais en serrant sa main à lui broyer les doigts.

Désormais nanti d'un toit et d'un travail, Pierre Maurel commença dès le lendemain à lustrer des carrosseries, à briquer des cuivres, astiquer des chromes, à veiller à la transparence des vitres, à épousseter des tapis, vérifier l'eau, l'huile, la pression des pneus, remplir les réservoirs d'essence. Il n'avait pas le temps de chômer. Entre ses mains, ce n'était qu'une succession de Ford, de Cadillac, de Buick, de Maxwell, de Packard ou d'Oldsmobile. Parfois, une belle étrangère, le plus souvent d'origine anglaise, une Talbot, une Hillman ou une Morgan, plus rarement une Rolls-Royce, venaient interrompre le défilé des modèles américains dont l'industrie automobile commençait à inonder le marché, tandis qu'en Europe on en restait encore à une production artisanale.

Combien de fois, durant ces premières semaines en Amérique, avait-il songé à écrire à ses parents pour leur donner de ses nouvelles ? Il ne se passait pas un jour sans qu'il pense à eux. Mais la hantise de se faire prendre l'en avait rapidement dissuadé. Il devait se faire oublier, aussi douloureux que ce fût. C'était le prix à payer pour espérer un jour laver son honneur. Logé dans un box sommairement isolé de l'atelier par une cloison en planches, Pierre, le soir venu, après avoir avalé un frugal bouteillon de soupe, se laissait tomber sur sa couche, épuisé, les muscles tétanisés de courbatures.

Sous la houlette bienveillante de Giovanni Rocca, le voiturier en titre, un Italien originaire de Milan, Pierre Maurel apprit peu à peu à distinguer à l'oreille un V6 d'un V8. Il l'initia ainsi, au fil des jours, à la mécanique des puissants moteurs américains et Pierre, mis en confiance, lui confia son histoire. Cantonné les premières semaines à l'entretien des véhicules, il prit l'habitude, au bout de quelques mois, sans pour autant avoir le permis, de conduire lui-même la voiture d'un client devant les marches de l'hôtel. De temps à autre, à la fin de son service, Marcel Icre passait le voir. Parfois, il lui apportait les journaux français de la veille, ceux qui traînaient sur les tables basses ou les accoudoirs des fauteuils. Sa journée achevée, à la lumière de la poussive quarante watts qui éclairait chichement son réduit, Pierre se plongeait alors avec délices dans la lecture de *L'Aurore*, de *L'Auto*, du *Figaro* ou du *Petit Journal*.

Le jeune homme dévorait tout, des réclames jusqu'aux petites annonces. Mais s'il prenait plaisir à parcourir les colonnes de ces grands journaux, la lecture des nouvelles de France lui donnait fréquemment du vague à l'âme. Quoiqu'il s'efforçât de ne pas trop y penser, le pays, les siens lui manquaient… À leur simple évocation, une boule lui nouait la gorge et il ne pouvait retenir ses larmes. Pour lutter contre l'accablement qui lui broyait le cœur, il plongeait la main dans sa poche pour serrer son talisman, la poignée de noisettes qui ne le quittait jamais. Il n'arrivait pas à oublier ceux qu'il chérissait, ses parents, son amie Clémence, ses camarades et Mina, cette fille qui lui avait fait découvrir le plaisir charnel pour le conduire sur les chemins de la passion. Le citoyen américain de fraîche date Peter Moore ne pouvait faire disparaître l'immigré Pierre Maurel.

Éreinté par sa journée de labeur, l'âme torturée par les remords de sa fuite éperdue, il s'endormait, le nez sur le journal. Mais cette histoire lui collait à la peau comme la tunique de Nessus et le sommeil, réparateur pour ses muscles, ne lui apportait pas la sérénité de l'âme. Ce passé tragique le hantait jusque dans ses songes. Trop souvent, ses rêves viraient au cauchemar. La silhouette de son père, penché sur un moteur pour effectuer un réglage délicat ou calligraphiant d'une élégante écriture ses factures dans son petit bureau, revenait en boucle, figure tutélaire d'une vie droite et honnête qui lui avait servi de modèle. De même, il revoyait sa mère, douce et aimante, assise au coin du feu, s'épuisant les yeux à manier le crochet de ses doigts habiles.

Combien de fois s'était-il réveillé en sueur, haletant, en proie à une sourde angoisse qui lui taraudait le cœur ?

Un soir de décembre 1912, à l'approche de Noël, cette fête de famille qu'il ne partagerait pas avec les siens pour la première fois, alors qu'une méchante tempête balayait la côte est d'une vague de froid si mordante qu'il en était réduit à se pelotonner frileusement sous trois couvertures de bure, Pierre Maurel, n'y tenant plus, se résolut à écrire à ses parents. Mais comment ne pas risquer d'éveiller l'attention ? Pas question de se servir du papier à en tête de l'hôtel ! Si, comme il le supposait, le courrier de ses parents était surveillé, c'eût été révéler l'endroit de sa retraite… Inspiré par la lecture des romans de Pierre Alexis de Ponson du Terrail, célèbre père de Rocambole, il ne tarda pas à trouver la solution : utiliser une feuille ordinaire, la glisser successivement dans deux enveloppes pour faire transiter la lettre par son amie Clémence en qui il avait toute confiance.

Pierre s'attela à cette tâche, différée par crainte d'être découvert. Réconforter ses parents après quatre mois de silence, les assurer de son innocence n'était pas une mince affaire. Pas question de raconter sa fuite par le menu, de donner des précisions sur son lieu de résidence, il devait rester dans le vague au cas où la lettre tomberait entre de mauvaises mains. Cultiver l'espérance de son prochain retour en Ariège eût été cruel. En choisissant ses mots, Pierre tenta de leur expliquer que c'était impossible. Cette nouvelle relancerait immanquablement les gendarmes à ses trousses et conduirait à son arrestation rapide. Jugé aux assises, tout l'accuserait. Ce qui pourrait apparaître comme un crime passionnel risquait de le conduire à la guillotine.

Pierre avait en tête un article de *L'Aurore*. Le journal, avec luxe de détails, avait relaté, le 23 septembre 1909, la triple exécution des Chauffeurs de la Drôme sur le parvis de la prison de Valence. Cette bande armée avait ravagé la campagne valentinoise de 1905 à 1908. Condamnés à mort, Octave-Louis David, Pierre-Auguste Berruyer et Urbain-Célestin Liotard étaient passés sur la bascule à Charlot devant une foule de près de deux mille personnes, attirées par la rareté des exécutions publiques depuis « l'abolition de fait » de la peine capitale entre 1906 et 1908. Le bourreau, Anatole Deibler, avait œuvré de main de maître, fort de ses quarante ans de carrière comme exécuteur en chef de la République, et les trois têtes avaient roulé dans le panier en l'espace de sept minutes.

Sa lettre terminée, Pierre Maurel se demanda

comment ne pas attirer l'attention du facteur avec une lettre oblitérée d'un timbre américain. Giovanni lui souffla la réponse le lendemain matin :

— Tu n'as qu'à la confier à un client de l'hôtel reprenant le bateau pour le vieux continent. Je crois savoir que le *Mauretania* de la Cunard part à la fin de la semaine.

— Celui qui a gagné le ruban bleu ?

— Oui, c'est le plus rapide de tous les transatlantiques. Ta lettre sera postée à Southampton cinq jours plus tard.

— Mais je ne connais personne…

— Laisse-moi faire, je te trouverai bien quelqu'un, répliqua Giovanni avec un large sourire.

Edward Bishop, un industriel de Coventry, venu étudier les méthodes que Ford développait dans ses usines, accepta de se charger de la missive sans trop poser de questions. Huit jours plus tard, un peu avant Noël, le facteur, Antonin Agasse[24], un bavard qui portait bien son nom, déposa le courrier dans la boîte aux lettres des Naudy, non sans remarquer au passage le timbre de *one penny* à l'effigie de George V. Antoinette Naudy se garda bien d'ouvrir ce courrier qui ne lui était pas destiné. Elle n'y vit pas malice, supposant

24. Nom donné à la pie en occitan.

qu'il provenait d'une des nombreuses *Pen Friends* avec lesquelles sa fille entretenait une correspondance pour parfaire son anglais, la langue à la mode dans la bonne société provinciale d'alors.

Clémence, arrivant pour les vacances de Noël quelques jours plus tard, trouva la lettre posée bien en évidence sur la table de nuit de sa chambre. Elle leva un sourcil interrogateur. L'adresse était rédigée en caractères bâton. Qui pouvait bien lui écrire de Southampton ? La lecture du petit mot qui accompagnait le système de double enveloppe manqua de la faire chavirer. Mon Dieu… c'était une lettre de Pierre ! Son cœur s'emballa. Elle saisit son manteau et, sans prendre le temps de mettre un chapeau ou d'enfiler des gants, elle enfourcha son vélo pour se précipiter chez les parents de son ami. Clémence fit irruption dans la cuisine des Maurel. En cette fin d'après-midi, Ernestine, assise sur une chaise basse près de la cheminée, un tablier autour de la taille, une grasàlo[25] sur les genoux, était en train d'éplucher des légumes pour la soupe du soir. Surprise de cette intrusion inopinée, elle leva la tête. Incapable de prononcer une phrase, Clémence, en reprenant son souffle, balbutia :

— Pierre ! Pierre !

25. En occitan, cuvette ronde en terre cuite de forme évasée.

— Eh bien quoi, Clémence ?

— Une lettre de Pierre..., lâcha la jeune fille en lui tendant l'enveloppe.

— Mon Pierrot...

Sous le coup de l'émotion qui l'étreignait, Ernestine Maurel pâlit. Ses traits se figèrent. Elle lâcha le couteau qu'elle tenait, posa la grasàlo et se leva, les jambes flageolantes. Sa main tremblait. Elle ouvrit le courrier. Au premier coup d'œil, elle reconnut l'écriture fine et aérienne de son fils bien aimé. Son cœur se mit à battre la chamade. Saisie d'un émoi qu'elle ne pouvait maîtriser, Ernestine porta la main à sa poitrine. Devant ses yeux, le décor de la cuisine se brouilla. L'horloge comtoise, le vaisselier, les casseroles suspendues au-dessus de l'évier de pierre grise, tout se mit à tourner. De sa main gauche, elle chercha un appui mais ne rencontra que le vide. Et soudain, tel un pantin désarticulé, la bouche ouverte, sans un mot, elle s'effondra dans les bras de Clémence.

Désemparée, la jeune femme réussit tant bien que mal à asseoir Ernestine sur la chaise basse. Se saisissant d'un torchon, elle lui tamponna les tempes avec un peu d'eau fraîche. Ernestine reprit ses esprits et son visage retrouva quelques couleurs. Et si les mots ne parvenaient pas à franchir ses lèvres, des larmes de joie jaillissaient à la commissure de ses yeux. Remises de leurs émotions et en proie à un enthousiasme communicatif, les deux femmes lurent et relurent plusieurs fois la lettre que Pierre avait écrite quelques jours plus tôt. Au comble de l'excitation, Ernestine décida de courir au garage, Clémence sur ses talons, pour partager sa joie avec Victor. Au diable la préparation de la soupe !

Étonné de la voir ainsi surgir à une heure où elle s'activait d'ordinaire derrière les fourneaux, Victor referma son grand cahier de comptes et sortit du petit bureau où il faisait sa comptabilité. Les yeux brillants, sa femme lui tendit la lettre de Pierre. La nouvelle fit discrètement le tour de l'atelier, chacun, parmi les employés, y allant de son commentaire.

— Faut le persuader de revenir…

— Tant qu'il n'a pas fait le régiment, c'est un gamin. Il doit obéir à son père !

— Y a qu'à lui écrire !

— Eh, faudrait encore savoir où !

— En Angleterre, pardi ! Tu vois bien que la lettre est partie de là-bas…

— Et pourquoi il l'a envoyée à la petite ? Il aurait pu l'adresser ici…

— Peut-être qu'il n'a pas osé…

L'ambiance n'étant plus guère au travail, Victor décida de donner exceptionnellement congé aux trois ouvriers et à l'apprenti. Ils étaient tous si heureux d'avoir des nouvelles du jeune homme que Clémence, restée un peu en retrait, n'osa leur faire remarquer ni l'absence d'adresse ni que l'avis de recherche du meurtrier Pierre Maurel, même s'il avait jauni comme les feuilles des platanes au vent mauvais de l'automne, était toujours punaisé sur le panneau d'affichage de la gendarmerie. Peu à peu, leur joie retomba comme un soufflé. Certes, les Maurel étaient rassérénés mais, désormais, ils vivraient dans l'attente quotidienne d'un nouveau courrier de Pierre.

Chaque jour, après le repas de midi, Ernestine courait chez les Naudy pour demander si une lettre n'était pas arrivée. Antoinette secouait la tête et la déception figeait les traits d'Ernestine qui se détournait pour pleurer en silence. Combien de mois lui faudrait-il attendre avant de recevoir d'autres nouvelles ?

En cette année 1913 où Raymond Poincarré avait succédé à Armand Fallières à la présidence de la République, Pierre Maurel écrivit trois fois à ses parents, toujours par l'intermédiaire de son amie Clémence. S'il restait toujours évasif quant à sa situation personnelle, ne fournissant, en dehors de sa santé, que dc maigres indices sur son quotidien, il semblait se tenir au courant de l'actualité qui faisait la une des journaux. Les protestations des socialistes contre la Loi des trois ans, la mise au point par le général Joffre du plan XVII pour la reconquête de l'Alsace-Lorraine, le maintien sous les drapeaux des conscrits libérables en septembre, synonyme de montée des périls, ne lui avaient pas échappé. À certains détails, on voyait son patriotisme transpirer entre les lignes.

Faisant contre mauvaise fortune bon cœur, les Maurel avaient fini au fil des mois par s'accoutumer à cette situation. Leur fils chéri était loin d'eux mais, au moins, il était libre ! L'année 1914 vint raviver leur chagrin. À la mi-mars, le procès de Pierre fut ouvert devant la cour d'assises de Foix. L'événement passa inaperçu dans la presse, ne donnant lieu qu'à quelques lignes dans *La Dépêche*. Quel intérêt pouvait avoir cette tragique affaire ? Une rixe de bal qui s'était terminée par un malheureux coup de couteau… Les journaux avaient des nouvelles bien plus intéressantes à se mettre sous la dent pour vendre du papier ! Henriette Caillaux, l'épouse du ministre des Finances Joseph Caillaux, ne venait-elle pas, dans un moment de folie, de tirer six coups de feu sur Gaston Calmette, le patron du *Figaro*, qui s'apprêtait à publier la correspondance intime que le ministre avait entretenue avec elle quand elle n'était encore que sa maîtresse ?

Dans la salle du palais de justice, sur les bancs réservés au public, Victor Maurel était aussi figé qu'une statue de commandeur. Arborant un costume noir, il offrait le visage d'un homme anéanti. Ernestine était absente. Assister au procès était au-dessus de ses forces. Plusieurs témoins certifièrent, ce qui n'était pas faux, avoir vu l'accusé, un couteau à la main. Citée à comparaître, Mina Laffont, née Jouret, assura la cour n'être venue que pour danser et n'avoir rien vu. De même, elle nia avoir prêté assistance à l'assassin. La respectabilité qui s'attachait désormais à sa position sociale de femme d'industriel dissuada la cour de pousser plus loin son audition. Le témoignage de Louis Escande fut décisif. Le ferblantier jura qu'il avait vu Pierre porter le coup mortel à Adrien Vergé. La minorité du meurtrier fut reconnue comme circonstance atténuante. Jugé par contumace, avec pour seul défenseur un médiocre avocat commis d'office, le procès fut vite expédié. Après une courte délibération, les jurés du tribunal populaire condamnèrent Pierre Maurel à vingt ans de bagne. Ce soir-là, quand il rentra à Lavelanet, la tête basse, Victor Maurel en avait vieilli d'autant.

— J'en viens à souhaiter que mon fils ne rentre jamais ! lâcha-t-il en prenant Ernestine dans ses bras.

— Et si nous faisions appel ?

— À quoi bon ? Tout est contre lui.

— Peut-on espérer une grâce ? On dit que l'armée a besoin d'hommes en ce moment !

— Ma pauvre femme ! Quand bien même nous serions en guerre, il devrait purger sa peine. Elle est trop lourde… Victor Maurel disait vrai. L'entrée en guerre de la France contre son ennemi juré, l'Allemagne, quelques mois plus tard, dans la chaleur écrasante de l'été 1914, n'allégea que des condamnations légères. Les voyous, souteneurs et mauvais garçons étaient bons pour les tristement célèbres Bat'd'Af[26], pas les assassins. L'échec d'une guerre de mouvement, qui se termina par la course à la mer et l'établissement d'un front continu de la frontière Suisse aux rivages de la mer du Nord, le creusement des premières tranchées dès le mois de novembre 1914, les déboires des offensives inutiles de Champagne ou d'Artois au printemps 1915, qui s'étaient toutes terminées par de véritables boucheries, rien ne put infléchir la sévérité de la justice dans ce conflit où la pelle et la pioche remplaçaient bien souvent le fusil.

À New York, Pierre Maurel, comme tant d'autres expatriés français, suivait par la presse les événements sur une carte. Il l'avait punaisée sur la cloison en bois de sa chambre. Les visites de Marcel Icre ou de Victor Bénazet étaient l'occasion de commenter les dernières nouvelles du front. Cette guerre de position qui s'éternisait les désespérait. N'y avait-il donc aucun espoir de percer et de culbuter le Boche ?

En cette après-midi de janvier 1916, tandis

26. Bataillons d'Afrique.

que le nord-est des États-Unis connaissait une de ces habituelles périodes de froid polaire, Pierre briquait patiemment les phares en laiton d'une Oldsmobile noire, un modèle 54 Phaéton, une magnifique six cylindres essence de 7,3 litres. Assis sur le marchepied de la limousine, Giovanni Rocca, le voiturier, les lunettes sur le nez, fumait tranquillement une cigarette en lisant un journal que les femmes de chambre avaient ramassé dans une suite quelques semaines plus tôt.

— Alors, les nouvelles sont bonnes ? lui lança Pierre, penché sur l'aile de la voiture.

— Pas très fraîches… Le canard date du mois d'octobre.

— Qu'est-ce qu'ils disent ?

— Des bobards !

— Pour changer…

— Parait que les socialistes de onze pays, neutres et belligérants, se sont réunis à Zimmerwald…

— Où ça ?

— En Suisse, dans le canton de Berne.

— Je n'en ai pas entendu parler.

— Moi non plus.

— Et pour quoi faire ?

— Ils voulaient parler de la paix…

— La paix ! J'enrage ! Les jeunes de mon âge se battent dans les tranchées et, moi, je suis ici, à astiquer des limousines ! Quand tu penses que même les femmes américaines se sont engagées pour soutenir nos soldats !

— Pour leur tricoter des chaussettes…

— Pas seulement, Giovanni.

— Tu en connais, toi ?

— Oui, Miss Anne Morgan[27], par exemple, la fille du banquier John Pierpont Morgan, le défunt roi de Wall Street.

— La plus riche héritière du monde.

— Une femme courageuse qui envoie des colis aux soldats, se porte au secours des populations civiles victimes de la sauvagerie des Boches.

— Tu veux faire ton devoir ?

— C'est mon plus cher désir !

— Rentre en France et engage-toi.

— Dans l'armée française ? Tu rigoles…

— Pourquoi ?

— Tu me vois me présenter à la porte d'une caserne sous mon vrai nom ? Avec mon pedigree, ils vont me coller au trou illico !

— Et la Légion étrangère, tu y as pensé ?

— Tu sais bien que la loi des États-Unis interdit à tout Américain de s'engager dans unc armée étrangère, sauf à perdre ses droits et sa qualité de citoyen.

— Paraît que tu peux sous un faux nom.

27. Fondatrice de l'American Fund for French Wounded (AFFW) et du Comité américain pour les régions dévastées (CARD).

— C'est ce qu'on dit, en effet. Mais ce n'est pas l'uniforme français qui empêchera les gendarmes de m'attraper…

— Un client de l'hôtel m'a affirmé l'autre jour qu'il était en train de mettre sur pied un corps américain de volontaires pour aller se battre en France.

— Pourquoi ne s'engage-t-il pas directement dans la Légion étrangère ?

— Pour obliger les États-Unis à sortir de leur neutralité.

— Comment il s'appelle, ton type ?

— Prince… Norman Prince[28]. Il vient d'une riche famille d'industriels de Beverly, dans le Massachusetts.

— Et qu'est-ce qu'il fait dans la vie ?

— Je crois qu'il est avocat à Chicago.

— Il vient ici pour ses affaires ?

— Ça doit lui arriver… Il devait partir à Paris pour tenter de convaincre ton gouvernement de créer une escadrille américaine.

— Des avions ?

— Il est pilote. Paraît qu'il a participé à la Gordon Bennett[29]. Il parle couramment le français, ses parents ont une propriété vers chez

28. Fondateur, avec le docteur Edmund L. Gros, directeur de l'American Field Service, de l'escadrille Lafayette.

29. La plus célèbre et ancienne compétition aéronautique.

toi, dans les Pyrénées, à côté de Pau, si je me souviens bien. Il m'a dit qu'il devait revenir dans quelques semaines pour recruter des pilotes et des mécaniciens.

— Pour les avions ?

— Oui, sûrement. Ça t'intéresse ?

— Et comment ! affirma Pierre Maurel…

— Mais, Peter, les avions, tu n'y connais rien…

— Je connais bien les voitures. Je saurai le convaincre ! Ce que je te demande, Giovanni, c'est de me faire rencontrer ce type !

— O.K… Je te préviendrai dès que je l'apercevrai dans le hall de l'hôtel.

Giovanni tint parole. Pierre Maurel fit la connaissance de Norman Prince le mardi 22 février 1916, le jour même où le lieutenant-colonel Driant, à la tête de ses mille trois cents chasseurs, succombait au bois des Caures sous l'ouragan d'acier de l'artillerie allemande qui assaillait Verdun. Le jeune Français se montra persuasif. Cinq semaines plus tard, le citoyen américain Peter Moore, qui avait démontré aux tests de sélection d'indéniables connaissances en mathématiques et sciences, s'engagea comme aide mécanicien pour servir auprès des trente-huit pilotes de l'escadrille n° 124, connue sous le nom d'escadrille Lafayette. Mais en attendant de rejoindre cette unité, créée avec l'accord du ministère de l'Air français le 18 avril 1916, qui se déployait à Luxeuil-les-Bains, au pied des Vosges, Peter Moore dut suivre une formation militaire aux États-Unis.

Tout au long du voyage en train vers le camp de Plattsburgh, dans l'État de New York, sur les rivages du lac Champlain, Pierre ne pouvait s'empêcher de songer qu'au-delà de son engagement patriotique et de la haine des Boches que ses maîtres d'école lui avaient inculquée, il prenait le chemin du retour en France, vers les siens, ses parents, Clémence et Mina, qu'il ne pouvait oublier.

Plattsburgh ressemblait à tous les camps de l'US Army d'alors. Il était bâti en périphérie de la ville, en pleine campagne, contrairement aux casernes françaises, situées dans le centre des agglomérations et entourées d'une cohorte de cafés et d'établissements que la morale bourgeoise réprouve. Le camp s'étalait en un alignement de baraques en bois, aussi mornes et tristes que l'horizon monotone des grandes plaines de l'Arkansas. Au centre d'une agora où se dressait le mât des couleurs, une escouade d'hommes, l'arme sur l'épaule, manœuvrait. Lui qui n'avait jamais fait de service militaire s'initia aux rudiments de la vie de soldat. Après un mois passé à apprendre à saluer, à marcher au pas et à tirer au fusil, Pierre embarqua pour Bordeaux, le 1er juillet 1916, à bord de *L'Olympic*, un paquebot anglais de 46 000 tonnes, frère jumeau du célèbre *Titanic*, tragiquement disparu.

En quittant les rives de l'Hudson River, la sirène du bateau mugit longuement, en signe d'adieu à l'Amérique. En ce jour où Français et Anglais déclenchaient une offensive conjointe sur la Somme, Pierre, accoudé au bastingage, regarda les rivages d'Ellis Island s'éloigner. Bientôt, *L'Olympic* dépassa Liberty Island, au sud de Manhattan. Face à la célèbre statue de la Liberté, œuvre du sculpteur Auguste Bartholdi offerte par le peuple français aux États-Unis, Pierre Maurel eut un pincement au cœur pour cette Amérique qui l'avait accueilli comme un fils perdu et qu'il avait appris à aimer. Après six jours d'une traversée sans histoire et sans attaque d'U-Boot, l'accostage à Bordeaux, sous un soleil radieux, le combla de bonheur. Il touchait enfin la terre de France après quatre ans d'exil. Un sentiment de joie le submergea.

Aussitôt débarqué, Pierre avait été envoyé pour instruction au dépôt du 3e groupe d'aviation de Bordeaux. Là, enrôlé pour l'occasion sous l'uniforme de la Légion étrangère, le citoyen Peter Moore, qui ne connaissait pas grand-chose aux spécificités de la mécanique aéronautique, apprit le métier auprès d'une brochette d'adjudants mécaniciens, chargés par le lieutenant-colonel

Adolphe Girod, inspecteur général des centres d'aviation, et de la direction des ateliers de réparation voilures et moteurs. Quatre mois durant, les mains dans le cambouis, il étudia tout du moteur Gnome et Rhône de 80 chevaux qui équipait le Nieuport XI BB, l'avion de chasse entré en service le 5 janvier 1916 dans l'armée française. Si, durant ces mois d'instruction, Pierre trouva de quoi assouvir sa passion pour la mécanique, il dut ronger son frein en attendant de participer aux combats.

Sa seule consolation était de pouvoir envoyer plus facilement des cartes postales à ses parents. Mais pas question de leur écrire à tout bout de champ. Il se devait d'être prudent. Une correspondance régulière eût mis la puce à l'oreille à ceux qui auraient été trop contents de faire des gorges chaudes de son arrestation. Aussi, pour dissimuler son identité à la curiosité d'Antonin Agasse, le facteur, il signait « votre cousine Émilienne », Émile étant son troisième prénom. Il maintenait ainsi, tant bien que mal, un lien tenu avec les siens, sachant qu'à Lavelanet Victor et Ernestine vivaient sous la perfusion de ses courriers irréguliers.

Début novembre 1916, ayant pleinement satisfait à ses examens techniques, il reçut son ordre d'affectation comme une délivrance. Après un jour de permission passé à Paris, Pierre prit le train pour Cachy, un immense terrain d'aviation, en bordure de forêt, sur le front de la Somme. L'escadrille N 124 stationnait depuis le 23 octobre dans ce petit village de cent quatre-vingt-douze habitants. Elle partageait cet espace avec l'escadrille des Cigognes et ses mythiques héros, tels que Guynemer, Brocard ou Dorme, tous décorés comme des sapins de Noël. Pierre arriva alors que les pilotes de son escadrille revenaient de la région parisienne où ils avaient réceptionné les premiers Spad qui remplaceraient les Nieuport, jugés plus lents et plus fragiles. En ce petit matin humide où une pluie incessante détrempait le terrain, rendant les atterrissages périlleux, plus d'un avait failli casser du bois.

Avec le mauvais temps, l'activité aérienne se réduisait comme une peau de chagrin. Il n'y avait pas grand monde dehors avec ce froid insidieux qui pénétrait partout, obligeant à relever le col des capotes. Une sentinelle, réfugiée dans une guitoune, lui indiqua le bureau du chef de corps. Pierre grimpa les quatre marches qui donnaient accès à une maisonnette basse mais construite en dur. Après s'être réglementairement présenté à Philippe Féquant, le patron du groupe de combat 13 dont faisaient partie les pilotes américains, Pierre fut confié à un adjudant moustachu au sourire goguenard. Il se laissa entraîner vers une grande baraque en planches sans confort, pompeusement baptisée mess. Une dizaine de types se pressaient autour du poêle, sirotant de grands mugs de café et de thé tièdes. Sur une table, des journaux américains s'empilaient dans un désordre bon enfant.

— Eh, les gars, regardez qui je vous amène ! cria le gradé à la cantonade en ouvrant la porte.

— Où tu l'as ramassé, ton pioupiou ? jeta un blondinet qui tentait de se donner une mâle assurance par le port d'une virile moustache.

— J'arrive du dépôt de Bordeaux, balbutia Pierre.

— Encore un perdreau de l'année ! Bientôt, ça va ressembler à une nursery ! soupira narquoisement un rouquin.

— Ouais, ils les prennent au berceau maintenant…

— Eh, Adolphe, prépare-lui un biberon, reprit le rouquin à l'intention d'un soldat qui essuyait des verres derrière un comptoir.

— Foutez-lui la paix ! brailla un grand gaillard occupé à lire *L'Intransigeant*, avachi dans un fauteuil.

— Et c'est quoi sa spécialité à ton poussin ?

— Mécano, fit Pierre. Je suis mécano…

— Avec ces longues journées de pluie, voilà un type qui a de la chance !

— Pourquoi ? demanda Pierre.

— Ben, mon gars, tu vas avoir le temps d'étudier le puissant moteur Hispano-Suiza de 140 ch du Spad, au chaud, à l'abri des hangars.

— On pourrait aussi lui faire faire nos piaules !

— Donnez-lui plutôt un pinceau et des couleurs.

— Je suis mécanicien, pas peintre, protesta Pierre.

— Ne te fâche pas, mon vieux. Laisse-moi t'expliquer : l'escadrille vient de recevoir son emblème. Tous les types de la 124 en sont fiers et veulent le voir figurer sur leur zinc.

— Que représente-t-il ? demanda Pierre.

— Une tête de chef sioux…

— Mais pourquoi? On n'est pas des Indiens, que je sache.

— Le Sioux, vois-tu, c'est le symbole de la combativité et du courage.

— Cette tête, va falloir que les mécanos la peignent sur mon fuselage !

— Peins-la toi-même !

— Je n'ai pas la main assez sûre, je tremble…

— T'as pourtant pas de problème quand il s'agit de te servir à boire !

— T'occupe pas d'eux, petit, fit l'adjudant d'un ton bonasse. Avec le mauvais temps, ils ne peuvent pas voler. Alors, ils s'emmerdent, tu comprends…

Malgré un accueil un peu rude, Pierre découvrit bien vite qu'une chaude amitié unissait pilotes et mécaniciens qui, pour la plupart, étaient Français. Tous partageaient la haine du Boche. Si, dans cette unité, la combativité des pilotes se montrait à la hauteur des mascottes de l'escadrille, deux lionceaux répondant aux noms de Whiskey et Soda, les rigueurs de l'hiver 1916 n'autorisèrent qu'une petite douzaine de jours d'opérations aériennes. Le terrain était si boueux qu'il laissait les hommes désœuvrés. Ces longs moments d'inaction où la météo confinait les belligérants au sol pesaient sur le moral de chacun.

Poussé par un coup de cafard, un soir où il avait bu plus que d'ordinaire, frileusement assis au coin d'un poêle qui ronflait, Pierre se laissa aller aux confidences avec David Johnson, un sergent armurier originaire de Pennsylvanie dont la mère était française. Il lui raconta sa fuite éperdue, son arrivée aux États-Unis, les cartes postales qu'il confiait de temps à autre à la diligence du vaguemestre. L'alcool aidant, il lui avoua qu'il souffrait de ne pouvoir donner son adresse à ses parents et donc de ne pas recevoir de leurs nouvelles.

— Et si tes parents m'écrivaient ? lui proposa David.

— Tu veux dire comme on se sert d'une boîte aux lettres ?

— Oui, c'est ça…

— Mon pauvre David, on voit bien que tu ne connais pas les gens de mon pays… Mes parents n'ont aucune raison de correspondre avec un soldat américain. Le facteur aurait vite fait de répandre la nouvelle.

— Et cette jeune fille, Clémence…

— Eh bien quoi ? fit Pierre.

— Elle pourrait se faire passer pour ma marraine de guerre.

— Clémence ?

— Il y a des milliers de soldats qui reçoivent des lettres de filles qu'ils n'ont jamais rencontrées. Personne n'y trouverait à redire…

— Tu accepterais ?

— Bien sûr… Mais ça te coûtera une bouteille de cognac !

— Marché conclu !

Grâce à ce subterfuge, quinze jours plus tard, David Johnson lui tendit une enveloppe bleue. Le cœur de Pierre se mit à battre follement en reconnaissant l'écriture de sa chère Clémence. Il résista à l'envie de l'ouvrir immédiatement et alla s'isoler dans un coin du hangar pour la lire tranquillement. Cette première lettre, Pierre Maurel la relut une bonne dizaine de fois, au point de la connaître par cœur. Il finit par la plier soigneusement et la rangea dans son portefeuille, tout contre sa poitrine. Ah, comme il aurait voulu en savoir plus ! La jeune fille, imaginant les dangers auxquels il devait faire face au quotidien au front, se voulait rassurante. Impossible pour elle de lui avouer que ses parents avaient terriblement vieilli et n'étaient plus que l'ombre d'eux-mêmes, ployant sous le coup de cette affaire qui avait brisé leurs espérances. Si, de même, elle ne disait mot de Mina, se gardant bien de lui révéler son mariage avec Henri Laffont et, plus encore, la naissance du petit Lucien, Clémence se montrait en revanche plus diserte sur elle-même. Ainsi Pierre apprit que, depuis un an, la jeune femme, qui avait passé le difficile concours de l'école normale, exerçait désormais comme institutrice suppléante à l'école des filles de Léran, un charmant bourg du pays d'Olmes de ncuf cents âmes.

Sur-le-champ, Pierre entreprit de lui répondre. Mais pas question pour lui de révéler qu'avec la complicité bienveillante du lieutenant de Lage il avait effectué deux missions comme mitrailleur sur l'unique biplace de l'escadrille. Ses mains gantées agrippant l'affût des mitrailleuses Lewis jumelées, il avait scruté le ciel à la recherche d'un Taube ou d'un Albatros à descendre. Mais le ciel était vide et Pierre avait retrouvé le plancher des vaches, dépité. Depuis, il enrageait de ne pouvoir en découdre, supportant mal de devoir rester sur le terrain à attendre que les pilotes rentrent de mission. Aussi avait-il fait une demande pour intégrer une école de pilotage, sachant qu'au retour du printemps l'activité reprendrait et que les pertes allaient s'accroître.

Suivant la progression du front, l'escadrille venait juste de s'installer à Ham lorsque, le 6 avril 1917, la nouvelle de l'entrée en guerre des États-Unis leur parvint. Une grande espérance anima ce soir-là le petit groupe des pilotes américains. Ils allaient enfin se battre à visage découvert !

Quinze jours plus tard, un matin, le vaguemestre héla Pierre Maurel dans le hangar où il s'affairait sur le ventre d'un moteur Hispano-Suiza.

— Eh, Moore, essuie-toi les mains !

— Qu'est-ce que tu me veux ?

— Y a du courrier pour toi…

— Oui, tu as reçu une lettre…

— Encore ta blonde ! glosa David Johnson qui réparait une mitrailleuse Vickers de calibre 7,7 mm.

— Non, c'est une lettre du ministère de la Guerre, répondit le vaguemestre.

— Donne vite !

— Alors, qu'est-ce que ça dit ? fit Johnson.

— Je suis affecté à Istres !

— Istres ?

— Oui, à l'école de pilotage ! Je vais être pilote !

Trois jours après, en ce mois de mai 1917, Pierre Maurel prit le chemin de la Provence chère à Mistral, le cœur partagé entre joie et regrets. Certes, il réalisait un rêve mais, en même temps, il quittait sa deuxième famille, l'escadrille. L'école d'Istres venait tout juste d'ouvrir et Pierre faisait partie du premier contingent d'élèves. À l'issue d'un mois de formation où il passa du simple roulage au vol en double commande, Peter Moore, promu caporal, obtint son brevet élémentaire. Cassant du bois, il manqua à plusieurs reprises de se tuer, ce qui n'entama en rien son ardeur.

Il poursuivit sa formation de chasseur à Pau. Revoir les Pyrénées, même si ce n'était pas tout à fait les mêmes montagnes que celles de son Ariège natale, lui causa une grande émotion. Que n'aurait-il pas donné pour quelques heures de permission et passer en catimini embrasser ses parents ! Mais, même s'il portait désormais une épaisse moustache qui contribuait à le vieillir, le risque était trop grand de se voir reconnaître par un voisin.

Après un stage de quinze jours passé à Cazaux, en Gironde, pour se perfectionner en école d'application dans l'art du tir aérien, Peter Moore, reconnu apte aux missions de guerre, rejoignit, début octobre, ce qu'on appelait dorénavant le Lafayette Flying Corps. Dans le train qui l'amenait à Verdun, Pierre était tout à la joie de retrouver ses camarades. Mais pendant ces cinq mois d'absence, l'escadrille N 124 avait changé. De nouveaux visages comblaient les rangs qui s'étaient éclaircis. Pierre y trouva néanmoins rapidement sa place. Comme tous les nouveaux, il mourait d'envie de faire ses preuves, d'égaler la gloire éclatante des Lufbery ou des Thenault[30]. Hélas, il avait beau multiplier les sorties, les Gotha, Albatros ou autre Fokker semblaient le fuir, décevant ses espérances.

Des souvenirs de guerre, Pierre avait eu le temps d'en accumuler tout au long de ces mois de combat. Des bons, des mauvais… des souvenirs d'homme aussi… Comment oublier ce soir où il s'était laissé entraîner par des camarades dans un de ces endroits que la morale réprouve et que la guerre cultive. Au rez-de-chaussée, le bistrot débitait vin et saucisson pour les poilus de passage. Deux ivrognes en uniforme de chasseur à pied finissaient de cuver leurs chopines, affalés sur une table de bois blanc. Au premier, trois chambres au papier peint délavé, qui accueillaient deux filles œuvrant pour soulager la misère sexuelle, faisaient de l'estaminet un vrai « rade à pute ». Comment avait-il pu atterrir dans ce bouge infâme ? Fallait-il qu'il eût abusé de ce cocktail Lafayette, qui amalgamait en un mélange explosif champagne et cognac trois étoiles, pour s'y laisser entraîner ! Sans doute se reprocherait-il toujours cet instant de faiblesse.

30. Rasul Lufbery et Georges Thenault, as de l'escadrille Lafayette.

Le taulier, un quinquagénaire au ventre enveloppé d'un tablier bleu, n'avait rien à voir avec les aubergistes de son enfance à Lavelanet. Avec sa lippe rougeâtre et son crâne passablement dégarni, il avait de toute évidence la gueule de l'emploi, une tête de maquereau. En pénétrant dans le bistrot, Pierre avait été saisi d'un dégoût profond. L'odeur de crasse et celle, plus âcre et suffocante, du gris lui soulevèrent l'estomac. La salle puait le tabac froid et la frite graisseuse. Au comptoir, perchée sur un tabouret haut, une fille au visage maigre l'avait déshabillé du regard, attirée par son uniforme américain. Pierre lui jeta un bref coup d'œil. Il était impossible de lui donner un âge précis. Avec ses cheveux frisés comme les poils d'un mouton, ses joues creuses, ses lèvres minces peintes d'un rouge sang, ses yeux cernés d'un maquillage outrancier, elle cachait mal les marques que lui avait laissées une vie d'excès. La fille l'avait laissé commander un verre, puis elle s'était avancée, les yeux dégoulinant de lubricité.

— Tu montes, chéri ? avait-elle lâché entre deux quintes de toux sèche dignes d'une tubarde.

Pierre n'avait pas osé dire non. Partagé entre la honte et le désir, il avait suivi le balancement suggestif de ses hanches dans l'escalier étroit. À mi-chemin, à un guichet aménagé dans ce qui pouvait être un ancien passe-plat, il avait dû sortir son portefeuille et une main lui avait tendu en échange une serviette douteuse. Au bout d'un couloir qui empestait l'urine, la fille avait ouvert la porte d'une chambre qui puait la débauche. Elle était allée s'allonger sur un sofa rouge maculé de taches suspectes. Là, sans un mot, elle avait relevé robe et jupons sur son ventre pour découvrir, impudique, des cuisses maigres, gainées de bas noirs remaillés.

— Allez, viens ! Dépêche-toi…, lui avait-elle dit en rejetant la tête en arrière pour contempler d'un œil blasé le crucifix suspendu au mur.

Mais Pierre était resté debout, l'air idiot. La fille lui avait alors pris la main, le forçant à caresser sa poitrine famélique. Devant sa passivité, elle avait défait la ceinture de son pantalon qui était tombé en boudin sur ses jambes. D'autres que lui auraient fait preuve d'une mâle assurance et culbuté la dépravée sans hésiter. Saisi d'une envie de vomir, Pierre avait derechef remonté son pantalon et ses bretelles pour fuir, honteux, cette fille qui, loin de lui rappeler ses étreintes avec Mina, n'avait rien d'une sultane ni d'une princesse. Le lendemain de cette pitoyable avanie, seul un vol dans l'air pur et glacé à plus cinq mille mètres d'altitude, plafond du Spad VII, avait pu dissiper le dégoût qu'il éprouvait encore.

7
À l'épreuve du feu...

Dans la semaine qui suivit, alors qu'une masse d'air polaire pétrifiait le front dans une gangue glacée, Pierre eut l'occasion de remporter sa première victoire aérienne. Ce combat dont il sortit victorieux, il n'était pas près de l'oublier. Musardant le long du canal de la Somme, il avait aperçu l'Albatros de loin. Le Boche volait tranquillement en ligne droite dans le ciel clair, encombré de quelques rares cumulonimbus. Une cible parfaite. L'espace d'un instant, un doute l'avait saisi. C'était presque trop beau ! Il ne jouait même pas à cache-cache avec les nuages. Grimpant aussitôt dans le soleil pour profiter de l'effet de surprise, comme on le lui avait appris à l'école de tir, Pierre, les dents serrées, avait fondu sur lui comme un oiseau de proie, encadrant bien le cockpit dans son viseur. Dégringolant à presque deux cents kilomètres à l'heure de toute la puissance de son moteur Hispano-Suiza, il avait effectué une courte passe, lâchant au dernier moment, à moins de cinquante mètres, une brève rafale de ses deux Vickers. Une fraction de seconde, il avait aperçu l'expression de surprise sur le visage du pilote. L'instant d'après, le moteur de l'Albatros avait craché une épaisse fumée noire et l'avion avait piqué vers le sol en une vrille fatale. Une onde de bonheur le submergea. Il l'avait eu ! Il suivit la chute de l'appareil pour bien identifier son point d'impact. En ces minutes, savourant son triomphe, le roi n'était pas son cousin !

Toujours aussi passionné de mécanique, Pierre Maurel veillait jalousement sur l'entretien de son Spad VII qu'il avait surnommé le Choucas. Il l'inspectait méticuleusement avant chaque mission. Il ne se contentait pas de vérifier les pleins d'huile, d'eau, d'essence, comme la plupart de ses camarades, il écoutait religieusement tourner le moteur 8 cylindres en V à refroidissement liquide produit à l'usine de Bois-Colombes pour déceler une éventuelle faiblesse de compression ou de puissance. Comme il le répétait souvent à ceux qui se moquaient de ses marottes : « La vie ou la mort, en combat aérien, tient à peu de chose. »

En cette fin janvier 1918, servi par une fortune insolente, Pierre abattit deux autres avions allemands, presque coup sur coup, en l'espace d'une semaine. Il devenait un héros et la presse commençait à relater ses prouesses. Mais la chance l'abandonna deux jours après ce dernier exploit.

Au-dessus de la forteresse de Ham que les Allemands avaient dynamitée l'année passée, le 19 mars 1917, en se repliant sur la ligne Hindenburg, son moteur s'était brusquement mis à cafouiller. Sans doute le filtre à essence qui alimentait le carburateur Zénith était-il encrassé par du carburant de mauvaise qualité... Le temps était médiocre cette fin d'après-midi. D'un geste de la main, Pierre signala à son chef de patrouille qu'il faisait demi-tour pour rentrer au terrain. Il lui suffisait de suivre le canal de la Somme qui serpentait dans la forêt. Occupé à surveiller son régime moteur, il se laissa surprendre par un triplan en maraude. Il identifia l'avion rouge au premier coup d'œil. C'était celui du légendaire Hauptmann[31] Manfred Von Richthofen, l'as de la célèbre Jasta[32] 11. Pierre bascula son manche pour amorcer une glissade. Mais cette manœuvre désespérée ne l'empêcha pas d'encaisser la rafale du Baron rouge. Les balles de la Maxim[33] hachèrent sèchement l'entoilage du Spad. Une douleur fulgurante

31. Grade de capitaine dans l'armée allemande.

32. Abréviation de Jagdstaffel : escadrille de chasse.

33. Célèbre mitrailleuse allemande de calibre 7,92 mm.

lui traversa la jambe droite. Il était touché !

Son destin semblait scellé avec ce moteur qui exhalait une odeur d'huile brûlée. La lutte était par trop inégale… L'avion perdait de la puissance. Il ne pourrait éviter les tirs du sinistre triplan. Et puis soudain, sans qu'il sache pourquoi, son agresseur avait abandonné la partie. Il avait beau tourner la tête en tous sens, l'Allemand avait disparu aussi vite qu'il était arrivé. Était-il à court de carburant ? Il ne le saurait jamais. Un lâche soulagement le fit uriner dans sa combinaison de cuir. Pierre tenta de ramener son oiseau blessé vers la base. S'il y parvenait, malgré des entretoises du plan inférieur déchiquetées, cela tiendrait du miracle ! Les mains tremblantes, en nage, il ne sentait plus sa jambe droite. Ôtant son gant pour évaluer la blessure, il passa sa main sur sa cuisse et la retira toute poisseuse de sang. Serrant les dents, il essaya de se concentrer sur le pilotage.

Son moteur hoquetait de plus en plus, vomissant maintenant des panaches de fumée noire qui se perdaient dans l'air glacé du soir qui tombait. Pierre comprit qu'il ne réussirait pas à atteindre le terrain. L'avion perdait de l'altitude. Il fallait atterrir coûte que coûte. Pas question de s'écarter trop de l'axe du canal de la Somme au risque de se perdre ; les lignes allemandes n'étaient pas loin. Inclinant la tête par-dessus le cockpit pour trouver un endroit où se poser, il distingua à travers la brume une vague trouée dans le moutonnement uniforme des arbres qui bordaient la voie d'eau. La clairière n'était qu'une mince bande de terre hydromorphe, parsemée d'ajoncs. Tentant le tout pour le tout, Pierre amorça avec beaucoup de douceur un large virage pour se présenter au ras des sapins, priant le ciel qu'il n'y eût pas d'obstacles.

Le train d'atterrissage frôla la cime des arbres, manquant d'arracher quelques branches. Le jeune pilote plaqua l'avion au sol en essayant d'arrondir sa trajectoire. Le Spad VII rebondit dans l'herbe haute et roula une poignée de secondes qui lui parurent une éternité. L'extrémité de la clairière arrivait vite mais, brutalement, un fossé de drainage traîtreusement caché par de l'herbe fit capoter l'avion en pylône. Le moteur laboura le sol, la queue se dressa en l'air comme un point d'interrogation. Projeté sur le tableau de bord, Pierre sentit un liquide froid lui couler dessus et sa vue se brouilla. Le réservoir d'essence inondait sa combinaison de cuir. Il fallait vite se détacher avant que l'appareil ne se transforme en brasier. Mais il n'en avait plus la force et, l'instant d'après, il s'évanouit.

Une puissante odeur d'éther le réveilla, lui chatouillant désagréablement le nez. Il cilla des paupières, laissant la lumière blafarde du jour le ramener à la réalité. Pierre ouvrit grand les yeux. Autour de lui, tout était blanc : le mur, la table basse en fer, la porte… les draps du lit sur lequel il reposait aussi. Les dernières images de son impossible atterrissage lui revenaient en mémoire. Où était son avion ? Il tourna la tête vers la gauche et contempla l'alignement des lits, tous occupés par des hommes. Une jeune femme, la tête encapuchonnée d'une coiffe blanche ornée d'une croix rouge, se pencha vers lui. Elle lui souriait gentiment. Ce visage ressemblait étonnamment à celle qui n'avait jamais cessé de hanter ses songes, Mina. Devant cette vision apaisante, Pierre ferma les yeux pour les rouvrir aussitôt. Dans sa tête, tout se brouillait. Rêvait-il ? Était-il déjà mort, en route vers ce paradis que le curé promettait aux fidèles à la messe du dimanche ?

— Où suis-je ? demanda-t-il, à moitié conscient.

— À l'hôtel-Dieu…

— Où ça ?

— À l'hôpital militaire auxiliaire de Noyon, lui répondit en anglais la jeune femme à la vue de sa varcuse bleue suspendue au dossier de la chaise qui arborait l'insigne de pilote, l'emblème à la tête de sioux.

— Noyon, répéta Pierre en cherchant à comprendre. Mais, mademoiselle… mon avion… Je suis blessé, n'est-ce pas ? ajouta-t-il en tâtant le bandage qui entourait son crâne.

— La tête et la jambe…

— C'est grave ?

— Non. La tête, c'est juste un léger traumatisme.

— Et ma jambe ? Je la sens encore… On ne me l'a donc pas coupée.

— Rassurez-vous, on vous a juste enlevé la balle. Vous avez eu beaucoup de chance…

— De la chance, vous trouvez ?

— Oui, une compagnie de tirailleurs sénégalais qui bivouaquait dans le bois en attendant de remonter au front vous a secouru juste à temps. Quelques minutes de plus et vous flambiez comme une torche… Maintenant, reposez-vous !

Pierre acquiesça et sombra dans un sommeil profond, vaincu autant par la force de persuasion tranquille de la jeune femme que par la morphine qu'on lui avait généreusement administrée. Lorsqu'il se réveilla, plusieurs heures plus tard, le jour déclinait et l'attirante infirmière avait disparu. Sans doute son service était-il terminé… Une autre femme, sans charme et aux traits grossiers, l'avait remplacée. Sa silhouette massive allait et venait entre les lits. Elle n'avait rien de féminin et affichait une mine revêche. Quand elle passa à côté de lui, Pierre remarqua que son visage ingrat s'ornait non seulement d'une disgracieuse et proéminente verrue, mais aussi d'un duvet noir à faire pâlir d'envie un jeune puceau en quête de virilité. Dépourvue de toute espèce de séduction, elle ne donnait guère envie d'engager la conversation. D'ailleurs, aucun des hommes de la chambrée ne s'y risquait, préférant endurer la souffrance en silence plutôt que d'affronter ce dragon.

La nuit tombait et la faim commençait à lui tirailler le ventre. Les yeux rivés au plafond, Pierre attendit. Un peu plus tard, une fille de salle apparut. Son visage rond parsemé de taches de rousseur, ses yeux inexpressifs, tout trahissait chez elle la brave fille de ferme à qui la guerre avait offert un autre destin que la traite des vaches. Poussant devant elle un chariot dont les roues grinçaient, elle lui servit une assiette d'un potage où flottaient quelques bribes de chou, des morceaux de pomme de terre et des croûtes de pain. Sans doute ne parlait-elle que son patois de l'Oise, car Pierre ne comprit pas un traître mot de ce qu'elle lui dit. Elle lui versa d'autorité un large verre de vin, le pinard étant alors considéré comme le stimulant privilégié des forces physiques et morales du combattant. Cette boisson « saine et hygiénique » n'était-elle pas vivement recommandée par le célèbre docteur Armand Gautier, chimiste et membre de l'Institut de France, dans l'un de ses mémoires à l'Académie des sciences ?

Armé d'une cuillère en fer-blanc, Pierre finissait sans plaisir sa soupe insipide quand la porte vitrée s'ouvrit, laissant entrer la gracieuse infirmière de la veille qui prenait son service de nuit.

Un frémissement parcourut la salle commune. Comme par enchantement, les hommes les plus valides se redressèrent sur leurs couches, essayant de faire meilleure figure malgré leur état. La jeune femme, le sourire aux lèvres, passa de lit en lit pour dispenser les derniers soins avant la nuit. À l'un, elle refaisait un pansement, à l'autre, elle donnait un cachet pour affronter la douleur. Bien souvent, elle se contentait de prendre le pouls ou la température, murmurant simplement un mot de réconfort ou d'encouragement à une humanité de pauvres bougres, inégalement affligés d'incapacitantes blessures. Quand elle arriva près de lui, Pierre lui décocha un sourire désarmant.

— Comment va notre malade ?

— Beaucoup mieux… Mais dites-moi, mademoiselle, vous parlez rudement bien l'anglais pour une infirmière française, ou bien le français pour une Anglaise…

— Je suis anglaise, lui répondit la jeune femme sur un ton amusé.

— Puis-je vous demander dans ce cas ce que vous faites dans cet hôpital français ?

— Mon métier, soigner des blessés.

— Je le vois bien… Mais quelles circonstances vous ont amenée jusqu'ici ?

— La guerre, comme vous, éluda-t-elle.

— Répondez-moi, mademoiselle…

— Vous êtes bien curieux, monsieur…

— Peter… Peter Moore.

— Eh bien, monsieur Moore, je constate que votre état de santé s'améliore.

— Votre présence concourt à ma guérison. Mais vous ne m'avez pas répondu, insista Pierre.

— Puisque vous voulez tout savoir, je cherche mon mari. Il a disparu dans un bombardement lors de l'offensive sur la Somme, en mai 1917. Maintenant que votre curiosité est satisfaite, soyez sage et dormez, fit la jeune femme en lui tapotant gentiment la joue.

Pierre obtempéra et ferma les yeux. Dans les rêves qu'il fit cette nuit-là, le visage de la jeune infirmière se superposait à celui de Mina. Guettant désormais chacune de ses visites, il en apprit plus sur elle les jours suivants. Elle s'appelait Katy Patterson. Originaire d'une famille aisée de propriétaires terriens proches du bourg rural de Warninglid dans le Sussex, au sud de Londres, la jeune femme devait sa bonne connaissance du français à la succession de jeunes filles au pair qui avaient jalonné l'éducation stricte qu'elle avait reçue dans sa jeunesse. Au printemps 1914, Katy s'était mariée avec Williams, un jeune et sémillant lieutenant que sa gracieuse majesté George V avait envoyé sans tarder se battre en France.

Williams lui écrivait tous les jours. Mais la jeune épousée supportait mal la séparation. Elle rongeait son frein, dans l'attente d'une hypothétique permission de son bien-aimé. À deux reprises déjà, contre l'avis de ses parents, elle avait traversé le Channel pour le rejoindre dans une de ces bourgades à proximité du front qui voyait défiler la foule hétéroclite des mercantis, profiteurs de guerre. Las ! Le conflit s'éternisait et, chaque fois, leurs adieux étaient déchirants.

Elle s'apprêtait à nouveau à le rejoindre quand un télégramme du ministère lui avait annoncé sa disparition. Hâtant son départ, Katy avait fait sa valise pour la France, dans l'espoir insensé de retrouver son bien-aimé. Elle s'était présentée à l'état-major britannique avec un aplomb propre à renverser tous les obstacles administratifs, bien décidée à forcer le destin. Promenée un temps de bureau en bureau, sa ténacité avait fini par payer.

Munie d'un laissez-passer établi par le général Haig en personne, Katy avait reçu l'autorisation d'arpenter le secteur. Faisant preuve d'obstination, elle n'avait pas hésité à aller au plus près des combats. Elle avait visité tous les postes de premiers secours où on faisait le tri entre les blessés récupérables et ceux qui ne l'étaient pas, avant d'envoyer les premiers vers les hôpitaux de la région et de creuser les tombes des seconds. Elle cherchait à recueillir quelque indice du passage de son mari. Katy avait interrogé les officiers du régiment. Mais peut-être parce que nul ne voulait voir son beau visage ravagé par les larmes, personne n'avait eu le courage de lui dire que son Williams ne reviendrait pas. Inconsolable à l'idée qu'il eût pu périr dans ces barbares combats, Katy avait prolongé son séjour. Pour poursuivre plus facilement ses recherches, elle s'était fait embaucher ici, à l'hôpital de Noyon. Et neuf mois s'étaient écoulés, érodant l'espérance de revoir un jour son époux.

Les semaines passaient et, peu à peu, Pierre se remettait de ses blessures. Désormais, il pouvait se lever, faire quelques pas à l'aide d'une béquille. Le major[34] lui avait conseillé de marcher et, dans ses pérégrinations, Katy lui donnait volontiers le bras. On les voyait ainsi déambuler dans les immenses couloirs de l'hôpital, prendre le soleil près d'une fenêtre ouverte pour chasser les odeurs d'éther, rire de bon cœur. Ils partageaient une grande complicité et le jeune pilote ne faisait pas mystère de son impétueuse attirance pour la jeune femme. À en juger par les longs moments que l'infirmière passait en sa compagnie en dehors de ses heures de service, ses sentiments étaient réciproques. Mais Katy se retranchait derrière un incertain veuvage. Pour vaincre ses réticences, Pierre, désireux de lui prouver sa confiance, se

34. Médecin militaire.

décida, à la mi-mars 1918, à lui raconter toute son histoire, quitte à dévoiler sa véritable identité.

Deux jours après cette confession, le major le héla dans le couloir en fin de journée :

— Ah, Moore…

— Oui, major…

— Je voulais vous voir.

— Que puis-je pour vous, major ?

— Vous marchez sans béquille, je vois.

— Ça va beaucoup mieux, en effet.

— J'ai deux nouvelles pour vous !

— Bonnes, j'espère ?

— L'une, oui ! L'autre vous fera sûrement moins plaisir…

— Pourquoi dites-vous ça, major ?

— Tenez, lisez donc par vous-même…, fit le médecin en lui tendant les lettres à en-tête du ministère de la Guerre.

Au terme de la première missive, Pierre apprit qu'il était promu sergent. Il se voyait attribuer une citation et la médaille militaire pour ses victoires du mois précédent. Un sourire éclaira brièvement son visage pour disparaître à la lecture du second courrier : son ordre de mission… Si le pilote était content à la perspective de retrouver ses compagnons de combat, l'idée de ne plus voir Katy tous les jours le dévastait. Certes, il savait la séparation inéluctable, sa guérison étant presque achevée. Une voiture viendrait le chercher demain matin pour l'amener au nouveau cantonnement de l'escadrille. Pierre regarda le major, dubitatif. Le médecin esquissait un léger sourire. Sans doute n'était-il pas étranger à cet ordre de réintégration. Son petit manège avec l'infirmière ne lui avait-il pas déjà valu quelques remarques ? Le jeune homme hocha la tête et serra la main de l'officier. Il ne lui restait plus qu'à faire ses adieux à Katy…

L'infirmière terminait son service à six heures. Elle lui avait donné rendez-vous dans le hall. À la vue de ses lèvres pincées, de ses yeux tristes et de son air contrarié, la jeune femme comprit tout de suite que quelque chose n'allait pas. Pierre la prit par le bras et l'entraîna au-dehors. Ils allèrent boire un vin chaud dans un estaminet, deux pâtés de maisons plus loin. Le bistrot, un rade pour soldatesque en quête d'oubli, était lugubre à souhait. Qu'importe l'odeur de pinard aigre et de lard rance qui flottait dans l'air, ils y étaient à l'abri du vent glacé qui balayait les rues de Noyon. Là, à l'écart des permissionnaires qui se serraient autour d'un poêle pour se chauffer la couenne, Pierre lui embrassa les mains et lui annonça la nouvelle : demain, il repartirait au combat. Un voile de tristesse vint alors obscurcir le regard de Katy avant que ses yeux ne s'embrument de larmes. Ils demeurèrent un long moment ainsi avant qu'il n'ose lui demander :

— Voulez-vous que je vous raccompagne chez vous ?

— Vous craignez que je ne fasse une mauvaise rencontre ?

— Avec tous ces types qui traînent dans les rues le soir, sait-on jamais…

— Je veux bien.

La jeune femme habitait dans une chambre de bonne au dernier étage d'un immeuble en pierre de taille, non loin de l'hôpital. Dans ce logement, presque un galetas, faute de feu, il gelait à pierre fendre.

Pierre avait quitté Katy quelques heures plus tard, dans une aube grise et blafarde. Il regagna l'hôpital à l'heure où le chariot des filles de salle passait entre les lits pour la distribution de l'insipide ersatz de café, obtenu avec de l'orge torréfié, vaguement agrémenté d'une pincée de saccharine. Trois jours plus tard, le 21 mars 1918, face à l'offensive allemande sur la Somme qui menaçait de faire tomber la ville aux mains de l'ennemi, l'hôpital de Noyon fut évacué dans la précipitation. Pour les mêmes raisons, l'escadrille N 124 de Pierre changea deux fois de terrain ce printemps-là.

Pierre écrivit plusieurs fois à Katy au cours de ce premier semestre 1918, mais il n'obtint aucune réponse. Il n'ignorait pas qu'avec la reprise de la guerre de mouvement, au début de l'été, la poste aux armées connaissait bien des difficultés. Même les courriers échangés avec Clémence lui arrivaient avec retard. Chaque jour, il guettait en vain le vaguemestre. Mais, en passant devant lui, le préposé secouait la tête. Aussi Pierre ne pouvait-il s'empêcher de s'interroger. Comment fallait-il interpréter les silences de la jeune femme ? Ses lettres lui parvenaient-elles ? Katy avait-elle fini par retrouver Williams, son mari disparu ? Peut-être ne voulait-elle plus entendre parler de lui et oublier l'instant de folie qui les avait unis le temps d'une soirée ? Leur idylle était-elle terminée ? Ne fallait-il pas la ranger dans le tiroir aux souvenirs ou sur l'étagère des amours fanés ? Faute de recevoir des nouvelles de Katy, Pierre savourait les lettres dans lesquelles Clémence lui narrait les tours pendables des petits chenapans de l'école primaire de Léran. Leur lecture, comme chez beaucoup de combattants, entretenait l'illusion qu'à l'arrière la vie des civils continuait, simple, calme, douce et tranquille.

De son côté, comme nombre de ses camarades, Pierre s'obstinait à dissimuler aux siens les dangers qu'il affrontait au quotidien dans le ciel. Il lui paraissait inutile de les faire trembler à l'heure où les journaux rapportaient qu'une terrible épidémie de grippe dite « espagnole » ravageait le pays, faisant des victimes par milliers.

À quoi bon leur donner des raisons d'inquiétude en ces mois où les Allemands tentaient le tout pour le tout, avant que l'irruption de la puissance américaine ne rende trop inégales les forces en présence ? Les gouvernements voulaient en finir. Pour les opinions publiques européennes, ce conflit n'avait que trop duré. Partout en Europe, les peuples étaient las. Aussi, depuis ce mois de mars 1918 où il avait rejoint son escadrille, les Allemands avaient lancé une série d'offensives de la dernière chance. Forts de leur supériorité numérique depuis la défection de la Russie, ils avaient attaqué dans les Flandres, sur la Somme, en Champagne. Mais, épuisée par quatre années de guerre, l'armée allemande n'avait pu aboutir à un succès décisif.

Plusieurs fois, dans ces combats, Pierre avait de nouveau frôlé la mort. Certes, fin juin, il avait abattu un Drachen[35], obligeant l'aérostier du ballon en flammes à se jeter dans le vide comme une vulgaire poupée de chiffon. Mais l'inattention et un excès de confiance en lui avaient manqué de lui coûter cher. Il avait failli se faire avoir la semaine précédente par un Fokker gris utilisant la bonne vieille tactique de Richthofen, abattu quelques mois plus tôt, le 21 avril. Pierre n'avait

35. Ballon captif allemand servant à l'observation pour le réglage des tirs d'artillerie.

dû son salut qu'à la maîtrise de son Spad.

— Eh, dépêche-toi de boucler ton sac, Peter ! On déménage..., lui avait lancé ce matin-là son camarade Edward Robinson en jetant son balluchon à l'intérieur d'un camion Renault.

— Encore ?

— Les boches reculent plus vite qu'on avance.

— À ce rythme-là, on sera bientôt à Berlin !

— Tant mieux. On rentrera plus vite chez nous...

À la mi-septembre, dans les derniers flamboiements de l'été, le front occidental craquait. L'armée du Kaiser se repliait devant la pression de l'offensive générale des Alliés commandée par Foch. Alors que la hernie de Saint-Mihiel tombait sous l'assaut de douze divisions américaines, Pierre remporta, dans le rougeoiement du crépuscule, sa cinquième victoire aérienne. Un Albatros CXII de reconnaissance fut la victime d'une rafale bien ajustée. Ses ailes se replièrent comme une feuille de papier et il alla s'écraser au sol. Désormais, Peter Moore comptait parmi les as. Le cœur rempli de fierté, il se sentit ce soir-là invincible. Une cuite mémorable fêta ce succès au mess.

Cinq semaines plus tard, fin octobre, lui parvint un pli officiel. Les mains fébriles, Pierre ouvrit le courrier et ses yeux s'éclairèrent de surprise autant que de joie. Le gouvernement des États-Unis d'Amérique lui attribuait pour sa bravoure la Silver Star ! Pour lui, Français américanisé de fraîche date, cette décoration était la suprême récompense.

Le 11 novembre, au retour d'une banale mission d'escorte de bombardiers, volant à basse altitude, il entendit les cloches sonner à toute volée. De village en village, de clocher en clocher, elles semblaient se répondre. Alors qu'il achevait de se poser sur le terrain de fortune où l'escadrille avait nouvellement élu domicile, Pierre Maurel vit Laporte, son mécano, débouler en courant vers lui à perdre haleine.

— L'armistice !

— Quoi ? demanda Pierre en ôtant son casque en cuir.

— L'armistice est signé ! hurla Laporte en lui faisant signe de couper les gaz de son avion.

— Qu'est-ce que tu me dis ?

— L'armistice…

— Quand ?

— Aujourd'hui, à onze heures !

— Mais… mais alors…

— La guerre est finie ! La guerre est finie…

La guerre était finie en effet ! Ils allaient pouvoir vivre… pouvoir aimer, vieillir… Mais pour Pierre, que signifiait cette perspective ? Allait-il enfin rentrer à Lavelanet, chez lui, dans ses foyers, comme l'espéraient légitimement les soldats de toutes nationalités ? Ce n'était pas l'envie qui lui manquait ! Tout au long de ces années, les images de son Ariège tant aimée ne l'avaient jamais quitté. Pierre se souvenait de tout, des platanes de la promenade, du Poids public à côté du bureau de l'octroi, de cette place de la Révolution que les gens du pays appelaient familièrement place de la Patte-d'oie, des bancs de la « ressège » où les petits vieux s'asseyaient pour échanger nouvelles, potins et cancans, du magnifique bâtiment de l'hôtel du parc Moderne construit par Marius Maris, dans la rue de la future gare, des noisetiers qui bordaient le Touyre… Il lui suffisait de fermer les yeux pour se retrouver dans ces lieux familiers.

Mais Pierre savait que ce retour n'était pas sans danger. Le risque était grand de se faire arrêter par la maréchaussée. Il y avait toujours un ou deux gendarmes dans les rues. Clémence ne lui avait-elle pas écrit que, malgré le temps, son avis de recherche figurait toujours sur le panneau d'affichage de la gendarmerie ? Quoique recouvert en partie d'un arrêté de réquisition, personne ne l'avait jamais enlevé, peut-être parce que les crimes de sang étaient rares dans les paisibles campagnes ariégeoises où l'on pleurait les milliers d'enfants du pays tombés sur des terres étrangères où poussaient des plantes dont ils ne connaissaient pas le nom. Tant qu'il était sous l'uniforme américain, Pierre Maurel, devenu Peter Moore, citoyen des États-Unis, se sentait quelque peu protégé.

Dans les semaines qui suivirent, passé l'euphorie des jours de fête, l'inconfort des cantonnements de guerre, leur quotidien depuis des mois et des mois, devint plus sensible. Ce que l'on avait supporté bon gré mal gré se faisait pénible. Beaucoup de ses camarades américains ne parlaient plus que de rentrer au pays, puisque, comme ils disaient, « le job est fini ». Les hommes se sentaient quelque peu désœuvrés et le charme des petites françaises ne parvenait plus à leur faire oublier qu'ils avaient laissé derrière eux une mère affectueuse, une femme attentionnée, une fiancée aimante ou une sœur pleine de tendresse. Malgré les tournois de « football association », organisés au moindre rayon de soleil, l'ennui était dans tous les cœurs et le mot « démobilisation » sur toutes les lèvres. Au mess de la N 124 comme ailleurs, les hommes traînaient, passant les jours de pluie à lire, à boire ou à fumer.

— Eh, Moore ! cria le sergent fourrier ce matin-là en entrant dans le mess.

— Qu'est-ce qu'il y a, Evans ? répondit Pierre en levant le nez de son journal, nonchalamment avachi dans un fauteuil en cuir à moitié défoncé.

— Fais ta valise, tu pars en perm' !

— C'est vrai ?

— Tiens, regarde, c'est écrit là…

— Montre vite ! fit Pierre en s'emparant du papier que le fourrier lui tendait.

— Tu as dix jours !

— Messieurs, la guerre est bel et bien terminée. Le commandement distribue de généreuses permissions, ces temps-ci, conclut un type au profil d'aigle.

— Quel veinard, ce Peter ! laissa tomber un grand diable au visage d'enfant sage.

— Oui, notre ami va pouvoir aller voir les filles à Paris !

— J'aimerais bien être à sa place, soupira un blondinet à qui on aurait donné le bon Dieu sans confession.

— C'est sûr que ça te changerait de tes visites nocturnes chez la Berthe !

— Parce que, toi, tu ne vas jamais voir la poule à Navarre[36], peut-être ?

— Pas plus que les autres…

— Nous savons tous que cette jeune femme n'est pas très farouche.

— C'est le moins qu'on puisse dire ! Son mari, ce pauvre Maurice, est plus cocu qu'un chef de gare !

— Un bien brave homme pourtant, sérieux et travailleur…

36. Jean Navarre: casse-cou et pilote indiscipliné, célèbre as de l'aviation française totalisant douze victoires aériennes.

— Avoue que cette jolie fille rend bien service aux mâles esseulés que nous sommes…

— Sauf que, l'autre jour, elle m'a filé des morpions !

— Eh bien, ça t'apprendra à te méfier des mauvaises fréquentations.

Pierre Maurel prit le train pour Paris l'après-midi même. Il dîna au buffet de la gare d'une soupe à l'oignon et d'une omelette aux pommes de terre. L'estomac bien lesté, il attrapa, non sans mal tant les quais de la gare d'Orsay étaient encombrés de la foule de permissionnaires, l'express de nuit pour Toulouse-Matabiau. Les soldats déambulaient, débonnaires, le calot négligemment incliné sur le front, la musette en travers de leur capote bleu horizon. Laissant la troisième classe aux simples poilus, Pierre finit, en jouant des coudes, par trouver une place assise dans un compartiment de seconde surchauffé. Assis en face d'un couple âgé qui cassait la croûte, il se dit qu'il aurait pu télégraphier à Clémence pour la prévenir de son arrivée. Sa dernière lettre remontait à deux bons mois. Mais ne se serait-elle pas précipitée chez ses parents pour leur annoncer la nouvelle ? Tout bien réfléchi, il préférait leur faire la surprise.

Bercé par le bruit des bogies, Pierre ne tarda pas à s'endormir du sommeil du juste. Un trait de lumière pâle qui filtrait par la fenêtre le réveilla.

Le vieux couple avait disparu et il était seul dans le compartiment. Il jeta un coup d'œil à sa montre-bracelet. Il n'était pas loin de huit heures et Toulouse devait approcher. Il releva le store de grosse toile écrue. L'aube était laiteuse. Le train longeait une voie d'eau rectiligne qu'il identifia comme le canal latéral à la Garonne. La locomotive de la Compagnie du chemin de fer de Paris à Orléans, un modèle Pacific 231, ralentit. Le nez collé à la vitre, Pierre vit défiler, dans la brume de ce petit matin de décembre, les voies qui s'entrelaçaient telle une monstrueuse toile d'araignée d'acier. Les essieux du wagon tressautaient à chaque aiguillage. Bientôt, le train entra en gare. Accompagné d'un long gémissement des freins à air comprimé Westinghouse, le convoi s'arrêta sous la verrière dans un spasme de vapeur. Son sac de voyage à la main, il sauta sur le quai pour se mêler à la foule des voyageurs qui se pressaient vers la sortie.

Pierre traversa la salle des pas perdus et se retrouva sur un large parvis où les tramways, les taxis et quelques fiacres, rescapés de la modernité que la guerre avait accélérée, déversaient leur cargaison de passagers à l'accent chantant. Devant lui, sur le canal du Midi, une péniche à vapeur manœuvrait pour franchir une écluse. La gare Matabiau où il était venu jadis avec son père n'avait guère changé. Sans être familier des lieux, il se sentait déjà un peu chez lui. Pierre huma l'air matinal à pleins poumons. Un sentiment de bonheur l'envahit. Dans quelques heures, il allait revoir ses parents et le pays de son enfance. La veille, dans le compartiment du train, il avait mûrement réfléchi : certes, il aurait pu prendre la correspondance pour Foix et louer une voiture dans la cité comtale pour gagner Lavelanet. Mais il craignait que, dans cette petite préfecture d'un peu plus de six mille habitants, nichée dans l'écrin de ses verdoyantes montagnes, son uniforme américain n'attirât trop l'attention. Il était plus sage de trouver une voiture dans un garage de Toulouse et de profiter ainsi de l'anonymat d'une grande ville où personne ne poserait de questions.

Deux heures plus tard, sous un timide soleil d'hiver qui cherchait à dissiper le voile brouillardeux enveloppant la Ville rose, Pierre prenait la direction de l'Ariège au volant d'une populaire Peugeot Bébé de couleur bleu azur dont la guerre avait stoppé la production industrielle. La route nationale, fendant le sud de la plaine toulousaine, était presque rectiligne, sans grande déclivité. Léger, mais faiblement motorisé, ce modèle de voiturette construit à la fin 1913 filait à soixante kilomètres à l'heure en vitesse de pointe, ce qui changeait Pierre, habitué aux évolutions aériennes à plus de deux cents kilomètres à l'heure de son Spad S XII. Capable de transporter deux adultes, la petite voiture offrait néanmoins, grâce à ses trois rapports, un pilotage agréable.

Capote repliée, le col de sa pelisse bien relevé, son écharpe de soie blanche de pilote nouée autour du cou, les lunettes bien ajustées sur le visage, Pierre traversa successivement Auterive, Saverdun et Pamiers. Capuchonné de blanc, le Fourcat écrasait la vallée de sa silhouette tutélaire sous le soleil de décembre. Parvenu à Foix, Pierre s'arrêta pour déjeuner à l'hôtel Baurès, un établissement historiquement réputé, repris par la famille Fauré. Une serveuse accorte l'installa à une table dominant l'Ariège. Son uniforme d'aviateur attirait la curiosité des clients mais il lui valait aussi de la considération. Ainsi, le patron lui offrit de bon cœur, sur fond d'amitié franco-américaine, un verre de prune du pays pour poursuivre son voyage.

Après une succulente truite de l'Arget[37], l'estomac lesté d'un plantureux civet de lièvre servi avec des talhous[38], Pierre reprit la route pour Lavelanet, à vingt-huit kilomètres de là. Il savourait par avance la surprise qu'il allait faire à ses parents. Grande était son émotion en parcourant ce chemin. Que n'avait-il emprunté cette route pour se rendre

37. Torrent de la vallée de la Barguillière qui se jette dans l'Ariège à Foix.

38. Pommes de terre vapeur pelées et cuites dans l'eau.

au lycée ! Que de souvenirs affluaient à chaque virage ! Après le hameau de Nalzen, la descente vers Lavelanet accentua son trouble. La traversée du village des Chaubets lui noua tout particulièrement la gorge. Revenir sur les lieux du drame qui l'avait contraint à s'enfuir ne pouvait que raviver les blessures de son âme. Passé Les Sartrous, plongeant vers le centre du bourg, il croisa plusieurs charrettes transportant des ensouples[39] vides d'une usine à l'autre. La guerre n'avait pas ralenti la vie économique, pensa-t-il. Les besoins en draps pour la troupe étaient énormes et, ici comme ailleurs, les femmes avaient simplement remplacé les hommes. Le textile restait toujours la grande affaire de la région et le bourdonnement incessant des métiers à filer « self-acting » ne laissait place qu'au staccato des métiers à tisser.

Quelques minutes plus tard, Pierre arriva dans son quartier. À cette heure de l'après-midi, la rue de son enfance était quasi déserte. Une vieille femme, vêtue de noir, le dos cassé par le poids des ans, traversait la voie, un chien sans race sur les talons. Pierre arriva devant sa maison. Il s'apprêtait à couper le moteur de la Peugeot quand il vit que les volets étaient hermétiquement clos. Une ride lui barra le front. Que se passait-il ? D'ordinaire, sa mère ne fermait les contrevents

39. Cylindre autour duquel est enroulée la chaîne d'un tissu.

que très rarement dans la journée. Pour quelles raisons ses parents étaient-ils absents ? Pas question d'interroger les voisins. C'eût été le plus sûr moyen de se faire repérer… Il décida de pousser jusqu'au garage mais, là aussi, il trouva porte de bois. Une bouffée d'angoisse le saisit. Seule son amie Clémence, institutrice à Léran, pouvait le renseigner.

Fort d'un gros millier d'habitants, le bourg de Léran, blotti au pied du château du duc de Lévis-Mirepoix, un édifice restauré entre 1875 et 1883 par Clément Parent, un disciple d'Eugène Viollet-le-Duc, s'enorgueillissait d'une école mixte comptant six maîtres. À côté du château et de l'Église, l'école accueillait une cinquantaine d'élèves. C'était un poste de choix pour une institutrice fraîchement sortie de l'école normale des filles. « J'aurais pu atterrir au Gélat », lui avait écrit quelques mois plus tôt Clémence, faisant référence à ce hameau d'une centaine d'âmes de la commune de Bélesta, hors des hommes et du temps, perché à huit cent quatre-vingt-seize mètres d'altitude et accessible par une simple carretière. Sans être synonyme de grande ville, Léran, à une encablure de Laroque-d'Olmes et de Lavelanet, c'était l'assurance pour la jeune femme de journées plus animées. La promenade, plantée de platanes, avait presque des allures de Champs-Élysées. Sous un soleil frais, quelques notabilités villageoises y prenaient l'air, traînant un ennui cultivé qui singeait celui des bourgeoises fuxéennes sur les allées de Villote.

Pierre trouva vite l'école. Il gara sa voiture le long du mur. Il ôta ses gants, ses lunettes, se défit de sa pelisse pour ne garder que son écharpe de soie autour du cou. Il poussa le portillon qui donnait accès à la cour de récréation. Elle était vide à cette heure du jour. Avisant une fenêtre dont les épais rideaux noirs n'étaient pas tirés, il jeta un coup d'œil par la baie vitrée. En ce jeudi après-midi, seule une petite poignée d'élèves punis, le dos courbé sur leur pupitre, la tête penchée sur leur cahier, occupait la salle de classe sous l'œil vigilant d'une institutrice. Pierre la reconnut immédiatement : c'était Clémence. Il l'observa quelques secondes, à la dérobée. Malgré ses cheveux tirés en arrière en un strict chignon, la jeune femme n'avait guère changé. L'ovale de son visage était toujours aussi parfait, rayonnant de la limpidité de sa carnation.

Vêtue d'une robe grège boutonnée au ras du cou, les lèvres légèrement pincées, elle corrigeait avec application une pile de cahiers du jour, trempant périodiquement son porte-plume dans un encrier rouge devant elle. Un silence de thébaïde studieuse régnait dans la salle où un poêle Godin répandait une douce chaleur. Pierre frappa discrètement au carreau et, sans attendre de réponse, poussa doucement la porte vitrée. Les rares élèves présents tournèrent la tête vers l'intrus, la plume suspendue. Clémence, tout à sa tâche, réagit une fraction de seconde plus tard, laissant fleurir un sublime étonnement sur son visage. Ne rêvait-elle pas ? Était-ce bien son ami d'enfance dans cet uniforme d'aviateur ? La jeune femme resta bouche ouverte, toute à la surprise de le voir surgir dans sa classe en ce jeudi après-midi.

— Pierre ?

— Bonjour, Clémence…

— Allez jouer, les enfants… Prenez votre recréation, lâcha-t-elle en tapant dans ses mains pour libérer les petits forçats d'un complexe problème d'arithmétique où deux trains se croisaient à des vitesses différentes.

Dans le claquement bruyant des pupitres et le raclement des galoches en bois sur le parquet, la mauvaise troupe s'égaya comme une volée de moineaux dans un champ fraîchement moissonné. Le silence retomba. La salle de classe était déserte. Face à Pierre, immobile, Clémence descendit lentement de l'estrade. Elle s'arrêta à deux mètres de lui. La jeune femme avait perdu sa rieuse frimousse d'adolescente potelée. Elle le regarda d'un œil où transparaissait autant de tendresse que d'amitié. Mon Dieu, Pierre… Pierre ! Il y avait six ans qu'elle ne l'avait pas vu. Un sourire vint illuminer ses traits, tandis qu'une sincère émotion broyait son cœur. Était-ce la moustache qui ornait sa lèvre supérieure ? L'uniforme ? Sans avoir vieilli, Pierre avait changé. C'était un homme maintenant…

— Mes parents… La maison est fermée… Que se passe-t-il ?

— Pierre…

— Eh bien ?

— Tu arrives trop tard…

— Trop tard ? Clémence, que… que veux-tu dire ?

— Mon pauvre ami, tes parents sont morts.

— Morts, mais comment ?

— La grippe espagnole…

— Quand ?

— Il y a cinq semaines, fin octobre.

— Tous les deux ?

— Oui, à une semaine d'intervalle. Ta mère d'abord… Ton père l'a veillée trois jours et trois nuits. À son contact, il a contracté la maladie. Toute la science des médecins n'a rien pu faire pour les sauver.

— Mais pourquoi ne m'as-tu rien dit ?

— Je n'ai pas eu le courage de te l'écrire…

Pierre baissa la tête, vaincu par cette terrible nouvelle. La gorge nouée, incapable de prononcer un mot, il s'abandonna à son chagrin. L'homme qu'il était devenu avait affronté bien des dangers. Il avait côtoyé la mort, l'avait quelquefois donnée dans cette maudite guerre. Mais là, d'un coup, en quelques instants, le monde de son enfance venait de s'effondrer. Une froide évidence s'imposait : il ne serait jamais plus l'enfant de personne. Un torrent de larmes jaillit pour lui envahir les joues. Clémence fit quelques pas vers lui. Elle le prit dans ses bras en un réflexe maternel. Un long moment, Pierre pleura en silence sur son épaule, incapable de se contenir. Quand il eut retrouvé un peu de paix intérieure, Clémence lui avoua, le sourire crispé, en lui tapotant la joue :

— Il y a autre chose, Pierre, que je ne t'ai pas dit…

— Quoi ?

— Au sujet de cette fille que tu fréquentais quand tu es parti… cette garce qui est à l'origine de tout, ne put-elle s'empêcher d'ajouter.

— Mina ? Je t'écoute…

— Elle s'est mariée.

— Hum… j'aurais dû m'en douter. Et avec qui ?

— Quelques mois après ton départ, en novembre 1912, elle a épousé Henri Laffont…

— Laffont ? Des filatures Laffont ?

— Oui…

— Un beau mariage, fichtre ! Pourquoi ne m'as-tu rien dit ?

— Elle t'avait ensorcelé. Tu ne pensais plus qu'à elle. Je n'ai pas voulu te briser le cœur, d'autant qu'elle a eu un fils… Lucien.

— Avec le père Laffont ? Mais Clémence, ce vieux bonhomme a bien trente ans de plus qu'elle !

— Quelque chose comme ça, oui. L'enfant est né au mois de mai 1913, cinq mois après leurs épousailles.

— Mais alors ? Tu veux dire que…

— Mon pauvre Pierre, on ne peut empêcher les gens de médire, coupa Clémence qui ne voulait pas lui montrer qu'elle n'avait pas pardonné à Mina d'avoir séduit son ami d'enfance.

— Dis-moi, Clémence, ces Laffont, ils habitent toujours là où la route enjambe le Touyre ?

— Oui, la belle maison au bout de l'allée cavalière…

— Adolescents, nous passions devant à vélo mais je n'ai jamais osé entrer.

— Et pour cause ! Rappelle-toi, le jardinier était féroce, fit Clémence en riant.

— Tu as l'air heureuse dans cette école, constata Pierre en soupirant.

— Je ne me plains pas. J'aime mon métier et les enfants me le rendent bien…

— Tu as de la chance, Clémence. Tu as trouvé ta voie… tandis que moi, je cherche toujours la mienne.

— Tu as l'intention de te rendre chez les Laffont, si je comprends bien ?

— Oui…

— Je ne suis pas sûr que tu y sois le bienvenu !

— Rassure-toi, je n'y vais pas pour faire un scandale.

— Tout le monde ne te veut pas du bien… N'oublie pas que tu es toujours recherché et que tu as été condamné par contumace à vingt ans de travaux forcés.

— Je suis citoyen américain, lui répondit Pierre Maurel en esquissant un vague sourire.

— Sois prudent, Pierre !

Clémence n'avait sans doute pas tort mais il voulait éclaircir le doute qui s'était emparé de lui. Et seule Mina pouvait lui fournir une explication. Pour le reste, ce pays ne serait jamais plus le même maintenant que ses parents avaient disparu. Une fracture jusqu'alors invisible se faisait jour au fond de lui-même. Clémence lui promit de s'occuper de ses affaires. Pierre savait qu'il pouvait avoir totalement confiance en elle. Aussi, sans hésiter, lui avait-il signé sur une feuille de papier libre une procuration valant mandat de gestion et délégation de signature. Un bref instant, la jeune femme avait songé à se jeter dans ses bras pour le retenir. Mais comment aurait-il réagi ? La nature des sentiments que Pierre lui portait n'avait-elle pas toujours relevé du domaine de la sincère amitié ?

Au fond d'elle-même, Clémence pressentait que l'attirance de Pierre pour cette garce de Mina demeurait intacte. Il n'avait pu oublier cette fille qui avait enflammé son âme comme un brandon d'amadou. Aussi fit-elle l'effort de refouler ses propres sentiments. Désemparé par tout ce qu'il venait d'apprendre, Pierre prit congé. La jeune femme le raccompagna jusqu'au portillon de la cour où les enfants jouaient à saute-mouton, à la marelle ou, plus sagement, aux osselets et au carré magique. Pierre Maurel se retourna, lui adressa un signe de la main et remonta dans sa voiture, l'esprit ailleurs. Quel accueil allait lui réserver Mina ? L'avait-elle oublié ?

La propriété des Laffont n'était qu'à quelques kilomètres de Léran. Pierre ralentit pour être sûr de ne pas rater l'entrée. Le grand portail en fer forgé était ouvert. Jamais il n'avait osé en franchir le seuil. Sans hésiter, fort de l'uniforme qu'il portait, il engagea résolument la petite Peugeot dans la majestueuse allée bordée de massifs de buis. Bâtie à la fin du Second Empire, la demeure, un quadrilatère en pierre de taille à deux étages, respirait l'aisance de ceux à qui la révolution industrielle avait apporté la fortune. Par quelques marches, on accédait à un perron ceint d'une balustrade décorée de vases Médicis en fonte. Les larges baies vitrées, qui laissaient pénétrer la lumière à flots dans les pièces de réception, étaient habillées de lourdes tentures, synonymes de notabilité. Ici, on était loin du prolétariat des rattacheurs[40], des fileteuses[41], des époutilleuses[42] et autres « métiers de la visite[43] » qui s'entassaient dans des logements exigus et sans confort.

Pierre grimpa les marches du perron. Il avisa le lourd heurtoir de bronze et frappa trois coups à la double porte d'entrée. En attendant qu'on vienne lui ouvrir, il se retourna pour contempler le parc qui baignait dans la froide lumière d'hiver. Le soleil n'allait pas tarder à passer de l'autre côté des crêtes du Plantaurel. Déjà, il irisait le ciel d'un halo orangé qui donnait une dimension onirique au paysage. Habiter une telle demeure supposait une domesticité conséquente. Vivre ici ne devait pas être déplaisant ! Un pas qui résonnait derrière le battant le tira de ses pensées. Arborant un sourire qu'il voulait désarmant, Pierre se prépara à faire face. Par l'entrebâillement, il aperçut le visage d'une femme qui le dévisagea d'un œil interrogateur.

— Monsieur ?

— Pourrais-je parler à Mme Laffont, s'il vous plaît ? fit Pierre en ôtant poliment son calot.

40. Garçon ou fille de petite taille, le plus souvent apprenti, qui passe sous le métier à tisser pour rattacher les fils qui ont cassé

41. Jeunes femmes qui repassent à l'aiguille un fil de chaîne manquant.

42. Femmes qui enlèvent les fibres rebelles à la teinture pour atténuer les différences de couleur.

43. Désignent les tâches liées à l'observation du tissu pour en arranger les défauts.

— Mme Laffont… laquelle ?

— Mina Laffont.

— Vous avez rendez-vous ?

— Je suis un de ses vieux amis…

— Je vais voir si Madame peut vous recevoir. Qui dois-je annoncer, monsieur ?

— Peter… Peter Moore !

— Vous êtes anglais ?

— Non… américain de fraîche date.

— Madame ne connaît pas d'Américain…

— Dites-lui simplement que Pierre Maurel est là. Elle comprendra, j'en suis sûr…

— Attendez là, dit la femme avant de refermer le battant.

Pierre entendit le bruit distinct d'un verrou que l'on tire. « La confiance règne », pensa-t-il. Pour lutter contre la fraîcheur du soir qui tombait, il plongea ses mains dans ses poches. Il ne patienta que quelques instants. La porte s'ouvrit de nouveau et, prévenue par la domestique qui demeurait en retrait, Mina apparut. Les six années qui s'étaient écoulées avaient embelli son visage du charme discret de la bourgeoisie. Ses joues étaient plus rebondies et les cernes de fatigue, qui soulignaient jadis ses yeux au terme de longues journées de travail, avaient disparu. Un léger maquillage lui donnait l'attrait d'une femme dans la plénitude de l'âge. Mina arborait une seyante robe de couleur grise audacieusement raccourcie à mi-mollet, illustrant l'adage populaire qui voulait que « plus la guerre est longue, plus les jupes sont courtes ». Un sourire étira ses lèvres et elle s'exclama :

— Pierre ! Oh, mon Dieu, Pierre…

— Mina…

— Si je m'attendais !

— Que venez-vous faire ici ? jeta Henri Laffont en faisant brusquement irruption dans l'entrée, l'air renfrogné de celui qui n'aime pas être dérangé dans son travail.

— Je suis venu voir Mme Mina Laffont, répondit Pierre Maurel.

— Votre visite, monsieur, n'est guère opportune, lâcha-t-il, la mâchoire serrée. Veuillez vous retirer !

— Me retirer ?

— Me suis-je mal fait comprendre? Dois-je me répéter ? Ma femme ne désire pas prolonger cet entretien.

— Mais, monsieur, je n'ai pas de mauvaises intentions !

— Encore heureux !

— Je passais rendre visite…

— Nous n'avons pas l'habitude de recevoir dans cette maison des assassins en fuite !

— Je vois que vous semblez bien au courant de ma situation…

— Assez pour vous prier de sortir et de ne plus

jamais remettre les pieds dans cette maison. Porter cet uniforme ne vous donne pas le droit de nous importuner !

— Je voudrais voir mon fils…

— Votre fils ? Mais comment osez-vous ! Sortez, monsieur ! Sortez ou je vous fais jeter dehors par mes gens ! vociféra Laffont en le saisissant par le coude avant de lui claquer la porte au nez.

— Et vous, madame, montez immédiatement dans votre chambre ! Quant à vous, Mme Pibouleau, allez donc vous occuper de l'éducation de mon fils ! l'entendit-il crier à travers le double battant de la porte.

Pierre redescendit les quelques marches de l'escalier, passablement abattu. Naïvement, il avait espéré… et on le chassait comme un malpropre! La main sur la portière de la voiture, il se retourna et jeta un coup d'œil à l'imposante bâtisse. Les poings serrés, il jura de revenir pour prendre sa revanche. Il remonta dans la petite Peugeot. À quoi bon s'attarder ici ? Ses parents disparus, Mina mariée, Clémence toute au bonheur de ses élèves, il n'avait plus rien à faire en Ariège. Insensible à la chape glacée qui nappait la campagne ariégeoise dans ce crépuscule de décembre, un peu groggy, le visage fouetté par le petit vent aigre, Pierre quitta le pays d'Olmes, le cœur lourd. Autant finir sa permission à Paris !

8

Dans l'illusion de la victoire...

Rentré à Toulouse en début de soirée, Pierre Maurel avait médiocrement dîné d'une omelette dans un caboulot de la rue Bayard qui débitait casse-croûte et vin rouge pour les ouvriers typographes du journal *La Dépêche*, le grand quotidien du Midi. Après une nuit agitée dans un hôtel en face de la gare Matabiau, où le va-et-vient incessant des filles et des clients l'avait empêché de fermer l'œil, il avait repris le train pour Paris. Dans son compartiment de seconde classe, entre un grand-père qui roupillait, une plantureuse quinquagénaire qui sentait l'ail et un jeune boutonneux qui rougissait à chaque regard, Pierre avait eu le temps de réfléchir. Parti avec entrain et le cœur léger pour son escapade ariégeoise, il revenait plein d'amertume et de chagrin. Ce qu'il avait appris lui avait ôté l'envie de faire la fête, encore plus celle de s'encanailler dans quelque beuglant, une fille gironde sur les genoux. Ne connaissant personne dans la capitale, il avait passé les cinq derniers jours de permission au cinéma et au théâtre. Il avait ainsi assisté à la Porte Saint-Martin à une représentation de la pièce *L'Archevêque et ses fils*, mise en scène par le très célèbre Lucien Guitry, considéré comme le plus grand comédien français, l'alter ego de Sarah Bernhardt.

Au terme de ces quelques jours, Pierre était presque content de repartir vers ce que, hier encore, on nommait le front, bien que les combats eussent cessé depuis plus d'un mois. Revenir dans son escadrille, même si les pilotes volaient beaucoup moins depuis l'armistice, c'était retrouver la seule famille qui lui restait. Luttant contre le désœuvrement qui le rongeait comme la gangrène, il passa les dernières semaines de cette année 1918 dans les hangars qui abritaient les Spads de la N 124. Cette passion d'adolescence ne l'avait jamais quitté et il éprouvait toujours un véritable plaisir à plonger ses doigts dans les entrailles d'un moteur pour réparer une magnéto, changer une bielle, caler l'avance à l'allumage ou régler un carburateur.

Début février, leur parvint l'ordre de démobilisation. Dès lors, tout s'enchaîna très vite sous la houlette efficace de l'administration militaire. Après avoir passé une nuit sinistre dans un train glacial immobilisé en gare des Batignolles, Pierre et ses camarades avaient gagné Le Havre. À la marchande de journaux qui tenait boutique dans la salle des pas perdus, débitant presse et sucreries, il avait acheté une carte postale représentant le port et le quai d'Orléans. Rapidement, au crayon gras qui ne quittait jamais sa poche, il avait griffonné l'adresse de Clémence, en face d'un laconique « Sur le chemin du retour vers les États-Unis. Bons baisers ». Il l'avait affranchie d'un timbre semeuse à dix centimes avant de la déposer dans une boîte aux lettres ventrue.

En début d'après-midi, Pierre Maurel avait embarqué à bord de l'*USS Olympia*, un croiseur de la Navy qui s'enorgueillissait d'avoir été, en 1888, le navire amiral du Commodore George Dewey au cours de la guerre hispano-américaine. Les démobilisés avaient dû décliner leur identité à un sergent fourrier avant d'emprunter la coupée. Accoudés au bastingage du navire qui, tiré par un remorqueur, s'écartait du quai, les soldats fumaient en regardant s'éloigner la terre de France, fiers du devoir accompli. Un peu à l'écart, un groupe s'était assis au pied d'une manche à air pour jouer de la guitare et du banjo. Tandis que le vent emportait les premiers accords de *Oh, Susanna*, Pierre, la tête baissée, fixait l'eau noire du port, un rien mélancolique. Un jeune officier de marine arborant le modeste galon d'ensign[44] s'ap-

44. Grade équivalent à enseigne de vaisseau du 2e classe.

procha. Il vit le ruban de la Silver Star qui ornait la poitrine de Pierre.

— Alors, content de rentrer au pays ? lui lança James Sullivan en lui tapant amicalement sur l'épaule.

— Bien sûr… Mais je ne peux m'empêcher de penser à tous nos camarades qui ne le reverront jamais. Comment pourrions-nous oublier les Lufbery, les Prince, les Chapman ? fit Pierre, pensif.

— Tu rentres entier, c'est déjà pas si mal… D'autres sont bien amochés. J'ai vu des photos horribles…

— La chirurgie fait des miracles…

— Pour certains, elle est inutile. D'après ce que j'ai lu dans les journaux, ils sont plus de cent seize mille Américains à être tombés depuis 1917, répondit Sullivan. La terre de France nous les a pris, elle les gardera. Le gouvernement ne peut pas rapatrier tous les corps.

— Je sais bien…

— Tu as une femme, une fille qui t'attend ?

— Non, personne.

— Unc famille, des parents alors ?

— Je n'en ai plus.

— Où vas-tu aller ? demanda Sullivan.

— Je ne sais pas encore, dit Pierre.

— Tu peux toujours reprendre ton ancien job… Je suis sûr que ton boss ne refusera pas d'embaucher un héros décoré de la Silver Star ! lui lança l'officier de l'*Olympia* originaire de Norfolk.

— Je m'occupais de voitures de luxe pour un hôtel de New York… Je n'ai guère envie de servir de larbin à des types qui ont profité de la guerre pour s'en mettre plein les poches.

— Bah, tu trouveras autre chose ! Ce pays est immense, les opportunités multiples… On aura toujours besoin de pilotes. Il suffit d'un peu de courage pour réussir, mais nous qui avons fait la guerre, du courage, on n'en manque pas, hein ? Allez, *Good luck, old chap* ! conclut Sullivan en lui serrant la main.

Au terme d'une traversée de quelques jours dans un Atlantique Nord agité, Pierre avait débarqué à la base de l'US Navy de Norfolk, en Virginie. Là, nanti d'un petit pécule, d'un costume mal taillé qui lui donnait l'air d'un charlot et d'un pardessus élimé, l'écrin de sa Silver Star au fond de sa poche, un méchant feutre sur la tête, Peter Moore avait été rendu à la vie civile. Ne sachant trop où aller, il avait pris une chambre dans une pimpante pension tenue par une famille de quakers. Le logis était aussi propre que les logeurs étaient spiritualistes, intimement persuadés de l'existence d'une lumière divine dans chaque homme. En toutes circonstances, ses hôtes faisaient preuve d'une exquise politesse. Hélas, faute de salaire, son argent fondait comme neige au soleil. Pierre se résolut à déménager dans un endroit plus modeste et se mit à chercher du travail. Mais la concurrence était rude parmi les soldats fraîchement démobilisés. Les États-Unis n'attendaient pas après lui et sa prestigieuse décoration n'éveillait qu'un intérêt relatif chez les employeurs. Il se rendait compte que les Américains, considérant leur mission en Europe achevée, avaient rapidement tourné la page du premier conflit mondial.

Faire partie des héros d'une guerre qu'on avait gagnée n'assurait pas la pitance quotidienne. Pour lui, comme pour beaucoup d'anciens combattants, les lendemains ne chantaient pas et les dividendes de la paix étaient bien maigres ! Déjà, les pauvres faisaient la queue devant les soupes populaires. Pierre enchaînait les jobs pour quelques semaines, parfois quelques jours. Il changeait de travail pour gagner quelques dollars de plus que l'augmentation du coût de la vie avait vite fait de grignoter. Ainsi, il fut successivement peintre en bâtiment, laveur de carreaux, aide-cuisinier, mécanicien, courtier en assurance, chauffeur-livreur... Pour échapper à la clochardisation qui le guettait, insidieuse, Pierre avait fait presque tous les métiers du monde. Combien de fois était-il rentré le soir, éreinté, les reins broyés d'une mortelle fatigue, trouvant tout juste la force d'avaler une assiette de soupe avant de s'effondrer sur sa couche ?

Confronté à cette précarité quotidienne, Pierre préféra garder le silence vis-à-vis de Clémence. Quel honneur aurait-il eu à se plaindre de sa vie ?

Un soir de la fin novembre, Pierre, qui venait d'effectuer une livraison près de la base navale, croisa par hasard James Sullivan. Fraîchement promu au grade de lieutenant, l'officier le reconnut. Il le salua chaleureusement. Les titulaires de la Silver Star n'étaient pas légion. Sullivan l'invita à boire un verre, en souvenir du bon vieux temps, avant d'ajouter avec un clin d'œil : « Autant en profiter tant que la prohibition, en cours de ratification par les États, ne s'applique pas encore à tout le territoire des USA ! » Attablés dans une de ces nombreuses tavernes qui fleurissaient à proximité du port, devant une bonne pinte de bière rousse, Pierre lui avoua ses difficultés à trouver un emploi stable. Il lui confia aussi que piloter un avion lui manquait. Impressionné par ses exploits, James Sullivan lui proposa :

— Et pourquoi vous ne rejoignez pas l'US Army ? Ils ont besoin de bons pilotes, des types qui n'ont pas froid aux yeux…

— D'ordinaire, l'armée n'aime guère les casse-cou dans mon genre…

— Vous n'avez pas vu au Norfolk Naval Shipyard que l'*USS Jupiter*, un ancien charbonnier, est en cours de reconversion ?

— J'en ai entendu parler…

— Ce bateau deviendra le premier porte-avions de l'histoire de la marine des États-Unis !

— Et on cherche des types capables de poser un avion sur le pont d'un bateau ?

— Tout à fait. L'US Navy a d'ailleurs commandé près de cent cinquante biplans d'école, des Aeromarine 39. Ça vous changera des Spads XIII. Pourquoi ne pas tenter votre chance ?

— Non, merci. Une guerre m'a suffi… Et puis je n'ai pas l'esprit militaire.

— Dommage ! Et l'aviation commerciale, vous y avez pensé ?

— Pour transporter du courrier ou des passagers ?

— Oui…

— Elle est encore balbutiante.

— Dans un pays qui, comme le nôtre, a la taille d'un continent, elle ne peut que se développer. Tenez, on m'a dit que, dans l'Ohio, deux types recrutaient des pilotes.

— Pour faire quoi, de l'acrobatie ?

— Je ne sais pas, au juste. Paraît qu'ils sont venus faire de la retape chez les gars de l'aéronavale.

— Comment s'appellent-ils ?

— Meyers et Weaver[45], ou quelque chose

45. Créateurs de la Waco Aircraft Compagny qui, de 1919 à 1946, produisit des biplans robustes dans l'Ohio.

comme ça... Ils sont plus ou moins associés à des hommes d'affaires pour faire construire des hydravions.

— Savez-vous où je peux les trouver ?

— Ils sont basés à Troy, dans le comté de Miami.

Huit jours plus tard, au début du mois de décembre 1919, Pierre prenait le train pour l'Ohio. Située à une heure de route de Cincinnati, baignée par la rivière Miami à l'origine des catastrophiques inondations de mars 1913 qui avaient noyé le centre de Dayton sous six mètres d'eau, Troy, avec ses sept mille habitants, ressemblait à toutes les bourgades du nord-est des États-Unis. La vie s'y organisait autour de Main Street. Mais où rencontrer les types dont lui avait parlé James Sullivan ? Au sortir de la Railway Station, sous un ciel chargé de gros nuages annonciateurs d'une tempête hivernale, les jambes encore engourdies par le long trajet qu'il venait d'effectuer, Pierre demanda à un jeune Noir balayant mélancoliquement le parvis de la gare où était le champ d'aviation. Sans doute le « négro », comme disaient les gens du pays non sans racisme, avait-il récemment débarqué de son Sud profond, chassé par la misère endémique car, nanti d'un accent à couper au couteau qui lui faisait déformer toutes les syllabes, il avait du mal à se faire comprendre.

Le Noir lui indiqua aimablement, avec un sourire révélant des dents d'une blancheur immaculée, la direction à suivre d'un geste de la main.

Le terrain, situé à un peu plus de trois kilomètres au sortir de la ville, n'était qu'une modeste bande gazonnée. Une petite bâtisse de briques rouges surmontée d'un clocheton faisant office de vigie, deux vastes hangars en tôle ondulée au toit recouvert de feutre bitumé, un tas de fûts de carburant, une camionnette Ford à plateau et une manche à air rouge et blanche qui se balançait au vent d'hiver complétaient le décor. La cheminée de la baraque fumait. Pierre s'enhardit à pousser la porte de la maisonnette. Dans un bureau chauffé par un poêle à sciure, deux types à la carrure athlétique discutaient au milieu d'un sympathique désordre, face à un tableau noir, où ils avaient reproduit en de savantes arabesques les figures du show qu'ils comptaient donner pour Noël.

— C'est vous qui faites des exhibitions aériennes ?

— Oui, ça nous arrive, en effet…

— On m'a dit que vous embauchiez des pilotes de voltige…

— On t'a mal renseigné.

— Ah, fit Pierre un peu déçu, j'avais amené mon carnet de vol…

— Montre pour voir, fit le plus âgé des deux solides gaillards en saisissant le fascicule cartonné que Pierre avait sorti de sa poche. Hum, tu as de bonnes références, en effet, lâcha-t-il après avoir feuilleté le document. Je ne doute pas que tu saches tenir un manche. Mais nous, on ne peut pas se permettre de casser du bois. La guerre est finie et entretenir des zincs coûte cher. Pour piloter, mon gars, on verra plus tard !

— Ce qu'on cherche surtout, poursuivit l'autre, c'est un bon mécano, un type en qui on puisse avoir confiance. Si le job t'intéresse, on te prend à l'essai, conclut-il en lui tendant la main.

Lassé de la galère des petits boulots qui lui permettaient tout juste de vivoter au jour le jour dans une Amérique où la crise économique pointait son nez, Pierre n'hésita pas longtemps. L'occasion était trop belle de renouer avec ses passions, la mécanique et l'aviation. Il serra la main qui s'offrait à lui. Autour de mugs remplis de café brûlant, une heure plus tard, le contrat de travail était signé. Le cœur léger, Pierre Maurel rentra en ville et se mit en quête d'un hôtel pas trop cher. Mais avec qui partager ce bonheur ? Ici, à Troy, il ne connaissait personne. Il se voyait mal aller boire un verre au bar en solitaire, comme nombre de poivrots qui picolaient jusqu'à plus soif bourbon et bières, mélangeant parfois les deux, pour finir par s'endormir, abrutis d'alcool, le front sur le zinc. Conscient qu'une nouvelle page de sa vie allait s'ouvrir, le soir même, il demanda du papier à lettres. Se saisissant d'un porte-plume, il écrivit alors une longue missive à Clémence.

Le jour même où Pierre Maurel retrouvait quelque espoir professionnel, une petite voiture de couleur beige, l'une des premières Citroën type A sorties de l'usine du quai de Javel, fraîchement reconvertie dans la production automobile, entrait dans le bourg de Léran. Au volant du véhicule immatriculé 5479 T3, circulant capote repliée pour profiter du petit rayon de soleil qui baignait la chaîne pyrénéenne, une jeune femme distinguée arborait un de ces délicieux chapeaux cloche à la mode, plus adapté à la vie moderne que les volumineux galurins d'avant-guerre. La voiture roulait presque au pas dans les rues du petit village, histoire de ne pas écraser quelque poule, canard, chien ou chat qui aurait traversé la chaussée sans crier gare.

Apercevant un paysan âgé menant une brouette remplie de bois pour faire cuire le toupinat[46] du cochon au cantou, la conductrice s'arrêta pour demander son chemin. Le vieux l'écouta, souleva son béret de l'index et fit un vague geste de la main. La Citroën redémarra pour se garer une centaine de mètres plus loin, le long du mur de l'école. La jeune femme descendit. Par réflexe,

46. Potée.

elle s'assura de son apparence dans le minuscule miroir d'un poudrier. Satisfaite, elle poussa le portillon de fer et traversa la cour de récréation, vide à cette heure du jour. Parvenue devant une porte ripolinée en vert, elle prit une profonde respiration, frappa et entra. Assise à un bureau en bois, une jeune femme leva la tête.

— Madame ?

— Vous êtes bien Clémence…, Clémence Naudy ?

— Oui… Vous désirez ?

— Je cherche Pierre Maurel… Vous le connaissiez, je crois ?

— Pierre Maurel ? répéta Clémence. C'était mon ami d'enfance, mais je n'ai plus de ses nouvelles depuis bien longtemps, ajouta-t-elle prudemment, hésitant à lui révéler l'avoir revu en décembre 1918.

— Il a quitté la région en août 1912 dans des circonstances… difficiles, n'est-ce pas ?

— Je vois que vous savez tout…

— Je sais aussi que vous entreteniez une correspondance régulière avec lui.

— Qui vous l'a dit ?

— Lui-même… Je suis Katy Briant. J'ai été l'infirmière de Pierre au printemps 1918 !

— Son infirmière ? Il a été blessé ?

— Rien de grave. Une balle dans le gras de la cuisse qui ne lui a pas laissé de séquelles.

— Il ne me l'a jamais dit !

— Savez-vous où je pourrais le trouver ?

— Mon Dieu, non… Mais pourquoi le cherchez-vous ?

— J'ai une bonne raison. C'est le père de mon fils…

— Le père de vôtre…, fit Clémence Naudy en écarquillant les yeux.

— Oui, mon fils Jacques… Il est né le 27 décembre 1918.

— Mais Pierre…

— Pierre ne sait rien. Une nuit de folie et de passion… La guerre nous a séparés bien avant que je m'aperçoive de mon état.

— Et votre fils ?

— Une amie infirmière me le garde à Toulouse…

— Je comprends… J'ai revu Pierre en décembre 1918, avoua Clémence, émue. Lors de notre dernière rencontre, il m'a annoncé son intention de repartir aux États-Unis. Il voulait refaire sa vie là-bas… Je me souviens de ses derniers mots : « Je n'ai plus rien à espérer ici… » Quelques semaines plus tard, j'ai reçu une carte postale du Havre. Pierre embarquait pour l'Amérique.

— Je le croyais attaché à son pays…

— C'est que le pays a changé ! Ses parents sont morts et le garage est fermé… Ses copains n'étaient plus là : Antonin Favergeon, Maxime Michaud ont été tués. C'est toute une génération qui a payé la folie des hommes : les Pibouleau, Galy, Labeur, Giraud, Olive, Not, Pauly… Ici comme ailleurs, ils sont nombreux les noms que l'on va graver sur le monument aux morts que le sculpteur Henri Proszynski érige place de la Concorde ! Nombre de ses amis, comme Gaétan Icre, sont invalides, condamnés à passer le reste de leurs jours à la « ressège ». Le pays se vide de sa jeunesse. Beaucoup songent à partir faire fortune en Afrique du Nord ou même en Indochine. Aujourd'hui, s'il n'y avait pas la main-d'œuvre immigrée, des Espagnols surtout, je ne sais pas comment on ferait tourner nos usines ! Dans ce pays, Pierre se sentait un peu étranger, voyez-vous…

— Pourtant, il me parlait de vous avec beaucoup de tendresse.

— Moi ? Pour lui, je n'étais pas l'avenir, juste une amie de son enfance que la guerre a définitivement détruite. Vous allez rentrer en Angleterre, maintenant ?

— Je n'en ai guère envie. Je pense plutôt m'installer près de mon amie, en région toulousaine.

Katy remercia Clémence et prit congé. L'institutrice la raccompagna au portillon. Elle la vit monter dans la petite Citroën, esquissa un ultime geste de la main avant de la regarder disparaître au bout de la rue. Elle s'était abstenue de lui parler de Mina, n'avait pas davantage mentionné l'existence du petit Lucien. Le gamin allait maintenant sur ses sept ans. Ses collègues à Lavelanet lui avaient dit qu'en sus de la fréquentation de la communale, un précepteur venait tous les soirs l'aider à faire ses devoirs. De loin en loin, il lui était arrivé de les croiser, le gosse tenant la main de sa mère. Sans pour autant changer de trottoir, Clémence Naudy n'avait jamais adressé la parole à Mina depuis leur entrevue en 1912 et se serait bien gardée de faire un pas vers elle.

Au fond d'elle-même, Clémence maudissait cette fille dont l'inconduite avait fait le malheur de Pierre, de ses parents et d'elle-même aussi, même si elle ne se l'avouait pas franchement. Ah, cette garce avait assurément fait un beau mariage mais elle le payait ! La rumeur ne prétendait-elle pas qu'Henri Laffont lui menait la vie dure, la considérait comme une moins que rien ? Elle n'éprouvait guère de compassion et témoignait bien peu de vertu chrétienne à son égard. Autant Clémence éprouvait une sourde rancœur vis-à-vis de Mina, autant ses sentiments par rapport à Katy Briant et à son enfant étaient des plus bienveillants. Veuve de guerre, cette jeune Anglaise avait connu un moment de faiblesse qu'elle assumait dignement.

Toujours en poste à l'école de Léran en ce début des années vingt, Clémence Naudy consacrait toute son énergie aux enfants. La jeune institutrice qui, faute de trouver un mari après l'hécatombe de la Grande Guerre, avait coiffé catherinette deux ans plus tôt, reportait désormais son trop-plein d'affection sur les enfants que la République lui confiait, à défaut d'avoir pu elle-même en mettre au monde. Elle les morigénait comme il convient, mettant en pratique le vieil adage « qui aime bien châtie bien ». M. Raynaud, l'inspecteur qui l'avait visitée au mois de mai 1921, ne tarissait pas d'éloges sur elle, suscitant quelque jalousie à peine dissimulée chez ses collègues. Le quinquagénaire, un bellâtre aux cheveux grisonnants, ne passait-il pas pour un amateur de jolies femmes ?

De loin en loin, Clémence recevait une lettre ou une carte postale de Pierre. Dans un courrier de l'automne 1920, il lui avait communiqué l'adresse de la Waco Cie. À intervalles réguliers, l'institutrice lui envoyait des nouvelles du pays. Elle lui racontait les saisons et les jours, les gens, les potins de la « ressège ». La jeune femme s'efforçait ainsi d'entretenir un lien ténu entre le proscrit qu'il était devenu et le pays d'Olmes de son enfance dont elle ne pouvait croire qu'il s'était détaché. Toute cette correspondance, mois après mois, elle avait entrepris de la rassembler, par ordre chronologique, dans un cahier d'écolier, ajoutant à l'encre violette quelques commentaires à la plume Sergent-Major. Parfois, les soirs de spleen, quand le vent mugissait à fendre l'âme dans la forêt toute proche, elle en tournait les pages à la lumière falote de la lampe à pétrole, comme on parcourt le livre d'images d'une vie.

Clémence Naudy, comme beaucoup de gens, ne connaissait pas, en ces années d'immédiat après-guerre, des lendemains qui chantent. L'euphorie de la victoire s'était vite dissipée au fil des mois. Le ministre des Finances, Klotz, pouvait bien déclarer : « L'Allemagne paiera », il paraissait loin le temps de la stabilité du franc or, celui des paisibles certitudes. La guerre avait tout balayé. Pénuries et rationnements perduraient encore, traces lépreuses d'un conflit dont on n'arrivait pas à se remettre. Si Poincaré, en janvier, avait fait occuper la Ruhr pour saisir un gage productif, les classes populaires du pays d'Olmes avaient de plus en plus de mal à joindre les deux bouts. Aussi n'était-il pas étonnant de voir le parti communiste progresser sur fond d'une grogne sociale qui gagnait du terrain. Pauline Lasserre, une ouvrière à domicile qui avait été l'élève des parents de Clémence à l'école de Lavelanet, n'avait pas caché sa hargne à la jeune institutrice qu'elle avait croisée en rentrant à vélo du marché, un samedi matin du printemps 1923.

— Tu es bien chargée, Pauline…

— Oui, faut bien manger pendant toute la semaine !

— Qu'est-ce que tu as acheté de bon ?

— Des haricots secs, un peu de fromage, de la chicorée, un litre de vin pour faire chabrot, quelques pommes de terre du pays de Sault…

— Tu n'as pas pris de viande ?

— De la viande ? Ma pauvre Clémence, il y a plus d'un mois que, Jules et moi, on n'en a pas goûté !

— C'est vrai qu'elle est chère…

— À qui le dis-tu ? Le bœuf est à plus de quatorze francs le kilo !

— Tout augmente.

— Ne m'en parle pas, fit Pauline. Tu te rends compte, le kilo de pain dépasse les un franc dix ?

— Il n'était pourtant qu'à quarante-quatre centimes avant cette maudite guerre…

— Toi encore, tu es fonctionnaire, mais comment on va faire, nous, les ouvriers ? Les prix flambent sans que les salaires suivent. On a du mal à payer nos loyers. C'est plus possible !

— Ah, ma pauvre… la Belle Époque est bien loin !

— La Belle Époque…, répéta-t-elle. Elle n'a jamais été belle pour nous, les travailleurs. Mais on ne peut plus continuer comme ça ! Les patrons, ils ne veulent rien entendre !

— On m'a dit qu'à Laroque-d'Olmes les hommes parlent de se mettre en grève…

— Oui, dans beaucoup d'usines… Chez Ricalens, Dumons, Fonquernie aussi…

— Et chez Laffont ?

— Là comme ailleurs, ils sont de plus en plus nombreux à parler des bolcheviques.

— Faire la révolution, comme en Russie ?

— Eh, Clémence, qu'est-ce qu'il nous reste à espérer ? Ce n'était pas la peine que nos hommes se fassent crever la peau dans cette maudite guerre pour tomber dans une telle misère !

— Garde espoir, Pauline. Les patrons savent que les temps sont difficiles…

— Taratata ! Tu veux que je te dise, Clémence ? Les patrons, c'est tous des affameurs ! Ils se foutent des ouvriers… Mais tu verras, jeta Pauline Lasserre, le regard mauvais, un jour, on leur fera rendre gorge !

— N'exagère pas, tous ne sont pas insensibles à la misère ouvrière. Les patrons voient bien que la vie est dure…

Clémence Naudy n'avait pas tout à fait tort. Henri Laffont, comme les autres, suivait avec beaucoup d'attention la montée des mécontentements. Non par quelque motivation philanthropique ou charité chrétienne. Pour l'industriel qu'il était, les mouvements sociaux signifiaient des perturbations de la production qui se traduisaient aussitôt dans le chiffre d'affaires et les profits de l'entreprise. Laffont savait pertinemment que son usine n'était pas une « île heureuse » et qu'elle ne faisait pas exception à la règle. Ce dimanche-là, à la fin d'un déjeuner familial partagé avec son ami Paul Fontvieille et son épouse, tout le monde rejoignit le salon pour déguster café, liqueurs et cigares. Tandis que le petit Lucien qui allait sur ses neuf ans entamait sagement une partie de jeu de l'oie, les adultes, confortablement assis dans des fauteuils, devisaient. La discussion ne manqua pas de dériver sur le lourd climat social qui plombait les ateliers du pays d'Olmes.

— Savez-vous qu'il y a des mots d'ordre de grève générale qui circulent ?

— Oui. Mes contremaîtres me l'ont rapporté.

— Qu'en pensez-vous ? demanda Fontvieille à son ami.

— Si les ouvriers veulent gagner plus, ils n'ont qu'à travailler davantage, lança Henri Laffont. Ces revendications sont intolérables !

— Je vous approuve, répondit Fontvieille. De quoi allons-nous vivre, si les ouvriers veulent gagner autant que les patrons ?

— D'autant que le passage à la journée de huit heures est déjà catastrophique, renchérit sa sœur Bérangère en remuant son café de sa cuillère en argent.

— Ah, maudit soit ce jour d'avril 1919 où, à la faveur de la victoire, cette loi scélérate a été adoptée ! maugréa Henri Laffont.

— Ne s'agissait-il pas de partager le travail pour faire face à la montée du chômage avec le retour des hommes du front ? risqua Mina en levant les yeux de son ouvrage de broderie.

— Certes, non, madame ! C'était un prétexte pour satisfaire une vieille revendication ouvrière qui figurait déjà dans le programme de la Première Internationale en 1864 !

— Pourtant j'ai lu dans *La Dépêche*..., fit Mina.

— Ne croyez pas ce journal radical. Il y a longtemps, voyez-vous, que cette maudite CGT et les socialistes y travaillaient, lui répondit Fontvieille.

— Une fois de plus, vous auriez mieux fait de vous taire, jeta sèchement Henri Laffont en lançant un regard noir à son épouse. Abstenez-vous dorénavant, ma chère, de colporter de telles idées !

— La vérité, madame, expliqua Fontvieille, désireux d'apaiser son ami, c'est que Clemenceau nous a trahis car il avait peur d'une grève générale à l'occasion du 1er mai. Votre mari a raison, nous ne pouvons laisser faire. Déjà l'an passé, malgré le renchérissement des matières premières, nous avons dû consentir à augmenter les salaires pour désarmer la grogne sociale qui montait dans les ateliers. Croyez-vous que les ouvriers nous en ont été reconnaissants ? Pas le moins du monde ! Alors aujourd'hui, la raison recommande de faire preuve de la plus grande fermeté. Si nous cédons, autant mettre la clé sous la porte !

— Je partage votre sentiment, mon cher Fontvieille. Pour casser ce mouvement, briser tout esprit de révolte et étouffer le conflit dans l'œuf, il nous faut agir rapidement.

— Les grèves, c'est le cancer de nos entreprises, soupira Bérangère Laffont.

— Dites-moi… Que préconisez-vous, Henri ? fit Fontvieille en tirant une longue bouffée de son cigare.

— D'abord, une réunion discrète du patronat du pays d'Olmes, histoire d'accorder nos violons. Nous, les patrons, nous sommes bien faibles quand nous agissons sans nous concerter.

— Et ensuite ?

— Ensuite ? Frapper fort et vite… Par exemple, en licenciant simultanément tous les meneurs. Il faut faire des exemples. Il faut que les ouvriers comprennent une bonne fois pour toutes que leur intérêt est de travailler, pas d'écouter les calembredaines des syndicats !

— Ne craignez-vous pas de jeter de l'huile sur le feu ?

— Non, mon ami ! Cette populace se croit tout permis. Rien ne serait pire que de rester les bras croisés face à ces bolcheviques. Il faut botter le cul à cette racaille… C'est le seul moyen de garder la maîtrise de nos affaires.

Les souhaits d'Henri Laffont furent exaucés au-delà de ses espérances. La répression qui s'abattit en 1923 à Laroque sur les leaders syndicaux du textile fut féroce. Après quelques jours de lutte et de manifestations où les ouvriers avaient défilé dans les rues en brandissant des pancartes aux slogans vengeurs, la grève se solda par un échec cuisant, laissant un goût amer à ceux qui avaient osé y participer. Le ventre creux, la bourse plate faute de salaire versé, les ouvriers reprirent le travail, remâchant leurs rancœurs et le souvenir de leur défaite. Le patronat local triomphait. Par ricochet, l'influence du parti communiste et des syndicats s'en trouva accrue, même si pendant les trois ans qui suivirent, le mouvement ouvrier, décapité, fut réduit au silence. Pourtant, ce n'était pas les motifs de lutte qui faisaient défaut dans cette France qui peinait à liquider les séquelles de la Grande Guerre et à retrouver le chemin de la prospérité.

De mois en mois, les conditions d'existence des classes laborieuses continuaient à se dégrader. Qui aurait pu nier que le coût de la vie avait doublé depuis la victoire ? Le pain était, chaque semaine, plus cher que la précédente. Et même si l'année suivante, en 1924, l'arrivée au pouvoir du Cartel des gauches avait suscité un peu d'espoir, les tensions sociales étaient croissantes dans ce pays où la mono-industrie textile était pour nombre de paysans l'un des seuls moyens d'échapper à la misère de leurs exploitations exiguës.

Plus révoltée que jamais, Pauline Lasserre, devenue militante active à la CGTU, ne faisait pas mystère de son ressentiment quand, en ce printemps 1925, elle rencontra Clémence Naudy qui, à ses yeux, incarnait une République dans laquelle elle se reconnaissait de moins en moins.

— Comment veux-tu que ça aille ? Le sucre qui nous coûtait soixante-quinze centimes le kilo avant-guerre vaut maintenant cinq francs quinze. Toi qui es maîtresse d'école, toi qui apprends le calcul aux enfants, tu te rends compte de la différence ?

— Oui, ça fait presque six cents pour cent d'augmentation…

— Et s'il n'y avait que le sucre ! Mais tout est pareil : le café, les biscuits, l'huile, le riz, les lentilles… Les articles de première nécessité augmentent sans raison de jour en jour !

— La vie devient difficile pour tout le monde…

— Pas pour les patrons, Clémence ! Mais nous, avec nos petites bourses, nous, les ouvriers, on se débat dans un enfer.

— C'est vrai que, même en se privant, il devient malaisé de boucler un budget, concéda Clémence.

— On a beau faire le jardin avec Jules, se briser les reins à sarcler les haricots ou les patates, économiser sur tout ce qu'on peut, on n'y arrive plus, ma pauvre Clémence !

— Herriot[47] dit que c'est la faute à la monnaie…

— La monnaie, la monnaie… c'est bien ce qui nous manque ! Fadaises ! Que le franc baisse ou monte, tout sert de prétexte à la majoration des prix !

— Il prétend s'être heurté à un « mur d'argent »…

— Balivernes ! Ce qu'il faut, c'est faire la guerre aux spéculateurs, une guerre sans merci à tous ces affameurs ! As-tu vu ces femmes aux figures hâves qui n'ont plus de mari, ces enfants qui n'ont plus de père ? Travailler ne suffit plus à les nourrir. La révolte couve, Clémence ! Que les Ricalens, Dumons, Laffont, Fonquernie et consorts prennent garde au soulèvement des ouvriers !

Les prédictions de Pauline Lasserre n'étaient pas infondées. Quelques jours plus tard, le 16 mars 1926, en réaction à la vie chère, plus de six cents ouvriers de Laroque-d'Olmes cessèrent le travail pour réclamer une augmentation de salaire égale à celle que ceux de Lavelanet venaient d'obtenir. Et le pays s'installa ainsi dans une longue grève.

Malgré la police et les pressions du patronat, les ouvriers tenaient bon. Contrairement aux espérances d'Henri Laffont, qui pariait sur un essoufflement du mouvement, les grévistes, soutenus par des militants chevronnés du Secours ouvrier

47. Édouard Herriot (1872-1957) : membre du Parti radical, président du Conseil, chef du Cartel des gauches en 1924.

international, ne désarmaient pas. Les semaines passaient et les négociations avec les patrons étaient toujours dans l'impasse. Le 18 avril, une manifestation réunit plus d'un millier d'hommes, de femmes et d'enfants dans les rues du bourg.

Chez les Laffont, le conflit social était naturellement au menu des conversations dominicales de ce 25 avril.

— Vous vous rendez compte, presque cinq semaines que ça dure ? C'est intolérable ! tonnait Henri Laffont.

— Quand ils n'auront plus rien à manger, il faudra bien qu'ils reprennent le chemin des ateliers, répliqua sa sœur Bérangère.

— D'ici là, nous serons ruinés !

— Ma modiste m'a affirmé qu'au milieu des drapeaux rouges et noirs, sur les pancartes brandies par les grévistes, on voit fleurir de vengeresses inscriptions contre les patrons, murmura Mina, assez mal à l'aise face à la légitime colère de son milieu d'origine.

— Oui, selon eux, nous sommes des affameurs, nous les obligeons à se séparer de leurs enfants !

— Comment osent-ils ! Quel culot, quelle outrance ! lâcha Bérangère Laffont, les lèvres pincées.

— Tous des jean-foutre, père ! fit le jeune Lucien, du haut de ses treize ans, en serrant les poings.

— Lucien, taisez-vous ! Ces réflexions ne sont pas de votre âge, reprit Mina, consciente que son fils, parvenu au seuil de l'adolescence, échappait de plus en plus à son influence.

— Laissez-le dire, madame. La réaction de ce jeune homme me donne bien des satisfactions. Il a de toute évidence un jugement sûr qui fera de lui mon digne héritier, répondit Henri Laffont en adressant un sourire à celui qu'il considérait comme son fils.

— Ne craignez-vous pas, Henri, que le traditionnel défilé du 1er mai ne donne lieu à des débordements de violence ? demanda Bérangère.

— Je le redoute, ma chère sœur.

— Et si la gendarmerie ne suffit pas à les contenir ?

— Eh bien, dans ce cas, qu'on leur envoie la troupe, comme Tchang Kaï-chek l'a fait le mois dernier à Canton.

Henri Laffont ne croyait pas si bien dire. Le 1er mai, un cortège de plus de mille cinq cents personnes, flanqué d'ânes arborant des chapeaux de gendarmes, marqua un nouveau durcissement du conflit. Clémence Naudy, qui rendait visite à ses parents, croisa par hasard les manifestants. C'était un troupeau de pauvres bougres, jetés dans la rue par la faim, une humanité pitoyable qui cherchait à attraper le bout de l'an en priant Dieu pour ceux qui croyaient encore ainsi éloigner le malheur de leur chemin. Elle s'écarta prudemment, peu désireuse de se trouver prise au milieu de cette vague de colère. Au premier rang, quelques rouges au caractère irascible et bagarreur, forts en gueule, mal attifés, les cheveux en désordre, braillaient plus fort que les autres. Passant devant la maison d'un contremaître, des excités, à leur exhortation, jetèrent des pierres en hurlant : « Montrez-vous, chiens galeux ! Sortez, si vous êtes des hommes ! » Quelques centaines de mètres plus loin, les gendarmes à cheval avaient fait reculer la populace menaçante avant de la disperser à coups de sabre.

— Louise, servez-nous donc une bouteille de l'excellent vin que mon bon ami Antonio Gomès m'a fait envoyer de ses vignes dans la vallée du Douro, demanda ce soir-là Henri Laffont avant de passer à table.

— Celle que vous gardez pour les grandes occasions ? fit Bérangère.

— Oui, celle-là !

— Et que fêtons-nous ? demanda Mina, surprise par la subite prodigalité de son époux.

— Mais la victoire de l'ordre, ma chère ! Aujourd'hui, force est restée à la loi, commenta Henri Laffont avec un sourire qui en disait long sur sa satisfaction d'avoir vu ceux qu'il qualifiait de « racaille » balayés par une charge brutale des gendarmes.

En ces mois de mai et de juin 1926, l'atmosphère restait électrique dans le pays d'Olmes et la violence menaçait à tout moment de dégénérer en insurrection. Les plus révoltés des ouvriers n'hésitaient pas à armer leurs gourdins de lames de rasoir pour cisailler les jarrets des chevaux de la maréchaussée. D'autres trouvaient plus efficace de jeter sous leurs sabots des billes en acier pour faire chuter montures et cavaliers. À plusieurs reprises, on frôla le drame et ce fut un miracle qu'il n'y eut pas mort d'homme. Finalement, l'arrestation des meneurs, leur condamnation à de la prison ferme, à des peines avec sursis pour de nombreux manifestants, le découragement et la lassitude générale après quatre mois de conflit, l'alignement des salaires de Laroque sur ceux de Lavelanet ramenèrent le calme, tout en laissant des plaies mal refermées.

En plein cœur de l'Ohio, aux États-Unis, Pierre Maurel était bien loin de ces conflits sociaux où la haine de classe s'exacerbait en prenant des accents de guerre civile. Embauché comme mécano par la jeune Waco Cie, la mauvaise grippe d'un de ses patrons lui avait vite permis de renouer avec la joie de voler. Quel bonheur d'enfiler une combinaison, de coiffer un casque de cuir, d'ajuster des lunettes sur ses yeux ! Mettre au point les moteurs des prototypes d'avion que ses patrons Meyers et

Weaver construisaient à Troy offrait l'occasion à Peter Moore, avec le retour de la prospérité, de gagner très correctement sa vie en semaine et de se consacrer, le dimanche, à des exhibitions acrobatiques. Massé en bordure du terrain, un public épris de sensations fortes frémissait à le voir voler sur le dos, au ras du sol, pour ramasser d'une main un foulard noué au bout d'un bâton fiché en terre, et enchaîner looping, tonneaux barriqués, immelmann[48] ou piqués vertigineux.

Devenu barn-stormers[49], Pierre s'efforçait de ne pas prendre de risques inutiles, calculant avec un soin tout professionnel figures et trajectoires. Mais il était à la merci d'une saute imprévisible de vent ou d'un raté dans la remise des gaz… À plusieurs reprises, sa carrière aéronautique avait failli prendre fin brutalement. Mais grâce à ces exhibitions, il pouvait mettre de l'argent de côté pour se mettre à son compte. En cette deuxième moitié des années vingt, faute de pouvoir rentrer en France pour participer à l'aventure exaltante de la ligne aéropostale que l'industriel Pierre Latécoère et Didier Daurat étaient en train de mettre sur pied à Toulouse sur le terrain de Montaudran

48. Figure acrobatique classique, inventée par l'as allemand Max Immelmann, qui consiste à enchaîner un demi-looping et un demi-tonneau.

49. « Ravageur de granges », surnom donné aux aviateurs accomplissant des cascades le dimanche dans les années vingt.

avec Guillaumet, Mermoz et Marcel Reine, Pierre cultivait l'espoir un peu fou de créer sa propre compagnie de services aéronautiques. À côté du classique transport de passagers et du courrier, le secteur laissait entrevoir de nouvelles opportunités. Certains agriculteurs n'envisageaient-ils pas de sulfater leurs récoltes en procédant à des épandages aériens ? Dans cette perspective, il amassait patiemment, dimanche après dimanche, de quoi acheter son propre avion.

Dans les courriers qu'il adressait à Clémence, jamais Pierre Maurel ne faisait allusion aux dangers qu'il prenait. À quoi bon inquiéter la jeune femme en la faisant trembler d'effroi ? Il se contentait de lui raconter que ses affaires marchaient bien, qu'il gagnait confortablement sa vie, que ce pays offrait d'incroyables possibilités de réussite pour celui qui voulait se retrousser les manches. « Ici, on peut gagner de l'argent en se lançant dans pratiquement n'importe quoi. Tout est possible dans ce pays où les salaires augmentent partout », lui écrivait-il. À Lavelanet, Clémence, instruite par la durcté dcs luttes sociales du pays d'Olmes, avait bien du mal à le croire. Pourtant, Pierre n'exagérait pas : dans cette Amérique du milieu des années vingt où les robinets du crédit étaient grands ouverts, la griserie des gains faciles avait gagné les classes les plus modestes pour enrichir à bon compte banquiers véreux, hommes politiques corrompus et mafieux notoires dont Al Capone passait pour l'illustre représentant.

La rencontre de Pierre avec Benjamin Killerman devait lui permettre de concrétiser ses rêves. Killerman, natif de Chicago, était le fils cadet d'un riche entrepreneur en travaux publics. Né avec une cuillère d'argent dans la bouche, le jeune homme rêvait d'égaler la réussite sociale de son père. Mais il se voyait mal passer sa vie à construire des immeubles ou des ponts. Attiré par tout ce qui était sports mécaniques, il avait passé son brevet de pilote quelques mois auparavant. Aussi était-il venu à Troy pour acheter un petit biplan chez Waco Cie pour faire des exhibitions. Partageant les mêmes passions, les deux hommes se mirent vite d'accord pour lancer un projet de compagnie d'avion-taxi. Killerman, qui venait d'hériter d'une tante de sa mère un joli petit magot, amenait l'essentiel des fonds et Maurel le savoir-faire du pilote aguerri qu'il était. L'association des deux hommes se scella dans l'atmosphère feutrée d'une chambre d'hôtel autour d'une bouteille de bourbon achetée sous le manteau, prohibition oblige.

— Quel nom pour notre affaire ?

— Je n'en vois qu'un, fit Pierre en désignant le ruban qui ornait le revers de sa veste. La Silver Star Compagnie !

— La Silver Star Cie… Oui, ça sonne bien, en effet ! fit Killerman en levant son verre.

— Qu'est-ce que tu envisages comme avion pour notre business ?

— Le Curtiss JN-4 Jenny. C'est un avion léger, maniable, sûr…

— Et pour l'entretien ?

— Aucun problème ! Le Jenny a été produit à six mille huit cents exemplaires pendant la guerre. Avec les surplus, il y a plein de pièces détachées disponibles…

— Tu sais où en trouver ?

— Il y a en deux à vendre à Cincinnati.

— Tu en connais le prix ?

— On m'a parlé d'une centaine de dollars…

— Parfait !

Si Clémence racontait à Pierre son quotidien d'institutrice, les pitreries de ses garnements, leurs tours pendables, elle ne faisait jamais allusion dans ses lettres à Mina Laffont. Cette femme, même affublée d'un masque de respectabilité bourgeoise, restait à ses yeux une ensorceleuse. Comment Pierre avait-il pu tomber dans ses filets ? Elle était responsable de tous ses malheurs, elle avait brisé un destin que la toute jeune fille qu'elle était en 1912 rêvait secrètement de partager. De même, Clémence ne parlait jamais de Lucien. Trois ans plus tôt, le jeune homme avait été envoyé en pension chez les bons pères, à Sorèze, dans le Tarn. Là, dans cette école où, selon la devise inscrite dans la salle des illustres, « la religion, les lettres, les sciences et les arts se partagent les heures d'un jeune homme afin de poser les fondements d'une vie d'homme », les pédagogues héritiers du célèbre prédicateur Lacordaire s'efforçaient de forger chez le jeune Lucien Laffont ce caractère bien trempé qui ferait de lui un grand chef d'entreprise.

Clémence Naudy n'avait jamais douté de l'innocence de son ami d'enfance. En lui rapportant les menus potins du pays, elle s'efforçait toujours de lui faire oublier les suites de cette funeste soirée où il était devenu, aux yeux de tous, un assassin. L'histoire de Pierre Maurel, vieille de presque quatorze ans, n'était-elle pas oubliée aujourd'hui ? Qui s'en souvenait encore en ce mois d'octobre 1926 ? L'automne flamboyant finissait et le vent mauvais, qui charriait dans le ciel des nuages bourgeonnants, commençait à emporter les feuilles des hêtres dorés. Les dernières palombes se hâtaient de franchir les cols avant les prémices de l'hiver. Au retour des parties de chasse, l'ouverture, à Bordeaux, du congrès du Parti radical-socialiste, une formation politique en pleine crise après l'échec du Cartel des gauches et la décision très contestée d'Édouard Herriot de participer au gouvernement de Poincaré, alimentait davantage les conversations que ce vieux fait divers.

À la gendarmerie de Lavelanet, lui racontait-elle, Souquet, le nouveau chef qui avait remplacé le placide Labadie, admis à faire valoir ses droits à la retraite, avait à cœur de faire souffler un vent d'efficacité sur la brigade. Premier signe visible pour qui passait devant la gendarmerie : l'antique panneau d'affichage avait fait l'objet d'un nettoyage complet la semaine dernière. L'avis de recherche de Pierre Maurel, recouvert par plusieurs années de paperasseries elles-mêmes jaunies, punaisées les unes sur les autres jusqu'à former un millefeuille gondolé par le vent et la pluie, avait disparu dans un splendide autodafé administratif, allumé discrètement derrière la cour de la caserne.

Clémence Naudy doutait fort cependant que cette nouvelle incitât Pierre à revenir. La jeune femme devait se faire une raison. En cette fin d'année 1926, elle approchait des trente et un ans. Certes, ce n'était pas un âge canonique, mais elle avait désormais fait son deuil de toute maternité, se contentant depuis longtemps d'éduquer et d'instruire les enfants des autres. Quant au mariage, elle n'en prenait pas le chemin. Ne fallait-il pas ranger ce rêve de jeune fille au magasin des accessoires inutiles ? Qu'importait maintenant… Le temps n'était-il pas le meilleur remède pour apporter, avec l'oubli, l'apaisement aux âmes meurtries ?

9
Un singulier chemin...

En cette deuxième moitié des années vingt, dans cette Amérique profonde et rurale, les affaires marchaient pour Pierre Maurel, que tous appelaient Peter Moore, et son associé Benjamin Killerman. Ce n'était pas le travail qui manquait pour les fondateurs de la Silver Star Cie. La privatisation de l'ensemble du transport aérien postal en 1926 avait ouvert un marché immense dans tout le pays. Le dimanche, les deux pilotes enchaînaient les exhibitions et les baptêmes de l'air pour se consacrer plus sagement en semaine au transport de passagers et de paquets à livrer en urgence ou, à la saison, à l'épandage de produits chimiques dans les champs pour des *farmers* soucieux d'améliorer le rendement de leurs récoltes. En quelques mois, l'embauche d'un second mécanicien et d'une secrétaire, Mrs Betty Soames, pour répondre au téléphone, prendre les rendez-vous et taper le courrier, fut nécessaire.

Les deux hommes ne chômaient pas. Killerman, qui avait amené l'essentiel des fonds, s'occupait plus particulièrement de la gestion et Pierre se concentrait sur les aspects techniques et opérationnels, volant cinq à six heures par jour. Pour faire face à la demande des clients, l'achat d'un troisième appareil s'imposa à l'automne 1927. Pierre Maurel et Killerman jetèrent leur dévolu sur un moderne Douglas M3. Avec son moteur à douze cylindres en V et sa vitesse de pointe de deux cent vingt-cinq kilomètres à l'heure, cet avion correspondait pleinement à l'essor qu'ils espéraient donner à la jeune Silver Star Cie. Bien sûr, cet achat à crédit eut pour conséquence de vider leur trésorerie, mais qu'importe ! Cet investissement avait aussi réclamé le recrutement d'un pilote, Dan Turner, un type de la compagnie Western Mail[50]. Ils avaient également dû déménager dans un hangar plus spacieux disposant d'un bureau digne de ce nom pour Betty Soames.

Les deux hommes gardaient cependant la tête froide. Sans mesurer combien les États-Unis dansaient sur un volcan, ils ne succombaient pas pour autant à la frénésie spéculative qui avait saisi les Américains de toutes conditions sociales. L'argent n'était pas cher et les gains espérés sur

50. Compagnie de poste aérienne.

la vente des titres rembourseraient facilement ce qu'on avait emprunté. Partout, dans l'Amérique rurale des grandes plaines comme dans celle urbanisée de la côte est, les Américains ne songeaient qu'à s'enrichir. Dans les restaurants, les bars, les usines, les ateliers, les bureaux, les conversations tournaient autour des cours de la Bourse. Ils avaient triplé depuis 1925 et allaient de records en records. Qui aurait eu la sagesse d'en mesurer le caractère artificiel ? En cette mi-juin 1928, les candidats à l'élection présidentielle ne leur faisaient-ils pas ingénument espérer une prospérité éternelle ?

— Tu as l'air bien joyeux ce matin, jeta Pierre Maurel en entendant dans le hangar Dan Turner siffler comme un pinson sous l'aile du Douglas M3.

— Hé, c'est que j'ai gagné huit cent cinquante dollars hier !

— Et en quoi faisant ?

— J'ai vendu mes actions Ford trois fois le prix que je les avais payées !

— Bigre !

— Tu vois, Peter, la fin de la pauvreté est pour demain !

— Qui t'a dit ça ?

— Tu n'as pas lu dans les journaux le discours d'Herbert Hoover ?

— Non… Qui est ce type ?

— Le candidat du Parti républicain.

— Ah, oui…

— Il a été secrétaire d'État au commerce sous Harding et Coolidge.

— Et tu le crois ?

— Pourquoi mettre sa parole en doute ? Face aux inondations du Mississippi l'an dernier, il s'est bien débrouillé quand les digues ont craqué de partout pour inonder 70 000 km².

— Il y a eu deux cents morts et cinq cent mille personnes déplacées…

— Oui, mais on a évité le pire.

— Le pire ? Tu parles, ce fut l'inondation la plus catastrophique de l'histoire des États-Unis !

— Ce type connaît son boulot. Il a toutes les chances d'être élu en novembre. Moi, je lui fais confiance ! Tu vas voir, Peter : bientôt, il n'y aura plus de riches et plus de pauvres, plus d'anarchistes, plus de Noirs et plus de Blancs, il n'y aura que des Américains riches et heureux !

— En attendant, vérifie-moi les pleins du moteur du Douglas M3, conseilla Pierre au pilote.

Pour Pierre Maurel, le bonheur de cette intense activité quotidienne compensait l'absence de vie sentimentale. Quand la nuit tombait sur l'aérodrome de Troy, lui comme Killerman, son associé, se hâtaient de dîner pour aller se coucher. Ils ne songeaient nullement à traîner dans les bars. Non qu'ils fussent adeptes des charmes méditatifs d'une vie monastique mais, éreintés par les heures de vol, ils n'avaient guère de temps à perdre à chercher une bonne fortune féminine. Il y avait pourtant, autour du terrain, nombre de jolies femmes, célibataires ou esseulées, toutes prêtes à succomber dans les bras d'un pilote après avoir frémi devant ses tournoyants et intrépides exploits. Mais le succès de leur entreprise, à laquelle ils sacrifiaient beaucoup, ne dépendait pas que de leur travail acharné. Et en cette fin d'après-midi du 23 octobre 1929, de gros nuages noirs s'annonçaient.

— Peter, tu as entendu les nouvelles à la radio ? jeta Benjamin Killerman, le souffle court, en entrant en trombe dans le petit bureau où Betty Soames tapait avec célérité sur le clavier de sa machine à écrire Remington.

— Non… Qu'est-ce qu'il se passe ? On est en guerre ? lui répondit Maurel en levant la tête de la notice technique qu'il consultait.

— La bourse…

— Eh bien quoi ?

— À Wall Street, ce matin, les cours se sont effondrés…

— Beaucoup ?

— Environ trente pour cent à l'ouverture…

— Un mouvement d'humeur du marché ?

— J'en doute… Hier, presque deux millions et demi de titres ont été échangés à des prix catastrophiques ! Une heure avant la fermeture, l'indice avait perdu huit pour cent.

— Il ne faut pas paniquer.

— Ce matin, il y a eu des émeutes. Paraît que la police est intervenue…

— Le marché est sain, non ?

— On le dit… Il n'empêche qu'à midi, treize millions de titres n'avaient pas trouvé preneurs. Du coup, Morgan, à la tête d'un groupe de banquiers, a racheté ses propres actions pour faire remonter les cours.

— Pour quel volume ?

— Deux cent quarante millions de dollars !

— Tu vois, c'est bien le signe qu'il ne faut pas s'affoler. Les banquiers ne sont pas des philanthropes. Je suis sûr que ces types ont dans l'idée de faire de bonnes affaires.

— J'aimerais avoir tes certitudes !

— Qu'est-ce que tu crains ?

— Tout simplement la faillite !

— Pourquoi ?

— Tu sais bien que j'ai investi une bonne partie de la trésorerie de la compagnie à court terme. C'est comme ça qu'on paye chaque mois les crédits qu'on a pris pour acheter le Douglas M3.

— Ce zinc nous rend bien service…

— Certes, mais il nous coûte cher !

Les craintes de Benjamin Killerman étaient fondées. Un tsunami boursier souffla sur Wall Street les jours suivants, emportant dans la tourmente Morgan et ses banquiers. L'effondrement était tel que le 1er novembre 1929, la bourse ferma ses portes. En l'espace de trois semaines, plus de quinze milliards de dollars étaient partis en fumée. Pour la Silver Star Cie, le choc fut rude. Pris à la gorge par l'absence de liquidités, dans l'incapacité de payer les salaires, devant la raréfaction des clients, il s'en fallut de peu pour que Pierre Maurel et son associé ne mettent la clé sous la porte. Sans doute, cédant à la facilité ambiante, Benjamin Killerman avait-il été quelque peu imprudent... Malgré la vente d'un des deux Curtiss et d'économies drastiques, le licenciement de Dan Turner et d'un des deux mécanos fut inévitable.

En ces moments d'accablement, miné par le doute sur l'avenir incertain de la Silver Star Cie, Pierre trouvait du réconfort à écrire à Clémence, son amie d'enfance. Sa correspondance n'était pas régulière. Il pouvait passer presque quatre mois sans lui donner de nouvelles et lui envoyer deux lettres dans la même semaine. Dans ces courriers, il idéalisait toujours le pays de sa jeunesse. Sans doute ne voulait-il conserver que les meilleurs souvenirs, les plus tendres, repoussant au fond de sa mémoire les heures noires qu'il avait vécues en 1912, quand son destin avait basculé, un soir d'été : le parfum des haies d'aubépines au printemps, le tia-tia des merles moqueurs se goinfrant de cerises charnues dans la tiédeur câline de juin, la chanson cristalline des ruisseaux coulant entre les pierres moussues, l'odeur de la terre fraîchement retournée par le soc de la charrue aux labours d'automne, les senteurs du foin coupé que les paysans érigeaient en meules, le staccato des métiers qui remplissait les rues… Même après plus de dix-huit ans de vie américaine, Pierre n'avait rien oublié de ce qui pouvait alimenter le moulin des regrets.

D'autant que sa situation se faisait de plus en plus difficile, comme pour beaucoup d'Américains en ce printemps 1931. « Le pays a changé de figure, lui écrivait-il. Il est presque en faillite. J'ai du mal à reconnaître la nation qui m'a accueilli avant-guerre et où tout était possible. Devant les soupes populaires, les queues de chômeurs s'allongent à perte de vue. La misère grandit chaque jour, jetant beaucoup de malchanceux à la rue. On ne compte plus les marches de la faim. Ah, si tu voyais ces familles ruinées fuir vers la Californie où ils espèrent des jours meilleurs ! L'impuissance et le désespoir se lisent sur le visage des ouvriers. Il n'y a rien d'étonnant à voir un peu partout les grèves se multiplier : dans le textile, l'automobile, les mines… Même les agriculteurs sont touchés. La révolte gronde et je me demande si nous verrons un jour le bout de ce tunnel… »

À ce courrier où la nostalgie du pays quitté se mêlait aux interrogations présentes, Clémence répondit fin juin 1931.

« Ici, nous ne connaissons pas la terrible dépression dont les journaux nous rapportent qu'elle se répand un peu partout. La France reste un pays où il fait bon vivre. Certes, le chômage a un peu augmenté ces derniers temps, mais sans atteindre les proportions dramatiques auxquelles tu fais allusion. Tu vois, mon cher Pierre, nous sommes encore comme sur une île heureuse, à l'abri des désordres moraux, sociaux et politiques. Sans doute est-ce le résultat de la bonne santé de notre monnaie qui, depuis Poincaré, reste stable[51]. Puisse ce temps durer encore longtemps ! » lui écrivit-elle en utilisant une encre couleur bleu des mers du Sud qu'elle trouvait très chic.

Nombre d'industriels du pays d'Olmes ne se montraient pas aussi optimistes que l'institutrice. Beaucoup s'inquiétaient en aparté du ralentissement perceptible des affaires depuis quelques mois et de ses conséquences insidieuses. En patron attentif à la bonne marche de son usine, Henri Laffont était de ceux-là. D'un naturel taciturne, il ne parlait jamais de son entreprise avec Mina, considérant toujours son épouse, malgré leurs dix-neuf ans de mariage, comme quantité

51. Le franc dit Poincaré, issu de la dévaluation de 1926, solde la dépréciation monétaire liée à la Grande Guerre. Il rend les produits français moins chers que ceux de nos concurrents, facilite les exportations et l'essor de la production.

négligeable, une pièce rapportée qui n'était ni de sa race ni de son rang. Seule sa sœur cadette, qui régnait sur le personnel de la maisonnée, avait droit à ses parcimonieuses confidences, le plus souvent le dimanche, après le café, quand sa femme s'était retirée dans sa chambre.

— Qu'est-ce qui ne va pas ? lui avait-elle demandé en le voyant reposer son journal, l'air soucieux.

— Les affaires…

— Qu'est-ce que tu crains ?

— Des moments difficiles, lui avait répondu Henri Laffont en soupirant avant d'ajouter : Depuis l'an dernier, les clients se raréfient, les commandes se tassent… Bref, nous avons de plus en plus de mal à vendre notre production. Oh, nous ne sommes pas les seuls ! Tout le pays d'Olmes est touché. Les patrons, les grands comme les petits, licencient pour faire face à la baisse des commandes. Le chômage augmente et nous ne pouvons même plus embaucher les jeunes qui sortent des cours techniques municipaux. Je m'en suis d'ailleurs ouvert au maire, Omer Bernadac.

— Et ailleurs ?

— C'est pire ! Tiens, le mois dernier, c'est Nordwolle qui a fait faillite en Allemagne.

— La grande entreprise de laine peignée ?

— Oui, la crise anglo-saxonne a eu raison de la firme que Christian Lahusen avait créée en 1884.

Ils employaient plus de quatre mille cinq cents ouvriers. Le fils du fondateur était étranglé par une dette de plus de cent millions de reichsmarks.

— Que faire, Henri ?

— Je ne sais pas…

— Nous vieillissons… Sans doute l'usine a-t-elle besoin de sang neuf !

— Voyons, Bérangère, Lucien n'a que dix-huit ans ! Même si l'intérêt qu'il porte à l'entreprise me donne de grandes satisfactions, il est encore bien jeune pour prendre ma succession.

— Dieu nous en garde ! Mais dans trois semaines, cet enfant passera la seconde partie de son bachot. Que fera-t-il après ?

— D'abord, prions le Ciel pour qu'il l'obtienne…

— Tu m'as toujours affirmé que l'enseignement à Sorèze était réputé pour son excellence…

— Il n'empêche ! Dans son dernier bulletin, ses professeurs soulignaient que ses résultats pourraient être meilleurs.

— Il est quand même dans les dix premiers de sa classe, plaida Bérangère qui avait reporté sur Lucien la faible dose d'amour maternel que la nature lui avait permis d'éprouver.

— Ne te fais pas l'avocat du diable ! Sa classe de math élem ne compte que vingt élèves, il est tout juste dans la moyenne. Il faut veiller au grain. Ce gamin a quelque peu le goût de la bamboche. Dès qu'il revient, il ne pense qu'à sortir !

— Reconnais qu'il n'en a guère l'occasion à Sorèze.

— Comprends-moi bien, Bérangère, qu'il fréquente les Ricalens, les Fonquernie, les Dumons, je ne trouve pas cela répréhensible. Ce sont des gens de bonne famille. Ce qui m'inquiète, c'est de le voir s'afficher avec des zigotos comme Cabrols ou Bergé… Toute cette bande de m'as-tu-vu et de flambeurs ne pense qu'à faire la noce !

— Sans doute faut-il y voir quelques traces de l'hérédité maternelle, persifla Bérangère, les lèvres pincées.

— N'as-tu pas remarqué qu'il aime un peu trop l'argent facile et les plaisirs de la vie ?

— Peut-être aurions-nous dû en profiter davantage, marmonna Bérangère, une once de regret au cœur.

— Il ne faut pas lui lâcher la bride, je te dis. Une affaire, c'est comme un ménage. Ça doit se conduire en bon père de famille ! Ce jeune homme a encore beaucoup à apprendre, il doit faire des études commerciales.

— Je ne suis pas sûre, Henri, que cela l'enchante…

— Parce que tu sais peut-être ce qui lui plairait, toi ?

— Faire son droit…

— Du droit ! Et pour quoi faire ? Pour devenir un avocat sans cause ?

— Le droit mène à tout et il est de plus en plus utile aux affaires…

— Eh bien, nous verrons.

À la mi-juillet 1931, Lucien avait eu son baccalauréat avec une mention « assez bien ». Ces résultats modestes lui avaient valu quelques reproches paternels. Mais le jeune homme n'en avait cure. L'an prochain, il serait étudiant à Toulouse, libre de profiter de la vie ! Il pourrait traîner à la terrasse des cafés, sous les arcades de la place du Capitole, et refaire le monde autour d'un verre. Henri pouvait bien le menacer de lui couper les vivres s'il ne travaillait pas, cela le laissait de marbre. Non qu'il puisse compter sur le soutien de sa mère : Mina n'avait pas droit au chapitre. Elle n'était rien ou presque. La faute sans doute à son extraction sociale, pensait-il. Lucien savait, en revanche, pouvoir soutirer discrètement quelques billets à sa tante Bérangère. D'un sourire narquois, il avait désarmé celui qu'il appelait dans son dos « le vieux ».

Malgré sa jeunesse, Lucien Laffont voyait juste. Il avait compris depuis longtemps l'immense espoir qu'il représentait pour Henri. Sa position d'héritier putatif était le talon d'Achille de son père. Henri avait vite dû céder aux desiderata de son fils. Le lundi 5 octobre 1931, en début d'après-midi, Lucien avait fait sa rentrée à la fac de droit de la Ville rose. Marchant d'un pas décidé dans la rue de l'Université qui, après-guerre, prendrait le nom du résistant Albert Lautmann, fusillé par les Allemands, le jeune homme avait franchi une belle porte cochère encadrée de deux colonnes de pierre qui soutenaient un élégant petit balcon, pénétrant ainsi dans une vaste cour ombragée de vénérables platanes où des groupes d'étudiants et de professeurs déambulaient nonchalamment dans la lumière automnale, le cartable sous le bras, en devisant à voix basse. Lucien Laffont prit alors conscience que, dans les bâtiments de brique rose de cette université fondée en 1229, la plus vieille de France après la Sorbonne, le savoir s'enracinait dans l'histoire.

Son inscription effectuée, les cours ne commençant que la semaine suivante, Lucien avait flâné dans les rues environnantes. Incontestablement, ce quartier Latin ne manquait pas de charme. Il comptait nombre de jeunes filles toutes plus séduisantes les unes que les autres. Quant aux bistrots et aux petits restaurants à proximité des amphis, ne l'incitaient-ils pas à joindre l'utile à l'agréable ? Logé à deux pas de l'université dans une chambre mise à sa disposition par une vieille cousine qui habitait un adorable appartement donnant sur la place Saint-Sernin, le jeune homme comptait bien goûter aux plaisirs de la vie étudiante. Si la mensualité que son père était convenu de lui verser pour la satisfaction de ses menus besoins ne suffisait pas, il saurait bien amadouer sa tante Bérangère.

Suivre des études à Toulouse était autrement plus agréable que de se plier à la discipline des bons pères de Sorèze. Ici, il n'y avait personne pour le contraindre à respecter un quelconque règlement intérieur. Le réfectoire, avec son alignement mélancolique d'assiettes blanches fatiguées, où trônait une morne tranche de pain, n'était plus qu'un lointain souvenir. Fréquenter le père Léon, place Esquirol, offrait bien d'autres agréments ! Et quel bonheur que de s'asseoir à la terrasse du Capoul ou du Lafayette, place Wilson, pour déguster un verre de Lillet ! Ah, quel dommage qu'Antoine Bergé eut raté son bachot et qu'Hyppolite Cabrol ait été autoritairement expédié en Angleterre par son père pour y apprendre l'anglais ! À eux trois, la belle équipe qu'ils formaient eut fait des étincelles. Mais qu'importe… Toulouse lui tendait les bras.

Lucien Laffont ne tarda pas en effet à lier connaissance avec des jeunes gens du meilleur monde. Ainsi, à la terrasse du Bibent, ce célèbre café toulousain où Jean Jaurès écrivait ses articles pour *La Dépêche* et où, par une curieuse concomitance, trois étudiants serbes, affiliés à la société secrète de la Main Noire, établirent les plans pour assassiner l'archiduc héritier d'Autriche-

Hongrie, le 28 juin 1914 à Sarajevo, Lucien avait rencontré Maxime de Castignac, un étudiant en droit, comme lui. Originaire d'une vieille famille de la petite noblesse toulousaine, il redoublait sa première année universitaire. Maxime appartenait aux Camelots du roi, le service d'ordre de l'Action française. Fervent catholique, le jeune aristocrate se faisait tout autant un devoir de vendre le journal royaliste le dimanche à la sortie de la messe que d'affronter avec sa cane plombée les Jeunesses communistes dans de violentes batailles de rues.

Maxime professait tout haut une admiration sans borne pour son maître, le journaliste et essayiste Charles Maurras, théoricien du nationalisme intégral qui jouissait d'un grand prestige dans l'opinion publique conservatrice. À son contact, Lucien, dont la culture politique se résumait aux opinions de son père, afficha des convictions antirépublicaines. À l'issue d'une année universitaire médiocrement réussie, il était devenu ouvertement antisémite. Il ne se passait pas un repas sans qu'il ne fulmine contre les francs-maçons ou la juiverie internationale. Les retentissants scandales politico-financiers qui avaient agité la IIIe République ces dernières années avaient conforté son antiparlementarisme virulent qui s'exprimait en de féroces diatribes, lors des réunions de famille.

— Ce Gaston Vidal[52] est une honte pour la France ! tonnait le jeune homme en finissant sa bombe glacée. À fusiller immédiatement !

— La Haute Cour l'a pourtant acquitté l'année dernière, soupira Henri Laffont.

— Un affairiste acquitté par une bande de copains et de coquins… laissez-moi rire !

— Des affairistes, mon pauvre Lucien, il y en a toujours eu, sous toutes les latitudes, renchérit Bérangère.

— Le scandale de la banque Oustric ne vous a-t-il pas ouvert les yeux tous les deux sur l'état de putréfaction de ce régime ?

— C'est là une histoire qui ne grandit pas la République, je te le concède…

— Fallait-il être crédule pour accorder sa confiance à un courtier en vermouth devenu banquier? Un type qui accumulait les traites de cavalerie avec la complicité de la Banque de France…

— Le résultat pitoyable du mélange de la naïveté et de la concussion…

— Tous pourris, oui ! jeta Lucien d'un air rageur.

— Nous savons bien qu'en ce bas monde la

52. Ancien sous-secrétaire d'État à l'enseignement technique, conseiller général de Vichy, homme de réseau et affairiste notoire, mêlé à l'affaire Marthe Hanau, arrêté et emprisonné pour forfaiture en 1931.

probité a toujours moins de visibilité que la forfaiture, fit Bérangère.

— Voyez-vous, père, le rétablissement de la royauté est le seul antidote aux perversions de la démocratie bourgeoise qu'une parodie de suffrage universel a permis d'instaurer.

— Mais voyons, Lucien, depuis 1870, la République est bien trop enracinée… Une restauration serait aujourd'hui impossible.

— Ce qu'il nous faut, c'est un régime fort.

— Comme celui de Mussolini ?

— Pourquoi pas ? Un régime qui puisse nettoyer les écuries d'Augias.

— Même si l'expérience italienne n'est pas sans intérêt, je doute qu'elle convienne au caractère frondeur du peuple français…

— Il faut éradiquer la vermine bolchevique, celle qui prolifère ici même, dans ton usine, parmi tes ouvriers !

— Tous ne sont pas révolutionnaires, tant s'en faut, soupira Henri.

— J'en croise même parfois à l'église, assura Bérangère.

— Ne soyez pas naïfs ! Avez-vous oublié, père, les grèves de 1926 ? Cette bande de rouges sans foi ni loi a attaqué nos biens.

— Tu étais bien jeune, alors, intervint Mina à voix basse, qui d'ordinaire ne participait pas à ces discussions.

Le regard noir d'Henri lui fit baisser les yeux, consciente qu'elle n'avait guère le droit à la parole en ce domaine. Elle, autrefois si rebelle, ne s'en offusquait pas. N'était-ce pas sous-entendu dans le contrat moral qu'elle avait passé en 1912 pour éviter de devenir fille-mère ? Si son mariage avec Henri Laffont, un homme désormais vieillissant, lui avait apporté le confort matériel, il n'avait pas fait d'elle une dame digne de ce nom. Bérangère, sa belle-sœur, toujours pisse-vinaigre, ne ratait jamais une occasion de lui rappeler par une petite remarque l'infériorité de son rang. Même après vingt ans de mariage, la jeune femme savait qu'elle n'était tolérée en ces lieux qu'en tant que génitrice de l'héritier des Laffont.

Pour son fils, Mina avait fini par accepter ce statut, idéalisant dans son for intérieur ses sentiments pour Pierre, que la raison aurait réduit à un amour d'été. Au décès de sa mère, huit ans plus tôt, elle s'était murée dans le silence, se réfugiant dans la lecture. Elle avait ainsi sacrifié les plus belles années de sa vie pour élever Lucien en lui donnant le meilleur : l'amour. Elle ne regrettait rien. Durant ces années, il lui était arrivé de croiser Clémence Naudy à Lavelanet. Mais quoiqu'elles fussent du même âge ou presque, elle s'était bien gardée d'aller à sa rencontre pour lui parler, ayant trop en mémoire leur unique et orageuse entrevue de 1912. Sans doute, à bien y réfléchir, cette jeune fille avait-elle été elle aussi amoureuse de Pierre.

La naissance de son fils et ses premiers pas dans la vie avaient été le plus grand moment de l'existence de Mina. Mais au fil du temps, Lucien avait changé. Le bébé rieur et affectueux des premières années était devenu un petit garçon sournois qui ne se confiait guère à elle. Malgré tous ses efforts, elle avait observé que le gamin, dès son plus jeune âge, calquait son comportement sur l'attitude de son père et de sa belle-sœur. Elle en avait profondément souffert, voyant s'éloigner chaque jour un peu plus celui pour qui elle avait accepté d'être dédaignée. Quand Henri proposait à Lucien de l'amener faire un tour dans les ateliers, suprême récompense, le petit garçon prenait un air hautain et relevait le menton. Face aux ouvriers rivés à leurs machines, dans le bruit et la moiteur, Lucien affichait la même suffisance que son père, celle de ceux qui, par conscience de classe, se pensent supérieurs.

Aux portes de l'adolescence, le départ de Lucien pour l'école de Sorèze avait encore accentué cette distance. Son fils qui ne revenait désormais qu'aux vacances ne lui manifestait guère d'affection. Après plusieurs semaines de séparation, serrer sa mère dans ses bras avec effusion ne lui venait pas à l'esprit. Était-elle devenue un fantôme à ses yeux ? Il ne semblait porter à sa présence pas plus d'attention qu'à celles des domestiques que l'on finit par ne plus voir tant ils se confondent avec le décor et les meubles de la maison. Désormais peu accessible à l'expression de toute émotivité charnelle, qu'il eût taxée avec mépris de « sentimentalisme », Lucien prenait volontiers des postures martiales qui épouvantaient la fille du peuple qu'elle était restée. Ainsi, Mina s'effrayait de le voir afficher une admiration à peine voilée pour la force brute des groupes paramilitaires qui, dans de nombreux pays d'Europe, tenaient la rue par le recours à la terreur. Elle devinait aux regards que sa belle-sœur jetait au jeune homme à la dérobée que même Bérangère, avec qui elle avait peu d'atomes crochus, s'inquiétait du chemin que prenait Lucien.

— Ne trouvez-vous pas, père, que le vieux maréchal Hindenburg a fait le bon choix en appelant Hitler au poste de chancelier ?

— Espérons-le, Lucien... espérons-le, lui répondit Henri d'une voix où le doute transparaissait.

— Vous n'avez pas l'air convaincu... Que craignez-vous donc ?

— Oublies-tu que l'expérience nous a appris à nous méfier de l'Allemagne ?

— Les bolcheviques sont à notre porte !

— Certes, mais ce parti nazi ne me dit rien qui vaille, grogna Henri Laffont en ajustant ses lunettes.

— Eh bien, moi, je me méfie plus de Staline que de ce M. Hitler qui cherche à remettre un peu d'ordre dans son pays.

— « Pour dîner avec le diable, il faut une longue cuillère », disent familièrement les Allemands.

— Qu'est-ce qui vous alarme, père ?

— Les propos que ce Hitler a tenus vendredi dernier à Berlin devant les chefs de l'armée.

— Qu'a-t-il dit au juste ? demanda Bérangère.

— J'ai lu dans *Le Petit Journal*, expliqua Henri, qu'il souhaite mettre en œuvre une politique étrangère digne d'une grande puissance. Il parle de réaliser un nouvel espace vital à l'est, de germaniser les territoires occupés, de reconstruire une grande armée…

— Voilà un programme bien dangereux, soupira Bérangère.

— Oui… Espérons que Von Papen, le vice-chancelier, pourra en freiner les excès, renchérit Henri.

— Moi, j'y vois les prémices d'une Europe nouvelle, celle créée par une jeunesse qui balayera les idéologies ouvriéristes du XIXe siècle qui nous ont fait tant de mal ! s'enflamma Lucien.

Si l'arrivée au pouvoir de Hitler en Allemagne enchantait visiblement Lucien, aux États-Unis, le premier semestre de cette année 1933 marqua pour Pierre Maurel et son associé Benjamin

Killerman le retour de la prospérité. Par quelques mesures pragmatiques, le nouveau président, Franklin Delano Roosevelt, un démocrate élu le 8 novembre de l'année précédente, avait redynamisé une économie meurtrie, depuis le Krach de 1929, que la politique de Hoover avait enfoncée dans la récession et les faillites. Le moral des Américains remontait avec l'éloignement du spectre du chômage. Les aides gouvernementales, généreusement distribuées pour les grands travaux, portaient leurs fruits. La confiance des ménages et des entrepreneurs revenait.

Le rétablissement de la situation financière de la Silver Star Cie était au rendez-vous de l'histoire. Faisant preuve d'une audace commerciale insensée, Pierre et Benjamin, pariant sur la reprise économique du New Deal, avaient emprunté au printemps plusieurs dizaines de milliers de dollars à Killerman père pour acheter d'occasion au Canada un très robuste Junker W34. Ce monomoteur à aile basse et à poste de pilotage fermé, revêtu de tôle ondulée et non plus de toile, permettait le transport de cinq passagers. Avec un tel avion, la Silver Star Cie s'ouvrait le marché de l'aviation d'affaires en assurant des liaisons régulières entre Troy, Detroit, Kansas City et Atlanta. Aussi, en cet automne 1933, Betty Soames avait-elle le sourire. Son emploi n'était plus menacé. La Silver Star Cie n'avait-elle pas engagé deux nouveaux pilotes et trois mécaniciens? Au bureau, la jeune femme prenait chaque jour de nouvelles commandes et les clients s'impatientaient :

— J'ai besoin de vos services pour la semaine prochaine.

— Hélas, monsieur, notre planning est complet.

— Mais quand alors ?

— Pas avant un mois, monsieur Smith…

— Un mois ! Mais vous plaisantez, mademoiselle. Vous imaginez que je vais attendre un mois pour mon épandage ?

— Je ne peux rien faire, malheureusement… Mais voyez peut-être du côté de Hugh Watson. Il est installé à Blue Ash, dans un hangar sur la Glendale-Milford Road…

— Je l'ai déjà appelé !

— Il n'a pas pu vous donner satisfaction ?

— C'est encore pire que vous !

— Voulez-vous que je vous inscrive en liste d'attente ?

— Oui, c'est ça…, bougonna la voix au téléphone.

— Je vous rappelle dès que j'ai un créneau, monsieur Smith.

— Je compte sur vous, mademoiselle…

— Oui, monsieur… Au revoir, monsieur…

— À croire que tous les *farmers* de la région se sont donné le mot pour sulfater leurs champs ! dit Betty, en raccrochant le lourd combiné d'ébonite noir, à l'intention des deux patrons en combinaison de cuir qui venaient d'entrer dans son bureau.

— Si ça continue comme ça, je téléphone à Dan pour le rembaucher ! répondit Pierre à la jeune femme en ôtant son casque.

Malgré les années et sa réussite, Pierre Maurel devait sûrement toujours se languir du pays de son enfance car il écrivit à Clémence, au début d'octobre 1933 : « Il y aura bientôt vingt ans que mon procès a eu lieu sans que je puisse me défendre. Mon honneur en porte toujours le poids. Même si aujourd'hui ma prospérité est ici bien établie, tu sais, toi, ce qu'il m'en a coûté. Dans quelques mois, ma condamnation pour un crime que je n'ai pas commis tombera sous le coup de la prescription. Je vais enfin pouvoir revenir sans courir le risque de me faire jeter au fond d'une cellule par la première patrouille d'argousins venue… Revenir pour flâner dans les rues, boire un bock à la terrasse d'un café en regardant les filles passer sur la promenade dans leurs robes légères, pour voir l'église de Sainte-Ruffine, le fier piton de Montségur, cette étonnante fontaine de Fontestorbes dont on fait une si rafraîchissante limonade… Mais, ma chère Clémence, à l'approche de ce jour tant désiré, je m'interroge. Oserai-je accomplir ce voyage, moi qui fus jadis banni par un injuste coup du sort ? N'est-ce pas aller au-devant de bien des désillusions ? Le désenchantement n'est-il pas la fleur de l'histoire que l'on a ratée ? »

Un an plus tard, le jeudi 5 juillet 1934, le citoyen américain Peter Moore embarquait à New York à bord de l'*Île de France*, un paquebot de la Compagnie générale transatlantique, à destination de Cherbourg. Saisi d'une irrésistible envie de revoir le pays, sa décision avait été rapidement prise. Benjamin Killerman n'était pas ravi de le voir partir pour six semaines, en plein cœur de l'été, au moment où le planning des vols d'affaires était le plus chargé. La Silver Star Cie ne venait-elle pas de revendre le Junker W34 acheté l'an passé pour investir dans un révolutionnaire Boeing 247 ? Mais que faire ? Il savait que Pierre n'en ferait qu'à sa tête, il connaissait son associé. Il embaucha donc un pilote pour le remplacer.

Au terme de cinq jours d'une traversée digne d'une croisière, Pierre débarqua vers onze heures du matin dans la nouvelle gare transatlantique inaugurée par le président Lebrun l'année précédente, le 30 juillet 1933. Son bagage à la main, il découvrit avec ravissement l'immense salle des pas perdus Art déco, où toutes les grandes compagnies avaient leur comptoir. De nombreuses boutiques, une salle de douanes, un grand salon complétaient l'ensemble qui pouvait accueillir jusqu'à deux bateaux et quatre trains en même temps. Dans le hall, il acheta un exemplaire de la nouvelle édition de *Paris-Soir* qui, comme tous les journaux français, titrait ce jour-là sur la disparition, la veille, de la physicienne française Marie Curie, Prix Nobel 1911, la première femme à avoir été nommée Professeur à la Sorbonne. Le radium avait eu raison d'elle dans un sanatorium de Haute-Savoie.

En milieu d'après-midi, après avoir déjeuné à la terrasse du buffet de la gare de Cherbourg d'une généreuse portion de moules de Barfleur suivie d'un somptueux carré d'agneau de pré-salé du Mont-Saint-Michel servi avec des carottes de Créances, avant de déguster, pour finir, un petit livarot qui avait autant de goût que d'esprit, Pierre Maurel prit place dans un compartiment du Rapide de 15 h 17. Un peu plus de quatre heures plus tard, dans le soleil couchant qui caressait les toits de Paris d'une lumière dorée, il arrivait à Saint-Lazare. Mais à cette heure du soir, pas question de reprendre le train pour Toulouse. Parce qu'en cette période estivale, de nombreux hôtels affichaient déjà complet, il passa la nuit dans une pension de famille toute simple que tenaient deux charmantes vieilles filles, à côté de la rue d'Amsterdam.

La tiédeur de la nuit et l'agitation incessante de la capitale ne lui permirent guère de bénéficier d'un sommeil réparateur. Aussi, son petit-déjeuner prestement avalé, Pierre se hâta de prendre le premier train dans l'espoir de goûter au plus vite à la fraîcheur des Pyrénées. Hélas, en ce mois de juillet torride, passé la Loire, son wagon de chemin de fer se transforma rapidement en étuve. Il eut beau acheter des bouteilles d'eau aux marchands ambulants sur les quais de Châteauroux, de Limoges, de Cahors, puis de Montauban, il perdit autant de poids qu'en une bonne séance de bains turcs à East Village, où il allait se laver avant-guerre en hiver, comme nombre d'immigrants.

À l'issue de plus de dix heures d'un interminable voyage, son train arriva à Toulouse-Matabiau à la nuit tombée. Épuisé, en sueur, Pierre traversa le parvis écrasé d'une moiteur poisseuse, franchit le canal du Midi pour s'installer dans une chambre d'hôtel en face de la gare. Là, il se prélassa de longues minutes dans un revigorant bain glacé avant de descendre dîner dans une brasserie de la rue Bayard. Si le ballet nocturne des ouvriers typographes de *La Dépêche* était toujours aussi intense, les rues de Toulouse avaient néanmoins bien changé. Certes, la Ville rose avait gardé son côté bon enfant, mais les chevaux qui tiraient les charrettes, même lors de son dernier passage en 1918, avaient désormais totalement disparu. Des camionnettes Citroën ou des fourgonnettes Peugeot 301, une noria de voitures, de vélos et quelques triporteurs qui circulaient au milieu des trams les avaient remplacés.

Le lendemain matin, bien reposé par une nuit où il avait dormi comme un loir, Pierre régla sa note et chercha le garage où il avait loué une voiture quinze ans plus tôt. Il se rappelait bien l'endroit, juste en face d'un hôtel accueillant les amours illégitimes et parfois tarifées des couples d'un soir. L'hôtel était toujours là avec, au-dessus du porche, une lanterne rouge comme raison sociale. Mais à la place du garage, un magasin de meubles bon marché s'était installé. Renseignements pris, le loueur de voitures avait déménagé deux rues plus loin. Lorsqu'il franchit la porte cochère pour pénétrer dans la courette encombrée de véhicules capots ouverts, une odeur de graisse et de mécanique lui monta aux narines. Elle fit resurgir ses souvenirs d'enfance. Le garage de son père n'avait-il pas la même odeur ? Pierre toussa pour manifester sa présence. Un type, penché sur les entrailles d'un moteur, leva la tête. Malgré les années, il reconnut le bonhomme. Il avait toujours le même visage joufflu mais, sur son crâne, le cheveu, devenu filasse, était désormais clairsemé. Avec l'âge, il affichait un sérieux embonpoint et, à voir les trois plis que son ventre formait, il ne devait plus se voir pisser.

— Je cherche une voiture à louer, dit Pierre.

— La seule qui reste, c'est celle-là…, répondit le type en désignant une berline familiale confortable dont la carrosserie de couleur noire brillait comme un sou neuf sous le soleil de juillet.

— C'est une Renault ?

— Oui, une Primaquatre KZ6, l'un des derniers modèles sortis en 1932.

— Ça ne consomme pas trop ?

— Non, elle a un petit moteur. C'est une voiture plutôt économique… C'est pour la journée ?

— Plutôt pour deux ou trois jours… J'arrive des États-Unis et je vais voir ma famille en Ariège, expliqua-t-il pour satisfaire la curiosité empreinte de suspicion qu'il devinait.

Le garagiste hocha la tête. Pierre ne discuta pas le prix. Il lui tendit son permis de conduire établi par l'armée américaine en 1916. Le type essuya ses mains à un chiffon qui dépassait de la poche de son bleu et, se saisissant du document, il le tourna deux ou trois fois entre ses doigts aux ongles en deuil. Pierre distingua une vague lueur de méfiance dans son regard. Mais, sans doute mis en confiance par les rubans des décorations qui ornaient le revers de son veston, il l'entraîna vers un petit bureau où régnait un désordre bon enfant. Le contrat de location rempli, un sourire éclaira le visage poupin du garagiste quand Pierre sortit son portefeuille pour lui payer la caution. D'un aboiement sec, le type appela un gafet qui traînait, un balai à la main, pour donner un dernier coup de nénette au véhicule.

Midi approchait lorsque Pierre Maurel pénétra dans la ville de Foix. Saisi d'une subite impulsion, il bifurqua à droite pour emprunter le pont qui franchissait l'Ariège. Il longea l'hôtel du XIXe siècle, dépassa le bâtiment haussmannien de la Société générale et remonta par la rue Delcassé vers les allées de Villote, qui marquaient la limite de la vieille ville. Ce chemin, Pierre le connaissait par cœur. C'était celui de son lycée, un établissement qui portait désormais le nom du célèbre musicien Gabriel Fauré. Ici, rien n'avait vraiment changé et le temps semblait avoir suspendu son vol. Comme à l'accoutumée, en cette fin de matinée, sur la promenade ombragée de vénérables platanes, quelques oisifs achevaient de refaire le monde, assis sur les bancs. Les terrasses des cafés avoisinantes étaient pleines de paisibles retraités qui dégustaient Mandarin citron et Suze à l'eau de Seltz devant une soucoupe de cacahuètes grillées. Emprunter la rue du lieutenant Paul Delpech, un héros tombé glorieusement en 1914, lui permit de passer devant la façade de ce lycée où il avait usé ses fonds de culotte au début du siècle. La Primaquatre roulait au pas et ce pèlerinage sentimental réveillait chez lui un torrent de moments heureux. Comment oublier les heures passées ici en cours de physique, de mathématiques ou de latin ? Aujourd'hui, vingt après le début de la Grande Guerre qui avait mis fin à la Belle Époque, combien, parmi les camarades de ce temps où l'idéalisme enflammait le quotidien, étaient encore vivants ? Il revoyait le visage marmoréen de ses professeurs, impressionnants dans leur robe noire cravatée d'hermine pour la solennelle distribution des prix. Il revoyait aussi celui de son père bien-aimé, Victor, venant le chercher pour les vacances, la moustache conquérante, au volant d'une Torpédo…

Après avoir copieusement déjeuné dans la salle à manger Henri II de l'Hostellerie de la Barbacane d'un sublime cassoulet au confit d'oie, spécialité de la maison, il prit la direction de Lavelanet. Cette route, pour Pierre, c'était celle des souvenirs, celle d'une histoire qu'il voulait exorciser une bonne fois pour toutes des fantômes du passé. La circulation automobile, quoiqu'un peu plus dense qu'en 1918, n'avait rien de comparable à celle des agglomérations américaines. Elle était ponctuée de quelques attelages de gasconnes grises, ces vaches pyrénéennes que, dans les fermes du pays, on nommait familièrement « mascarette[53] » et de Casta, une race béarnaise rustique et agile aux cornes en forme de lyre. Ici, même les villes conservaient un air de campagne. Il n'y avait pas cette agitation frénétique qui faisait courir les

53. Nom donné aux gasconnes en référence à leurs yeux ourlés de noir, comme ceux d'un masque.

citadins en tous sens. En traversant hameaux et lieux-dits, Pierre constatait que l'Ariège rurale n'avait guère évolué. On y prenait toujours le temps de vivre, au rythme des feux de bois qui naissent et qui meurent.

Quarante-cinq minutes plus tard, dans la chaleur torride de juillet, Pierre arrivait en vue de Lavelanet. Il traversa la ville sans s'arrêter. En ces heures chaudes, nombre de commerces gardaient encore leur rideau baissé. Même la « ressège » était déserte. Il hésita un instant à repasser devant la maison de son enfance ou l'ancien garage de son père. Mais à quoi bon ? Cela n'aurait servi qu'à lui briser le cœur. Il mit le cap sur Léran où son amie Clémence était toujours institutrice. Le village était écrasé d'un soleil généreux et les habitants demeuraient cloîtrés dans leurs maisons, volets clos. Même les gatàs[54] les plus téméraires dormaient paisiblement à l'ombre des treilles qui couraient sur les façades. L'école n'avait pas changé depuis 1918 et le mur d'enceinte de la cour, surmonté d'une grille, était toujours aussi gris.

Pierre gara sa voiture et, d'un pas décidé, franchit le portillon. En ce milieu d'après-midi du samedi 7 juillet, les enfants étaient en recréation. À une semaine de la fin de l'année scolaire, un

54. Chats en occitan.

relâchement annonciateur des grandes vacances se faisait déjà sentir. Si la plupart des filles jouaient à la marelle ou aux osselets et les garçons au carré magique à l'ombre des austères bâtiments, les galapiats les plus turbulents trouvaient encore assez d'énergie pour s'agiter dans une partie de gendarmes et de voleurs qui les mettait en nage. Assise sur un banc à l'ombre, en compagnie de deux collègues, Clémence papotait en surveillant du coin de l'œil les garnements, toujours prompts à commettre quelque bêtise. Un peu surprise, elle se leva en le voyant s'avancer tandis que, courtoisement, Maurel se découvrait pour saluer les enseignantes. Clémence fit les présentations et l'entraîna rapidement vers sa classe, déserte à cette heure de l'après-midi.

— Tu n'es pas étonnée de me voir ? lui demanda-t-il quand elle eut tiré la porte.

— En lisant tes dernières lettres, je me disais bien que tu n'allais pas tarder à me rendre visite.

— Je me languissais un peu du pays, c'est vrai, avoua-t-il avant d'ajouter, pour couper court à toute introspection : Je constate que tu es toujours aussi rayonnante !

— « Tout flatteur vit aux dépens de celui qui l'écoute », lui répondit-elle en citant la morale de la fable du Corbeau et du Renard qu'elle faisait chaque année apprendre à ses élèves.

— Tu es toujours dans l'attente d'une hypothétique mutation ? fit Pierre en embrassant la salle de classe du regard.

— J'ai eu mon changement pour Lavelanet au 1er octobre.

— Le poste que tu voulais ?

— Oui, à l'école George Sand, là où mon père a terminé sa carrière. J'ai même obtenu de pouvoir reprendre l'appartement de fonction où mes parents ont vécu plus de vingt ans.

— C'est une chance pour toi !

— Je déménage fin août.

— Ça te laisse un bon mois pour préparer ta rentrée.

— Oui, spécialement celle-là…

— Pourquoi donc ?

— C'est la première, celle qu'un maître ne doit surtout pas rater ! Nous devons tant aux enfants…

Pierre sourit et hocha la tête. Il mesurait à ces paroles combien Clémence Naudy avait épousé son métier. Elle ne vivait que pour lui et s'y dévouait corps et âme. La jeune fille était entrée dans l'Éducation nationale, nouvelle appellation donnée en 1932 par Édouard Herriot à la vieille Instruction publique de Jules Ferry, avec la même foi que celle que témoignaient les carmélites en entrant au couvent de Pamiers. Rentrée après rentrée, elle avait conservé le même enthousiasme. Le plaisir de transmettre et d'instruire brillait dans ses yeux d'une flamme vivace. Pierre la regarda avec attention. À l'aube de ses quarante ans, Clémence restait séduisante, mais la jeune fille timide s'était effacée devant la femme d'expérience dont le teint n'avait plus l'éclat velouté et la fraîcheur des roses de mai. Demeurée célibataire, il y avait bien longtemps qu'elle avait coiffé catherinette. Sur son visage s'affichaient désormais les signes précurseurs de la maturité. Ainsi, ces petites rides en patte-d'oie qui apparaissaient insidieusement à la commissure de ses yeux ne trompaient pas.

Avec émotion, pudeur et tendresse, ils parlèrent du bon vieux temps, des gens de jadis, de tout et de rien, des vivants et des morts. Dans cette salle de classe au plafond de cathédrale laïque, leurs paroles résonnaient, prenant la dimension de l'histoire. Malmenée par la tornade de cette Grande Guerre qui avait balayé l'Europe pour y semer chagrin, amertume et soif de revanche, leur jeunesse s'était enfuie, ne leur laissant au cœur que le souvenir de ce qu'ils avaient été. Les vingt années écoulées avaient bouleversé leur destin, emportant leurs rêves tels des fétus de paille bien loin des chemins de leurs espérances. Ne se battaient-ils pas plus, désormais, pour conserver l'image qu'ils avaient d'eux-mêmes que pour ce qu'ils voulaient devenir ?

— Et Mina, tu l'as revue ? fit Pierre.

— Mina ? Non, répondit Clémence, visiblement gênée d'aborder ce sujet.

— Jamais ?

— Il m'est arrivé de la croiser mais nous ne sommes pas du même monde, tu sais.

— Tu ne sais donc pas ce qu'elle est devenue ?

— Ça ne m'intéresse pas, répliqua froidement l'institutrice.

— Je comprends…

— Mais pour ta gouverne, j'ai appris par le journal qu'elle était veuve…

— Veuve ?

— Oui, son mari, Henri Laffont, est mort l'an dernier, au printemps. Il a eu droit à un bel article avec sa photo dans La Dépêche.

— Et en quel honneur ?

— Pour saluer le capitaine d'industrie qu'il a été…

— Qu'est devenue l'usine au décès d'Henri Laffont ? C'est Mina qui s'en occupe ?

— Elle en est bien incapable, mon pauvre Pierre ! persifla Clémence.

— L'entreprise a été vendue ?

— Non, c'est Lucien qui a repris l'affaire…

— Le fils légitime d'Henri ?

— Oui, enfin surtout celui de Mina… ton fils.

— Tu le connais ? demanda Pierre, la voix cassée.

— Oui… Il te ressemble assez physiquement pour qu'il n'y ait pas de doutes sur ta paternité, si c'est ce que tu veux savoir. Mais…

— Mais quoi ?

— Disons qu'il n'a pas bonne réputation parmi les ouvriers…

— C'est le cas de certains patrons… Mais diriger une entreprise, Clémence, ça ne signifie pas faire plaisir à tout le monde.

— Ce n'est pas de ça dont il s'agit… Ton Lucien, il se comporte comme un négrier. De plus, il affiche ouvertement des idées politiques que je ne partage pas.

— Ah bon ?

— Oui, son admiration pour Mussolini, par exemple.

— Mina habite toujours au même endroit ?

— Oui… Si tu veux la voir, tu sais où la trouver, ajouta-t-elle d'un ton las.

— Cette fois, en tout cas, Henri Laffont nc me jettera pas à la porte comme un malpropre, dit Pierre.

Clémence comprit en cet instant que Pierre, malgré les années, n'avait pas oublié celle qui lui avait enflammé l'âme. Mais pouvait-elle en vouloir à son ami d'enfance? Il ne lui avait jamais rien promis ni même laissé espérer. C'est elle qui avait cultivé cette affection secrète et intime, un sentiment jamais avoué et jamais partagé… Au moment de la quitter, sur le pas de la porte de la petite école qui bientôt allait recouvrer le calme pour les deux mois de grandes vacances, Pierre la remercia d'entretenir la tombe de ses parents avec une abnégation presque filiale. Clémence esquissa un pâle sourire. Déposer quelques fleurs sur le ciment gris de leur dernière demeure, c'était bien le moins qu'elle pouvait faire pour eux, lui expliqua-t-elle. Pierre l'embrassa sur les deux joues et elle le regarda traverser la cour de récréation, le vague à l'âme.

— Un bien bel homme ! commenta sa collègue quand elle la rejoignit.

— Juste un ami d'enfance, soupira Clémence.

Pierre était remonté dans sa voiture. Il regarda dans le rétroviseur Clémence agiter la main. À petite vitesse, la Primaquatre noire reprit la route de Laroque-d'Olmes. Il jeta un coup d'œil à sa montre-bracelet. Les aiguilles affichaient quatre heures et demie. La grosse chaleur était passée et les paysans, qui rentraient leurs bêtes à l'étable aux heures chaudes, commençaient à les sortir pour les mener paître ou boire à la rivière. À l'endroit où la route départementale enjambait le Touyre, Pierre ralentit pour ne pas rater l'entrée de la propriété. Il franchit le grand portail en fer ouvragé qui, par une large allée cavalière plantée de massifs de buis, conduisait à la belle maison bourgeoise des Laffont.

10
Un mauvais fils

À peine eut-il arrêté le moteur de la voiture que la lourde porte d'entrée s'entrouvrit. Au premier coup d'œil, Pierre Maurel reconnut la tête qui apparaissait dans l'entrebâillement. C'était la domestique. Certes, elle avait vieilli mais comment aurait-il pu oublier ces deux yeux durs qui l'avaient scruté ? L'humiliation et l'affront reçus seize ans plus tôt, ici même, l'avaient vacciné contre les pertes de mémoire. Ce visage, c'était celui du cerbère des Laffont depuis des années. Le temps avait fait son œuvre, y creusant des ravines profondes qui venaient souligner une propension naturelle à la méchanceté. Pierre fit le tour de la voiture sans se presser. Un pli interrogateur marqua le front de la domestique de trois rides parallèles.

Sans lui laisser le temps de grimper les marches du perron, la servante, toujours aussi peu aimable, lui demanda ce qu'il voulait. Pierre Maurel esquissa un sourire poli et se découvrit pour la saluer. Il se présenta comme étant un généalogiste du célèbre cabinet Coutot de Bordeaux. Se doutant à juste titre qu'un vulgaire commis voyageur eût été rapidement éconduit, l'appartenance à cette « institution » qu'il ne connaissait que par ouï-dire, outre son caractère sérieux et sa proximité avec les gens de justice, lui paraissait susceptible de lui ouvrir les portes de la propriété. Sa visite serait sans doute reliée à la mort d'Henri Laffont au printemps dernier. « Une maison fondée en 1894 ! » précisa-t-il pour balayer les dernières réticences du cerbère.

— C'est que… M. Lucien, le fils de Monsieur, est à l'usine et Mme Bérangère à confesse…, fit la domestique qui hésitait à le laisser entrer.

— C'est Mme Laffont, la veuve d'Henri Laffont, que je viens voir…

— C'est rapport à la succession ?

— Annoncez M. Eugène Amiel, répondit sobrement Pierre qui, instruit par l'expérience, se garda bien de donner son vrai nom.

— Veuillez patienter au salon, monsieur, fit Louise Pibouleau en ouvrant une large porte. Je vais voir si Madame peut vous recevoir.

Le salon Napoléon III où on l'introduisit respirait l'aisance de la bourgeoisie. La pièce de réception, de belles dimensions, sentait bon l'encaustique et l'huile de coude. Les peintures murales et les fauteuils fraîchement rénovés, un bouquet de roses disposées dans un vase Médicis sur un guéridon, quelques tableaux de maître… tout cela témoignait d'un certain art de vivre. Délaissant les étagères des bibliothèques où s'alignaient les livres anciens, le regard de Pierre se porta sur une huile sur toile datée de 1901, accrochée à côté du piano à queue. Le tableau représentait une jeune femme, la faucille à la main, à l'orée d'un champ de maïs. Cette scène champêtre, typique du naturalisme du siècle précédent, était une œuvre de bonne facture du peintre toulousain Édouard Debat-Ponsan. Soudain, il entendit la porte s'ouvrir. Pierre se retourna. Mina était devant lui, arborant une robe grise à pois blancs.

— Pierre ! Oh, mon Dieu, je n'arrive pas à le croire… Pierre ! fit-elle en écarquillant les yeux.

— Quel bonheur que de te voir, Mina !

— Chut ! Tais-toi…, fit la jeune femme en se retenant pour ne pas se jeter dans ses bras.

— Mais…

— Viens… Allons dehors. Ici, les murs ont des oreilles. Nous y serons plus à l'aise pour parler, dit-elle en s'effaçant pour le laisser sortir.

Contournant la maison, elle le conduisit par une allée gravillonnée jusqu'à une serre vidée de ses fleurs en cette saison estivale. Au-delà, s'étendait un délicieux petit jardin à la française. D'un geste de la main, Mina lui fit signe de s'asseoir sur un banc en fer ajouré. Ripolinées en blanc, ses gracieuses arabesques métalliques n'étaient pas sans rappeler le style nouille en vogue à la Belle Époque. Opportunément niché dans un massif de buis taillé, le banc offrait un abri contre les regards indiscrets et les humeurs du vent d'autan. Mina prit sagement place à côté de lui. Ils se regardèrent en silence quelques secondes, puis elle baissa les yeux en esquissant un léger sourire de connivence. Ni l'un ni l'autre ne savaient par où commencer. Pour briser le silence, Pierre fouilla dans sa poche.

— Tiens, Mina, je t'ai apporté quelque chose…

— Un cadeau des États-Unis ?

— Pas exactement, disons plutôt un souvenir…

— Montre !

— D'abord, ferme les yeux.

— Qu'est-ce que c'est ?

— Donne ta main, répondit Pierre avant de plonger la sienne dans sa poche pour en tirer trois noisettes qu'il déposa dans le creux de sa paume.

Mina ouvrit les yeux et, en apercevant les coques des fruits secs, son visage s'illumina. Ses grands yeux en amande se mirent à briller de mille feux. D'un geste naturel, elle passa sa main dans la masse de ses cheveux roux qui, séparés par une raie sur le côté, prenaient ses aises en retombant sur ses épaules en une cascade de boucles rebelles. Avec son petit nez retroussé qui surmontait ses lèvres pulpeuses, elle était toujours très séduisante. Les années n'avaient pas altéré son teint de pêche mûre et c'est à peine si quelques rides d'expression venaient marquer son visage. Cultivant avec bonheur une certaine ressemblance avec Jean Harlow, la célèbre star du film de George Cukor, *Les Invités de huit heures*, Mina avait conservé l'air effronté des pin-up qui ornaient les armoires des marins de la Navy ou de l'US Air Force.

— Tu les as gardées toutes ces années ? demanda-t-elle, sincèrement émue.

— Oui… Elles n'ont jamais quitté le fond ma poche. Un peu comme un porte-bonheur, en souvenir de toi, murmura-t-il.

— Et moi qui croyais que tu m'avais oubliée…

— Comment aurais-je pu, Mina ?

— L'éloignement, le temps qui passe… Les passions s'émoussent vite.

— Pas l'amour que j'ai éprouvé pour toi dès le premier jour !

— N'es-tu pas revenu un peu aussi pour te venger ?

— Non, je veux faire éclater la vérité sur un crime que je n'ai pas commis.

— C'est bien vieux tout ça…

— Je veux faire rendre gorge à ce type, ce Louis Escande qui est la cause de mes malheurs. L'aurais-tu croisé par hasard ces dernières années ?

— Jamais. Peut-être a-t-il quitté le pays, avança

Mina, inquiète des rumeurs que ces révélations pourraient entraîner.

— Pourquoi as-tu donc épousé Henri Laffont ? Avais-tu un quelconque sentiment pour lui ?

— Aucun ! Je ne voulais pas que mon enfant soit le fils de personne…

Mina lui confia qu'elle n'avait guère eu le choix. Sentant la vie s'éveiller dans son ventre, elle s'était refusée à avoir recours à ces faiseuses d'anges qui sauvaient l'honneur des filles perdues, elle avait accepté le marché des Laffont pour que son enfant échappe au destin qui avait été le sien. Elle avait nourri l'espoir de l'élever dignement. Hélas, passé les premières années, le lien maternel s'était affaibli et Lucien lui avait échappé, singeant le comportement de son supposé géniteur. Pour lui, elle avait pourtant tout accepté : les humiliations quotidiennes de sa belle-sœur, les remarques perfides des domestiques, sans parler des saillies bestiales de son mari… Mina s'était ainsi effacée au point de n'être plus qu'une ombre, buvant la tasse jusqu'à la lie : elle ne pouvait recevoir sa propre mère qu'à la cuisine.

Aujourd'hui, elle ne se reconnaissait plus dans cet enfant devenu adulte qui méprisait ouvertement son extraction sociale. Ne prétendait-il pas le plus sérieusement du monde, quand des étrangers lui posaient la question, qu'il était orphelin, histoire de faire oublier ses origines maternelles ? Pierre l'écoutait, presque incrédule. Comment ce fils pour lequel elle avait tout sacrifié, son fils, comment avait-il pu devenir un tel homme ? Pierre éprouvait autant de bonheur à contempler Mina que le jour de leur rencontre. Son regard était emprunt du même magnétisme que naguère. Ensorcelé, il lui prit la main et, plongeant ses yeux dans les siens, il se jeta à l'eau :

— Rentre avec moi aux États-Unis !

— En Amérique ?

— Oui… Qu'est-ce qui te retient ici ? Ta famille ? Cette maison ? Tu n'as plus ta mère, ton fils te méprise ouvertement, ta belle-sœur t'humilie, tes domestiques eux-mêmes ne se cachent pas pour te brocarder…

— Crois-tu que je l'ignore ?

— Ne me dis pas que c'est l'argent ? Certes, tu es à l'abri du besoin mais ma compagnie d'aviation marche très bien, tu sais !

— Je n'en doute pas. Mais là-bas, Pierre, je serai une étrangère. Je n'y connais personne…

— Tu te feras vite de nouvelles amies…

— Je ne parle pas la langue du pays.

— En six mois, tu l'apprendras. Crois-moi, Troy est une ville des plus agréables. Ça te changera de l'existence de recluse que tu mènes ici. Écoute-moi, Mina, pense à toi, pense à nous… Le destin nous a séparés il y a vingt ans. Aujourd'hui, l'avenir nous tend les bras. Ne ratons pas le coche une seconde fois !

Ébranlée par la sincérité de Pierre qu'elle n'avait jamais oublié, Mina baissa les yeux. Elle était troublée. Pierre avait raison. Au fond d'elle-même, elle mesurait combien sa vie n'avait aucun intérêt. N'étant plus portée par aucun amour, elle serait comme ces fleurs coupées qui meurent par manque d'eau. Année après année, elle allait se flétrir, se momifier dans ses souvenirs, pour n'être plus qu'une vieille chose rabougrie à laquelle personne ne prête attention. On lui en avait fait assez baver pendant vingt ans… En même temps, elle n'ignorait pas que, sortant à peine du grand deuil d'Henri Laffont, les bonnes langues du pays d'Olmes auraient vite fait de lui tailler une réputation de veuve joyeuse.

La réapparition de Pierre dans sa vie était inespérée. La dernière peut-être, à quarante ans, de sa vie de femme ? N'observait-elle pas sur son visage déjà, à de multiples petits riens, les tout premiers signes d'une maturité qui avançait inexorablement ? Bientôt, le velouté de son teint de pêche ne serait plus qu'un souvenir, la contraignant à utiliser un voile de fond de teint, comme le faisaient certaines actrices. Elle n'avait guère d'illusions à se faire, l'âge était là. L'apparition de deux taches de vieillesse sur ses mains l'avait vivement contrariée la semaine précédente. La chance que le retour de Pierre lui offrait, elle se devait de la saisir car c'était celle de goûter enfin paisiblement au bonheur.

Accepter de suivre Pierre à l'autre bout du monde, dans ce pays que seules quelques lectures lui permettaient d'imaginer, c'était laisser parler son cœur. En partant avec lui, Mina avait bien conscience qu'elle tirerait à tout jamais un trait sur vingt années passées à avaler des couleuvres, à subir les avanies d'une famille qui n'avait jamais été la sienne. Certes, elle ne regretterait rien de la vie qu'elle avait menée chez les Laffont. Mais en même temps, une crainte doucereuse l'effleurait. La déception ne serait-elle pas au rendez-vous de cet amour retrouvé ? Les nombreux camouflets reçus dans cette maison ne lui avaient-ils pas fait idéaliser les moments de bonheur du temps jadis ? Pierre la sentait hésitante.

— Qu'est-ce qui pourrait te décider ? insista-t-il en lui prenant la main.

— La promesse de faire une croix sur ton désir de vengeance.

— Pourquoi veux-tu m'empêcher de laver mon honneur ?

— Parce que remuer tout ce passé, Pierre, ce serait révéler à Lucien l'identité de son père. Ton fils est un vrai Laffont, imbu de lui-même, dominateur, plein de morgue et de dédain. Les idées qu'il professe m'effraient…

— Il n'est pas le premier à se montrer fort avec les faibles et faible avec les forts.

— Disons qu'il ne te ressemble pas. Lui dire la vérité, ce serait reconnaître que toutes ces années, je lui ai menti et je ne veux pas lui donner le plaisir de me mépriser davantage.

N'osant céder trop vite à ses sollicitations de peur de passer pour la fille facile qu'elle n'était plus depuis longtemps, elle lui demanda deux jours de réflexion. Pierre acquiesça. Ce délai de convenance lui permettrait de faire le point, de conforter sa décision de tourner la page, pensa-t-il. Ils conversaient à voix basse, assis sur le banc en fer, quand Bérangère Laffont apparut, sans doute informée par Louise Pibouleau de l'arrivée d'un visiteur. À son air courroucé, on pouvait deviner qu'elle n'appréciait guère de voir sa belle-sœur s'entretenir avec un homme qu'elle ne connaissait pas. Toutefois, elle n'osa pas lui faire de remontrance, retenue par le ridicule. Mina n'était plus une gamine et on était en 1934, une époque où les convenances sociales s'étaient quelque peu assouplies au regard de la morale de la Belle Époque. La vieille femme, en passant dans l'allée, se contenta donc de les toiser, saluant Pierre d'un vague signe de tête. Elle morigénerait Mina après le départ de ce visiteur qui lui disait quelque chose sans qu'elle arrive cependant à mettre un nom sur son visage.

Redoutant que Louise Pibouleau ne les espionne derrière un buisson afin de fournir un compte rendu détaillé à sa maîtresse, Pierre se garda bien de toute démonstration en prenant congé de Mina. Pas question pour lui de l'embrasser, même sur la joue ! Cela aurait pu faire naître le soupçon d'une proximité affective. Mina le raccompagna jusqu'à sa voiture. Sous l'œil de Bérangère qui se dissimulait derrière les rideaux du salon, elle lui serra la main, un peu plus longuement peut-être qu'à une connaissance ordinaire. Elle n'avait pas besoin d'en faire plus. Ses yeux et son sourire parlaient pour elle. Pierre monta dans la Primaquatre. Il manœuvra pour reprendre l'allée cavalière. La jeune femme regarda la voiture s'éloigner. Elle vit la main de Pierre esquisser un geste dans la lunette arrière. Elle se sentait désormais plus forte que tous les Laffont réunis. Un sourire éclaira son visage d'une joie profonde, celle du bonheur retrouvé.

— Qui est cet homme ? lui demanda Bérangère, à peine eut-elle franchi la porte du salon Napoléon III.

— Le vrai père de mon fils, répondit Mina.

— Que vient-il faire ici ?

— Me voir…

— Eh bien, il n'est pas le bienvenu !

— Soyez tranquille, il ne reviendra pas, murmura

Mina d'un ton glacé, en se gardant bien de révéler ses intentions.

Pour couper court à toute discussion, elle marcha jusqu'au phono. La pile des 78 tours offrait un choix très éclectique. On y trouvait, pêle-mêle, de grands classiques, comme *La Méditation de Thaïs* de Jules Massenet, *Le Beau Danube bleu* joué par le grand orchestre de l'Odéon, mais aussi des chansons populaires interprétées par Mayol, Maurice Chevalier, Mistinguett ou Vincent Scotto… Pas question, en revanche, d'y dénicher un disque de Damia, de Fréhel ou d'Arletty. Ces chanteuses réalistes n'avaient pas droit de cité ici. Elles sentaient trop la classe ouvrière et le gros rouge ! On pouvait s'en consoler avec *Fleur de blé noir*, le nouvel enregistrement chez Parlophone du célèbre Toscani, ou *La Valse brune*, un disque Gramophone de Galiardin. Au milieu de la pile, parmi quelques disques d'Adolphe Bérard, un interprète qui avait les faveurs de son défunt mari, un titre retint son attention. Cet air-là, elle le connaissait par cœur. C'était celui de sa jeunesse, celui sur lequel elle avait connu Pierre. Mina posa la galette sur le plateau du phono. Elle remonta le mécanisme et déploya le bras pour lancer la musique. L'aiguille grésilla quelques secondes, puis la voix s'éleva dans le silence pesant du salon.

J'ai tant pleuré pour toi
Tant prié, sans t'attendrir, méchante !
J'ai passé tant de jours, tant de nuits à ne songer qu'à toi ! J'ai tout au fond de moi
Dû cacher tant de larmes brûlantes
Que j'ai lassé mon cœur à tant souffrir pour toi !

Mina se retourna et, calmement, regardant droit dans les yeux sa belle-sœur, la gratifia d'un sourire narquois. Elle aimait cette chanson. Bérangère Laffont fronça les sourcils. Sa bouche se tordit en une grimace de désapprobation. La vieille fille qu'elle était devenue faillit s'étrangler de rage, ses yeux jetaient des éclairs furibonds. La remarque acide qu'elle s'apprêtait à faire mourut sur ses lèvres en un borborygme étouffé. Finalement, elle haussa les épaules, tourna les talons et, laissant l'effrontée à ses démons, sortit de la pièce, bouillant d'une sourde colère. Savourant sa victoire, Mina attendit la fin du disque pour monter dans sa chambre. Sa décision était prise. Elle quitterait sans regrets cette maison pour suivre la pente de son cœur. Personne ne pourrait la retenir. Mais pas question de préparer ses valises ! Avec Louise Pibouleau qui furetait partout, ses plans auraient été vite éventés. De toute façon, elle n'avait pas besoin de grand-chose et tout ce qui était ici lui rappelait trop de mauvais souvenirs pour qu'elle eût envie de s'en encombrer dans sa nouvelle vie.

Deux jours plus tard, par une radieuse fin d'après-midi où le soleil baignait généreusement les Pyrénées, Mina sortit sur le perron de la demeure des Laffont. Elle huma l'air tiède avec délice. « Je vais cueillir quelques roses au jardin », lança-t-elle à Victor Matignon, le jardinier, qui la croisa devant la maison. Il s'étonna de la voir en tenue de ville, son sac à l'épaule, élégamment chapeautée, mais se garda de lui faire remarquer que ce n'était pas une tenue pour le jardinage. Victor Matignon la suivit du regard. À sa grande surprise, il la vit emprunter l'allée cavalière, flânant d'un pas de promeneur bucolique. Il leva un sourcil interrogateur. Mais où allait-elle ? Il n'y avait aucun rosier par là… Mina disparut derrière une épaisse touffe de buis et le jardinier secoua la tête, renonçant à comprendre ce qui pouvait se passer dans le crâne de cette femme dont la personnalité fantasque dénotait parmi les Laffont.

À l'abri du vent d'autan et des regards, Mina ouvrit son sac à main. De la poche intérieure, elle tira une petite montre de gousset en acier. C'était le seul cadeau que lui avait jamais fait sa mère. Parfois, elle la portait suspendue en sautoir à une longue chaîne, la montre plongeant dans l'échancrure de son décolleté. Le boîtier n'était pas finement ciselé de jolies arabesques, comme la plupart des montres de dames. Simplement guilloché, il était à l'image de ses origines sociales : simple. Elle appuya sur le poussoir. Face au cadran, une photo un peu floue de sa mère, la seule qu'elle avait, la regardait. Les aiguilles marquaient cinq heures moins trois. Un sourire de satisfaction éclaira brièvement son visage. Si Pierre était ponctuel, il n'allait pas tarder !

À peine eut-elle refermé son sac à main que, dans le virage, s'esquissa la silhouette d'une automobile noire. La voiture n'allait pas vite et sa carrosserie brillait au soleil. La berline ralentit pour s'arrêter doucement à sa hauteur. La porte du passager avant s'ouvrit. Mina pencha la tête. À l'intérieur, Pierre lui souriait, heureux de voir qu'elle était à l'heure du destin. Sans attendre son invitation, elle monta dans le véhicule, referma la portière et déposa un léger baiser sur ses lèvres. Son sac sur les genoux, elle mit sa main gauche sur la jambe de Pierre pour lui faire signe de rouler. La voiture démarra. Mina ne tourna même pas la tête pour jeter un ultime regard sur une existence passée qu'elle abandonnait sans remords ni rcgrcts.

— J'ai l'impression d'être Pâris enlevant la belle Hélène, plaisanta Pierre.

— Et moi, une adolescente fuguant avec son premier amour !

— Ne crains-tu pas que les tiens préviennent les gendarmes ?

— J'ai pris mes précautions, répondit-elle, énigmatique. Longeant la rivière qui serpentait tel un fil d'argent, Mina lui demanda de se garer à l'orée d'un petit chemin juste avant d'arriver aux premières maisons de Lavelanet. Pierre obtempéra, quelque peu surpris. Pendant quelques secondes, une idée lui traversa l'esprit : Mina avait-elle soudain changé d'avis ? Elle descendit de la voiture et marcha d'un pas décidé jusqu'à un bosquet d'aveliniers[55] sauvages dont les frondaisons charnues surplombaient le Touyre pour y apporter une ombre propice à l'affût des salmonidés. Agrippant une branche, elle se hissa sur la pointe des pieds pour cueillir une poignée de noisettes. Satisfaite, elle revint vers la Primaquatre en les brandissant tel un trophée conquis de haute lutte.

— Tiens, prends-les !

— Elles sont à peine mûres, Mina…

— Ce n'est pas pour manger !

— Que veux-tu en faire alors ?

— Nous les planterons là-bas.

— Aux États-Unis ?

— Oui… Ça nous rappellera le pays !

55. Espèce de noisetiers à gros fruits, appelés aussi coudriers, de « avelano », « noisette » en occitan, qui a donné le toponyme Lavenet.

Lucien Laffont rentra de l'usine deux heures plus tard. Il ôta son panama, jeta négligemment son veston de toile légère sur le canapé. Dans une demi-heure, à sept heures et demie précises, comme tous les soirs, le dîner serait servi. Confortablement installé dans les fauteuils du salon Napoléon III, il héla Louise Pibouleau qui passait dans le couloir pour se faire apporter un verre de Lillet blanc bien frais. Lucien aimait le mélange subtil des saveurs d'orange amère et de quinquina de ce drink branché, mis au point dans le Bordelais en 1887. Servi avec de la glace et une rondelle de citron, les arômes de résine de pin et de miel lui rappelaient ses séjours passés dans les Landes chez son ami Antoine de Saint-Sever, militant comme lui chez les Camelots du roi. À la domestique qui revenait avec un verre de l'apéritif ambré nimbé d'un voile de fraîcheur, Lucien demanda :

— Louise, avez-vous vu ma tante ?

— Mme Bérangère se prépare pour descendre dîner, Monsieur…

— Parfait. Et ma mère ?

— Victor m'a dit qu'elle était allée cueillir des roses au jardin…

— À cette heure ?

— En fin d'après-midi.

— Elle n'est pas rentrée ?

— Je ne crois pas, Monsieur.

— Eh bien, allez la chercher, Louise ! Je meurs

de faim et je n'ai pas envie d'attendre sa bonne volonté.

Louise revint au salon quelques minutes plus tard, dépitée. Mina Laffont demeurait introuvable. Cela mit Lucien de fort mauvaise humeur. Bérangère conseilla à la domestique d'aller jeter un coup d'œil dans sa chambre. Peut-être, au retour de sa promenade, s'était-elle tout simplement endormie ? Lucien ne décolérait pas. Louise Pibouleau revint avec une enveloppe cachetée qu'elle avait trouvée posée bien en évidence sur la coiffeuse de Mina. Sans un mot, la domestique la tendit à Bérangère Laffont qui les avait rejoints au salon. Celle-ci jeta un coup d'œil à son neveu puis en déchira nerveusement le rabat pour déplier une feuille pliée en quatre. L'écriture était quelque peu maladroite, presque scolaire. Par endroits, la plume Sergent-Major avait accroché les fibres du papier. Au fur et à mesure qu'elle lisait, Lucien vit ses sourcils se froncer et son visage blêmir.

— Eh bien quoi ? fit-il, excédé de ce silence.

— Tiens… lis toi-même, dit Bérangère d'une voix blanche.

Lucien parcourut rapidement. Avec des mots simples, sans faire de grandes phrases ni tourner autour du pot, Mina leur expliquait qu'elle quittait le pays pour suivre celui qu'elle aimait. Elle partait de son plein gré et il était inutile de la faire rechercher. Elle ne demandait rien, ni argent ni pension, juste l'oubli… Lucien roula le papier en boule. Il rugit, le visage congestionné d'une colère qu'il peinait à maîtriser.

— Qu'on ne me parle plus jamais d'elle ! Plus jamais, vous m'entendez ?

Bérangère Laffont devait scrupuleusement respecter le vœu de son neveu au cours des années suivantes. Jamais plus il ne fut question de Mina dans une conversation. Elle avait disparu de leur vie pour retourner à un anonymat qu'elle n'aurait sans doute jamais dû quitter, pensait Bérangère quand il lui arrivait de songer au curieux destin de sa belle-sœur.

En cette deuxième moitié des années trente, l'actualité leur fournissait assez de sujets d'inquiétudes. La montée du mécontentement des Français contre les décrets-lois de Laval organisant la déflation par la baisse autoritaire des salaires en juillet 1935 avait mis le feu aux poudres, alourdissant un climat social déjà tendu depuis l'arrivée de la crise en 1932. Lucien Laffont avait tremblé à l'annonce du triomphe du Front populaire au printemps 1936. Une vague de grèves de la joie avait aussitôt éclaté comme des pétards, remettant en cause son pouvoir naturel. L'usine avait été occupée quelques jours durant, sans qu'on eût à déplorer de dégâts matériels. Mais du fait de la profusion des petits patrons indépendants, façonniers ou artisans en chambre, la région était moins perméable que d'autres aux grands mouvements sociaux et, fort heureusement, elles avaient été plus courtes qu'en 1926.

Comme tous les chefs d'entreprise de quelque importance, en ce mois de juin 1936, Lucien Laffont ne décolérait pas devant le cortège d'avanies sociales que les accords de Matignon, signés par le comité des Forges, avaient institué. Passe encore pour l'institution de ces quinze jours de congés payés ; on pouvait toujours espérer s'en servir pour faire l'entretien des machines et les rattraper par des gains de productivité, expliquait-il à sa tante et à qui voulait l'entendre. Mais la semaine de quarante heures ! Cette disposition désorganisait la production en encourageant la paresse. Quant aux augmentations de salaire auxquelles il avait fallu sacrifier, il les jugeait ruineuses. Il faisait partie de ceux qui avaient milité activement pour en limiter la portée. Il fallait à tout prix empêcher le naufrage. C'était sa bataille de la Marne.

Face à cette politique sociale digne, à ses yeux, des soviets, Lucien Laffont, qui n'avait jamais fait mystère de son admiration pour Benito Mussolini, était plus que jamais convaincu que, dans ce pays comme dans les usines, le renouveau national qu'il appelait de ses vœux passerait par la revalorisation du rôle du chef. Adepte d'une Révolution nationale avant l'heure, Lucien Laffont se réjouissait de l'épidémie de dictatures de tous poils qui se répandait en Europe, portant au pouvoir un homme providentiel auquel il fallait croire et obéir. Aussi suivait-il avec beaucoup d'intérêt le pronunciamiento conduit par le général Franco. La victoire du Caudillo le rassura pleinement. Lucien ouvrit même une bouteille de champagne le 26 janvier 1939 à l'annonce de la chute de Barcelone. Le seul inconvénient qu'il vit à la débâcle des républicains espagnols fut l'arrivée de près de cinq cent mille réfugiés en février 1939.

— Cette *Retirada* est une catastrophe ! Rendez-vous compte, ma tante, *La Dépêche* nous annonce que la colonne Duranti va être internée en Ariège ! Vous imaginez ça ? Près de six mille anarchistes entassés au camp du Vernet, juste à une encablure de Pamiers !

— Tous les réfugiés ne sont pas des combattants. Il y a assurément parmi eux nombre de femmes et d'enfants…

— Des pouilleux qui transportent toutes les maladies du monde, oui…

— Des pauvres gens qui ont tout perdu, plaida Bérangère, n'ignorant pas qu'en passant la frontière les vaincus de la guerre civile avaient été dépouillés de tout par les gendarmes et les gardes mobiles sur ordre du gouvernement français.

— De la vermine rouge, ma tante !

— La charité chrétienne nous demande pourtant…

— Il n'y a pas de charité chrétienne à avoir vis-à-vis de la lèpre communiste !

— De tout temps, nous avons accueilli ici des ouvriers espagnols. J'ai d'ailleurs souvenir que ton père avait fait traduire le règlement de l'usine bien avant la Grande Guerre.

— Au mieux, les plus vaillants feront de la main-d'œuvre bon marché.

En septembre 1939, Lucien apprit avec résignation l'entrée en guerre de son pays. Comme beaucoup de Français, il ne voyait guère d'intérêt à « mourir pour Dantzig ». Heureusement, il put conclure quelques marchés juteux avec l'intendance militaire, comme son père l'avait fait en 1914. La défaite ne l'attrista pas outre mesure. Sans l'appeler de ses vœux, il analysa le désastre de mai-juin 1940 comme « l'ultime avanie d'une république usée et moribonde ». Partisan d'un régime fort et paternaliste, Lucien Laffont adhéra tout de suite aux principes de la Révolution nationale. « Travail, Famille, Patrie » étaient à ses yeux des valeurs à même de régénérer la France.

Bérangère Laffont se montrait plus prudente. Si elle appréciait en bonne maréchaliste le don que Pétain avait fait de sa personne à la France, les Allemands restaient à ses yeux des ennemis. Lucien ne partageait pas ses idées. Le Maréchal n'avait-il pas montré la voie à suivre à Montoire ? Heureux d'être enfin débarrassé des syndicats interdits par le régime de Vichy, il avait entrepris de s'aboucher avec des clients allemands dès le mois de décembre 1940. Persuadé que la collaboration avec l'Allemagne permettrait de bâtir l'Europe nouvelle, il cherchait à réaliser de bonnes affaires avec eux.

Au fil des mois, à l'aube de cette décennie des années quarante, la santé de Bérangère Laffont se dégradait. Non seulement elle ne pouvait se déplacer sans l'aide de sa canne, mais elle devenait aussi de plus en plus sourde. Elle devait coller son oreille tout contre le poste de radio Sonora AC5 qui trônait dans le salon pour écouter le journal diffusé sur les ondes de Toulouse-National, depuis l'émetteur de Muret, sur la fréquence de 386,6 m. Mais si sa motricité était défaillante, Bérangère Laffont n'était pas pour autant gâteuse. Sa mémoire restait vive et son discernement intact. La vieille femme qu'elle était devenue lisait encore le journal tous les jours. Elle se tenait au courant de l'actualité et ce qu'elle comprenait de la marche du monde ne l'encourageait pas à partager les opinions de son neveu. Dans le contexte d'un conflit qui débordait désormais l'Europe, la prudence était mère de sûreté. Les prises de position de Lucien l'inquiétaient, confia-t-elle à Paul Fontvieille, un vieil ami d'Henri venu prendre le thé au début de l'été 1942.

— Qu'il pense ce qu'il veut, mais de grâce, qu'il n'en fasse pas étalage sur la place publique !

— Je vous concède, chère amie, qu'une telle attitude n'est pas bonne pour les affaires... Mais sans doute faut-il mettre ce travers sur le compte de son extrême jeunesse. Votre neveu n'a que vingt-neuf ans... C'est bien jeune pour diriger une entreprise telle que la vôtre, surtout dans la période troublée que nous traversons. Néanmoins, l'usine marche bien, que je sache ?

— Oui, le carnet de commandes est plein grâce aux contrats allemands.

— De quoi vous plaignez-vous, Bérangère ?

— Le regard des ouvriers dans les ateliers ne trompe pas. Travailler pour les Boches est loin de faire l'unanimité parmi le personnel. Même les contremaîtres traînent des pieds...

— Ça leur permet aussi de manger. Vous êtes bien renseignée, à ce que je vois...

— Ah, Paul, si vous saviez combien je regrette l'absence de mon frère ! Il aurait su le mettre en garde...

— Me pardonnerez-vous de me montrer indiscret, Bérangère ?

— Que désirez-vous savoir, mon vieil ami ?

— Avez-vous des nouvelles de sa mère ?

— Aucune depuis son départ, il y a huit ans... Et de vous à moi, je ne m'en porte pas plus mal !

— Ne regrettez rien. Elle ne vous aurait été, en la matière, d'aucun secours…

— Je ne m'inquiète pas pour rien, vous savez. Lucien s'affiche avec des gens qui ne font pas mystère de leurs amitiés allemandes. Depuis peu, il a rejoint le Service d'ordre légionnaire…

— Voilà en effet qui pourrait se révéler fâcheux en cas de retournement de la situation…

— Je ne vous le fais pas dire !

— Tentez d'avoir une explication avec lui sur le sujet, lui conseilla Paul Fontvieille.

— J'essayerai de lui en parler ce soir…

Avec l'exquise politesse qui était toujours la sienne, Paul Fontvieille prit congé de sa vieille amie. Bérangère, appuyée sur sa canne, fit un effort pour le raccompagner jusqu'à la porte. Revenue au salon, elle se saisit de son ouvrage de dame. Tirer sur l'aiguille lui calmait les nerfs. Lucien arriva une demi-heure plus tard. Il jeta négligemment son chapeau sur le piano à queue, s'attirant le regard furibond de sa tante, outrée du peu de respect qu'il témoignait au vénérable instrument dont personne ne jouait plus depuis longtemps. Sans la saluer, Lucien se dirigea vers une petite desserte où trônait un carafon de porto en cristal de bohème. Il s'en servit un verre et fit quelques pas vers le phono. De quelques tours de manivelle, il remonta le ressort du mécanisme. Il fit délicatement pivoter le bras tubulaire pour poser la tête de lecture sur le disque 78 tours Pathé Marconi qui tournait sur le plateau. Le son crachota quelques secondes, puis la voix chevrotante d'André Dassary s'éleva dans le salon.

Maréchal, nous voilà !
Devant toi, le sauveur de la France,
Nous jurons, nous, tes gars,
De servir et de suivre tes pas.
Maréchal, nous voilà !
Tu nous as redonné l'espérance.
La Patrie renaîtra !
Maréchal, Maréchal, nous voilà !

Visiblement excédée par cette démonstration, Bérangère Laffont posa sur le canapé la broderie anglaise qui lui occupait les mains. Elle se leva avec peine, s'appuyant sur sa canne. Ses rhumatismes, avec l'âge, la faisaient de plus en plus souffrir. Elle en venait à craindre de ne plus pouvoir se déplacer. La vieille dame fit, avec difficulté, quelques pas vers l'une des deux grandes baies vitrées du salon. Dehors, les arbres du parc frémissaient sous la caresse tiède de l'autan. « Mon Dieu, arriver à la fin de sa vie pour voir ça… Que les saisons sont cruelles ! » songea-t-elle.

— Le maréchal nous ouvre l'espérance ! claironna Lucien Laffont.

— Tais-toi ! lâcha Bérangère dans un souffle en détournant la tête.

— Ma tante, comprendrez-vous un jour que le vieux monde de la IIIe République est mort ? La défaite de 1940 a été salutaire, nous allons bâtir la France nouvelle ! Une France européenne, libérée de ses petits égoïsmes revanchards, de l'influence de la juiverie internationale et des francs-maçons.

— Une France allemande !

— La France de la Révolution nationale balayera à jamais les vieux principes qui nous ont conduits à la défaite.

— Tu crois vraiment que Pétain va sauver la France comme en 1917 à Verdun ?

— J'en suis certain ! C'est pour ça que je me suis engagé au Service d'ordre légionnaire. Avec Laval, avec des chefs comme Darnand, Bassompierre, Tissot ou Duranty, nous allons refonder ce vieux pays, comme l'Allemagne a fondé le IIIe Reich. Nous réglerons leur compte à tous ces salauds qui ont vendu la France aux bolcheviques.

— Tu me fais peur, Lucien.

— Nous allons liquider toute cette ploutocratie !

— Avec l'aide de l'Allemagne nazie ?

— Bien sûr !

— Je crois que tu fais fausse route. Ton père était patriote, lui ! Je ne peux croire que la France, la vraie France soit là... La haine n'a jamais fait le nid de l'amour, Lucien.

— Vous croyez qu'elle est à Londres avec ce de Gaulle, ce mauvais Français, ce renégat qui a été condamné à mort ?

— L'avenir dira s'il est plus français que toi…

— Mais, ma parole, vous le soutenez ! Vous aussi, vous avez rejoint la juiverie internationale ! L'amitié franco-allemande est notre seule chance.

— Ton père et ta mère ne t'approuveraient pas.

— Celle-là, je vous ai déjà dit de ne plus m'en parler ! Malgré son mariage, elle n'a jamais su s'élever au-dessus de sa condition sociale.

— Nous n'étions pas du même monde, c'est vrai…

— Elle est restée ce qu'elle a toujours été, une moins que rien, lâcha Lucien, méprisant.

— Tu n'as pas le droit de parler d'elle ainsi.

— Une madone de lavoir !

— C'est ta mère, malgré tout…

— Une pauvre fille tout juste bonne à se faire engrosser !

— N'oublie pas qu'elle t'a donné la vie, marmonna Bérangère qui, au fond d'elle-même, regrettait de n'avoir jamais eu d'enfant.

— La vie, parlons-en… Pour finir la sienne, elle est partie au bras de son amant, un assassin, histoire de ridiculiser un peu plus mon nom ! Tout le pays en a fait des gorges chaudes. Ne me dites pas que vous avez de la considération pour cette traînée ? Comment mon père a-t-il pu épouser cette bougresse ?

— Ton père a fait ce qu'il devait faire, bougonna Bérangère Laffont entre ses dents. Souviens-toi de tout ce que tu lui dois. Son seul tort, c'est de t'avoir trop gâté, d'avoir voulu le meilleur pour toi. Sans lui, Lucien, tu ne serais rien !

— Hum… mon père… Fallait-il qu'il soit aveugle pour s'enticher d'une pareille médiocrité ! Un vieillard libidineux, c'est ce qu'il devait être, eut-il le temps de lancer avant de recevoir une gifle qui claqua comme un coup de fouet dans le silence du salon bourgeois.

— Tu l'as bien mérité ! gronda Bérangère.

— Ne recommencez jamais, ma tante ! dit-il en se frottant la joue. La prochaine fois, je vous ferai jeter dehors…

— N'oublie pas que la moitié de cette maison m'appartient.

En tremblant de tous ses membres, en proie à une colère froide, Bérangère Laffont tourna les talons. Écartant un des rideaux qui encadraient les grandes baies vitrées, elle sonna Louise Pibouleau afin qu'elle l'aide à remonter dans sa chambre. Elle s'en voulait d'avoir cédé à ce mouvement d'humeur. Son neveu devenait insupportable et ses prises de position ne lui plaisaient guère. Ne risquaient-elles pas d'être funestes pour l'entreprise ? Que Lucien critique sa mère, soit ; elle le méritait amplement. Elle-même n'avait jamais eu beaucoup de considération pour sa belle-sœur, même si elle reconnaissait toutefois que Mina avait respecté ses engagements. Mais ce que la vieille dame ne supportait pas, c'est que son défunt frère, son bien-aimé Henri, soit mis en cause.

Dans les mois qui suivirent cette altercation, la santé de Bérangère Laffont, déjà chancelante, se détériora. Clouée au lit par ses douleurs articulaires, la vieille dame ne sortait plus de sa chambre. Matin et soir, Louise Pibouleau lui montait son plateau-repas. Elle lui faisait aussi un peu de lecture pour meubler sa solitude. Lucien passait voir Bérangère en coup de vent, le soir, en rentrant de l'usine. Il ouvrait la porte de sa chambre, se contentait de lancer un laconique : « Ça va, ma tante ? » auquel Bérangère, de plus en plus fatiguée, répondait d'un signe de tête. Son état s'aggrava brutalement le lundi 8 février 1943. Elle restait lucide mais ses forces déclinaient inexorablement.

— Stalingrad est tombé ! lui annonça Louise Pibouleau en lui montrant la une de *La Dépêche*.

— Alors, les Allemands sont foutus, eut-elle la force de murmurer en esquissant un vague sourire.

Après avoir reçu les derniers sacrements, Bérangère Laffont quitta paisiblement le monde des vivants le 16 février 1943, jour où le STO fut institué, qui envoyait travailler en Allemagne tous les hommes valides des classes 1920, 1921 et 1922. Il lui fut ainsi épargné de voir son neveu pratiquer la collaboration la plus active. Lucien n'était-il pas assis au premier rang de ceux qui, au théâtre de Pamiers, avec le sous-préfet, le maire et les notabilités de la ville, applaudirent avec ferveur, en septembre 1943, Philippe Henriot, venu faire une conférence sur la lutte contre le communisme intitulée « Tocsin sur l'Europe » ? Si beaucoup de fonctionnaires étaient tenus d'assister à cette péroraison, nombreux étaient ceux qui, comme Lucien Laffont, y participaient de leur plein gré. Toutefois, le jeune chef d'entreprise préféra se rapprocher du PPF[56], plus bourgeois à ses yeux que la Milice. Inscrit à la section de Foix, il retrouvait là un avocat, le substitut du procureur de Foix, un huissier de justice, quelques industriels et un pharmacien qui professaient ouvertement les mêmes idées que lui.

Le débarquement des alliés en Sicile, la libération progressive de l'Italie, le recul à l'est des forces de l'Axe ne le firent pas changer d'avis. Partisan de cette victoire de l'Allemagne souhaitée par Pierre Laval, Lucien Laffont surveillait tous ceux qui, parmi ses ouvriers, auraient

56. Parti populaire français, crée par Jacques Doriot.

pu avoir des velléités de résistance. Libéré de toute tutelle familiale depuis la mort de Bérangère, il s'attira de solides inimitiés, suscitant une méfiance qui se manifestait par un silence pesant lors de son passage dans les ateliers. Il soupçonnait un sabotage à chaque incident sur une machine. Lucien Laffont restait certes toujours le patron de son entreprise, mais il capitalisait plus que des rancœurs, il cultivait la haine chez ceux qui travaillaient pour lui.

Le 3 février 1944, deux jours après la parution au Journal officiel d'une loi permettant la réquisition pour le STO des hommes jusqu'à l'âge de soixante ans, Lucien Laffont trouva en arrivant à l'usine, posé bien en évidence sur son bureau, un petit paquet soigneusement emballé. Il soupesa le colis, le retourna. Son nom y figurait en lettres majuscules, mais il n'y avait ni timbre ni cachet de la poste. Intrigué, Laffont ouvrit le tiroir central de son bureau, se saisit d'une paire de ciseaux et trancha les liens. Il sortit de la boîte un parallélépipède enveloppé dans une feuille de papier journal. En déroulant le curieux emballage, son visage se figea. Entre ses mains, il tenait un petit cercueil peint en noir, orné d'une croix blanche. Au dos, une main anonyme avait écrit son nom. Lucien Laffont blêmit. S'efforçant de garder son calme, il demanda d'une voix blanche à sa secrétaire, une quinquagénaire aux formes épanouies que le rationnement avait mise au régime :

— Qu'est-ce que c'est que ce colis, Germaine ?

— Je l'ignore, monsieur. C'était là quand j'ai pris mon service ce matin…

— Vous n'avez pas vu qui l'a déposé ici ?

— Hélas, non, monsieur, répondit Germaine avant de se replonger dans son travail.

Ébranlé par cette découverte, peinant à maîtriser le tremblement de ses mains, Lucien Laffont serra les dents. Le message était clair. Désormais, sa vie était menacée. Grâce à ses relations au PPF, il se procura une arme, un pistolet automatique MAB 7,65 et quelques cartouches. Sursitaire comme étudiant, ayant été ensuite dispensé du service militaire au décès de son père parce que chef d'entreprise, il n'était guère familier du maniement des armes. Par mesure de sécurité, il changeait souvent d'itinéraire dans ses déplacements quotidiens, craignant d'être victime d'une embuscade de ceux qu'il appelait les « terroristes ».

La nouvelle du débarquement de juin 1944 et l'avance inexorable des troupes américaines dans le bocage normand ne lui laissaient guère d'illusions ; il ne ferait pas bon se retrouver face aux bolcheviques! Pour pallier son absence à l'usine dans les semaines qui allaient suivre, il rendit visite, début août, à Paul Fontvieille.

— Nantes et Angers sont tombés hier aux

mains de la IIIe armée américaine.

— Je l'ai appris à la radio…

— Les actes de sabotage se multiplient dans tout le pays. Les carottes sont cuites ! ajouta-t-il, assis à l'ombre de la tonnelle de son hôte, devant un verre de limonade de Fontestorbes.

— Qu'allez-vous faire, mon petit Lucien ?

— Mes valises ! Et le plus tôt sera le mieux !

— Vous êtes bien pressé… C'est si urgent ?

— Ces salopards veulent ma peau. Je ne veux pas donner à ces fumiers de communistes le plaisir de m'attraper. Ils seraient trop contents de me voir me balancer au bout d'une corde.

— Où irez-vous ? En Espagne ?

— Non, la frontière est trop surveillée. Les douaniers m'arrêteraient à coup sûr… L'oncle d'un de mes condisciples à Sorèze est l'aumônier de l'abbaye de Saint-Vincent-de-Chantelle, un monastère de bénédictines installé au cœur du Bourbonnais, dans une ancienne forteresse surplombant les gorges de la Bouble…

— Chez des moniales ?

— Oui, mon camarade m'a assuré que son oncle intercéderait en ma faveur auprès de la mère supérieure. Personne n'ira me chercher là-bas.

— Et l'usine, vous y pensez ?

— C'est pour ça que je suis venu vous voir… J'espère ne pas être absent trop longtemps. Dans quelques semaines, les esprits se seront apaisés et on reconnaîtra qu'en travaillant pour les Allemands, j'ai fait manger plus d'une centaine de familles. Vous le savez bien, vous…

— Mon pauvre Lucien, tout le monde n'a pas la reconnaissance du ventre…

— En attendant que la situation se calme, pouvez-vous, Paul, veiller sur mes intérêts ?

— J'étais le meilleur ami de ton père, son témoin de mariage… tu peux compter sur moi, Lucien. Je m'en occuperai.

Paul Fontvieille lui serra longuement la main, ému. Il le raccompagna jusqu'à sa voiture et regarda partir l'élégant cabriolet Traction Avant noir qui luisait au soleil, décapoté en raison de la chaleur torride de ce mois d'août. Lucien Laffont ne s'attarda guère. Dès le lendemain matin, le lundi 14 août, il se précipita à la Société générale et demanda à aller à la salle des coffres. Un employé lui ouvrit l'énorme porte de l'armoire blindée Fichet. Lucien introduisit sa clé personnelle dans la serrure. La porte du compartiment pivota avec une onctuosité suisse. Il retira plusieurs liasses de billets, un paquet de titres au porteur, deux lingots d'or, quelques bijoux et une bourse remplie de pièces de vingt francs or qu'il rangea dans un sac de voyage en cuir. Puis, une fois chez lui, il boucla un bagage léger. Inutile de s'encombrer, chez les bonnes sœurs, il n'aurait guère besoin de faire des effets de toilette. Seul dans le bureau, il brûla quelques documents qu'il jugea compromettants.

Après le repas, Lucien Laffont convoqua le personnel au salon pour lui donner congé. Tous sentaient que l'heure était grave. Louise Piboul-leau, qui n'avait pas d'autre famille que les Laffont qu'elle servait depuis son plus jeune âge, pleurait. Elle voulait absolument rester pour garder la maison et la protéger des pillards. Craignant qu'elle ne soit la victime expiatoire de la haine recuite que lui vouaient ses ennemis, Lucien l'en dissuada.

— Allez donc passer quelques semaines chez Paul Fontvieille, lui conseilla-t-il.

N'osant aller à l'encontre de la volonté exprimée par son maître, Louise baissa la tête, vaincue. Elle quitta la maison en fin d'après-midi. Pour elle, un monde s'achevait…

Épilogue
Des aveux bien tardifs

Clémence Naudy était fatiguée. Même si elle se confiait de bon cœur, remuer tous ces souvenirs était éprouvant à son âge. Jacques Briant s'en voulait un peu de la torturer ainsi. Mais il désirait tout savoir. Louise Pibouleau avait vu Lucien Laffont quitter le pays d'Olmes en fin d'après-midi, le 14 août 1944. La domestique avait tenu à partir la dernière. C'est elle qui avait fermé les volets de la maison. Elle avait caché la clé dans une jardinière remplie de bégonias en fleur, tandis que Lucien s'installait au volant de son cabriolet. Il avait rapidement démarré, pressé d'échapper à la vindicte populaire, sans même esquisser un signe de la main. Il avait disparu dans le virage, là où la départementale franchit le Touyre. Sans doute avait-il pris la route de Toulouse… Sa petite valise à la main, faisant fi du poids des ans, Louise Pibouleau avait remonté l'allée cavalière et tiré derrière elle le lourd portail de fer, tournant une page d'histoire.

— Savez-vous ce qu'est devenu Lucien Laffont ? lui demanda Jacques Briant.

— Oui… Je l'ai appris quelques mois après la capitulation allemande, soupira la vieille dame. Lucien a connu une triste fin.

— Il n'est jamais parvenu à ce monastère qui devait lui servir de refuge ?

— Non… Son destin l'a rattrapé trois jours après sa fuite, sur une route de haute Corrèze, vers Égletons. Son cabriolet a été arrêté à un barrage. Pensez, une voiture pareille, ça attire l'œil… La découverte de la petite fortune qu'il transportait le rendait suspect. Le malheur a voulu qu'on trouve sur lui sa carte du PPF. L'avait-il oubliée dans son portefeuille dans sa précipitation ? En tout cas, son sort était scellé. Lucien a été traduit devant un tribunal populaire improvisé dans la cour d'une ferme. En représailles à la férocité des Allemands de la sinistre colonne Jesser qui semait la mort et la désolation dans tout le Limousin, Lucien Laffont a été fusillé sur-le-champ, contre le mur d'une grange.

— Une exécution sommaire comme il y en a eu beaucoup à la Libération dans le feu de l'épuration sauvage…

— Oui, en cet été 44, l'heure était à la vengeance ! L'homme ne méritait pas une once d'estime et les idées fascisantes qu'il professait étaient abjectes, fit la vieille dame d'une voix sèche.

Jacques Briant regarda le mur où s'étalaient les décorations. Clémence Naudy lui expliqua qu'elle n'avait jamais varié dans ses convictions. De sa formation à l'école normale, elle avait gardé le goût de la tolérance et de la laïcité. Elle avait toute sa vie cultivé les valeurs de la République. Adhérente dès 1924 au Syndicat national[57] des instituteurs, elle avait enseigné avec ferveur et passion à des générations d'élèves les bienfaits d'une éducation humaniste. Horrifiée par la guerre civile espagnole et l'instauration de la dictature franquiste, rejetant les idées de la Révolution nationale, elle n'avait jamais adhéré ni au pétainisme ni au maréchalisme comme bon nombre de ses compatriotes. Dès 1942, elle avait rejoint les rangs de la Résistance comme agent de liaison, guidant des groupes d'évadés sur les chemins de la liberté. Les yeux de la vieille dame lançaient des éclairs quand elle parlait de ceux qui avaient trahi la France en se mettant au service de l'ennemi.

57. Il existait alors en Ariège deux syndicats dans l'enseignement primaire : le « syndicat national », rassemblant la quasi-totalité du personnel enseignant (650 membres sur les 850 instituteurs du département), de tendance radicale socialiste ou SFIO, et le « syndicat laïc », composé des instituteurs et des institutrices communistes, lequel était affilié à la CGTU.

— Moi, j'étais en Angleterre pendant la guerre, crut bon de préciser Jacques.

— Vous aviez rejoint de Gaulle ? lui demanda Clémence.

— J'avais quitté la France bien avant l'appel du 18 juin. Ayant gardé la double nationalité et parlant couramment l'anglais, le bureau d'études de la SNCASO m'avait envoyé en novembre 1939 chez Havilland pour les aider à développer un bombardier léger à la manière du Bloch MB 170 que nous produisions déjà à Mérignac. J'y suis resté toute la guerre et je crois y avoir été plus utile qu'au front où j'aurais fait un piètre combattant.

— Il fallait aussi des ouvriers pour forger les armes de la liberté, opina Clémence.

— Lucien avait du sang sur les mains ?

— Pas à ma connaissance… En dehors de son engagement politique, on pouvait lui reprocher d'avoir fait de la collaboration économique. S'il avait été pris quelques semaines plus tard, il s'en serait probablement tiré avec une peine de prison assortie d'une condamnation à l'indignité nationale, comme beaucoup…

— Et il aurait été finalement amnistié, comme la plupart des collabos, par les lois de 1951 et de 1953.

— Tout à fait !

— Et l'usine ?

— Elle a été confisquée en 1944 et mise sous séquestre. Un administrateur judiciaire a été nommé. Toute l'affaire a été liquidée en octobre 1945. Les machines, les bâtiments, le stock matière… tout a été vendu.

— La maison aussi ?

— Saisie et vendue aux enchères après la guerre. C'est d'ailleurs à cette occasion que j'ai appris pour Lucien.

— Mina et Pierre ont-ils su le tragique destin de leur fils ?

— Oui… J'ai adressé une lettre à Pierre en novembre 1945. Je lui ai même joint un article de journal où il était question de la vente de l'usine Laffont.

— Vous aviez donc continué à correspondre avec lui après son retour aux États-Unis ?

— De manière beaucoup plus épisodique qu'avant.

— Pourquoi donc ?

— Mes sentiments pour lui n'étaient plus tout à fait les mêmes et je ne voulais pas que Mina en prenne ombrage. Pierre avait choisi, je n'avais plus qu'à m'effacer. C'était mieux pour tout le monde.

— Vous n'avez plus jamais eu de ses nouvelles ?

— Si, bien plus tard, en 1952… Après un long silence, les circonstances de la vie ont fait que je lui ai de nouveau écrit.

— Quelles circonstances ?

— La mort accidentelle de Louis Escande.

— Le type qui avait accusé Pierre Maurel, quarante ans plus tôt, d'avoir poignardé Vergé ?

— Un beau salopard qui, par son témoignage, a fait basculer son destin !

— Un accident, dites-vous ?

— Oui, un stupide accident de chasse d'après l'article paru dans *La Dépêche*. C'était un dimanche après-midi, à la mi-octobre, quelques jours avant la Saint-Luc. Louis Escande était parti aux palombes avec son copain, Hyppolite Sarda, au-dessus de Raissac. Ils n'allaient pas très loin, juste à côté d'une grange en ruine qui tendait ses pans de murs vers le ciel. La terre était humide d'une averse de la nuit. En montant par une tire boueuse et défoncée, ils ont repéré des traces fraîches de sangliers. Escande, qui avait l'âme d'un braconnier, a glissé une chevrotine dans le canon droit de son calibre 12, pour le cas où… Arrivés presque en haut d'un chemin, un fil de fer leur barrait le passage. Escande a saisi son fusil par les canons pour appuyer la crosse dessus et franchir plus aisément l'obstacle sans lever la jambe. Sur le bord du chemin, il y avait une branche fraîchement coupée. Elle a fait ressort. Le coup est parti…

— Escande est mort sur le coup ?

— Pensez-vous ! Les mauvaises herbes, ça a la peau dure… Hyppolite Sarda est descendu en courant, autant que son embonpoint le lui permettait, pour donner l'alerte au village. Sur la route, le hasard a voulu qu'il croise les gendarmes. Les secours ont été très rapides et les pompiers étaient là à peine une demi-heure plus tard. Ils ont amené le blessé à l'hôpital qui était encore installé au centre-ville à cette époque-là.

— On a pu l'opérer ?

— Non… Louis Escande était très mal en point. Le médecin de garde l'a transfusé pour essayer de stabiliser son état mais, finalement, il a préféré l'envoyer à Foix. Paul Maugard, mon voisin, qui était pompier volontaire m'a raconté comment ça s'est passé.

L'ambulance était repartie, sirène hurlante. Le fourgon Peugeot 203 flambant neuf de couleur rouge sang avait ralenti pour franchir le dos-d'âne du passage à niveau. Le blessé, allongé sur un brancard recouvert de moleskine, était en assez mauvaise posture pour qu'on lui épargne des secousses inutiles qui n'auraient fait qu'aggraver son état. Certes, la piqûre de morphine que lui avait administrée le docteur atténuait ses souffrances mais, mangé par sa barbe, son visage était hâve, son teint cireux. Les yeux enchâssés dans les orbites par de profonds cernes bleus, le type semblait s'économiser. Le blessé tiendrait-il jusqu'à l'hôpital de Foix ? Rien n'était moins sûr… Mais avait-on le choix ? Malgré une première transfusion pratiquée à Lavelanet, l'homme avait perdu beaucoup de sang, les intestins déchirés par la décharge de chevrotines qui avait occasionné un début d'hémorragie interne.

Au carrefour de la Charmille, le véhicule avait tourné à droite en direction du village de Montgaillard. Ils étaient deux au chevet du blessé. Paul Maugard, qui avait fait son service militaire comme infirmier au 126e RI à Brive-la-Gaillarde dans l'entre-deux-guerres, s'efforçait, de sa voix chaude aux accents rocailleux, de prodiguer réconfort et encouragements à l'homme qui, conscient, geignait faiblement sur le bat-flanc. Attentif à la tache de sang qui débordait largement de la chemise de toile, Maugard lui maintenait de la main gauche un pansement compressif sur le ventre. À ses côtés, assis sur le strapontin, le jeune Étienne Subra qui, par tradition familiale, venait à dix-huit ans de rejoindre la grande famille des soldats du feu, n'en menait pas bien large face à son premier blessé au ventre. Périodiquement, pour justifier sa présence, il vérifiait l'aiguille de la perfusion de sérum glucosé dont le tuyau courait le long du bras du patient. Maugard avait baissé la tête pour jeter un coup d'œil par le guichet sur le poste de conduite. Au terme d'une longue ligne droite, l'ambulance venait de passer le tournant de Rieucourtès. Déjà ils atteignaient les premières maisons de Foix. Dans cinq minutes, la victime serait prise en charge par les médecins de l'hôpital Saint-Jacques.

Au milieu du cours Bouychères, l'ambulance avait bifurqué pour emprunter le vieux pont. Elle avait remonté, par la rue Delcassé, jusqu'aux allées de Villote. « En ce temps-là, il y avait moins de circulation qu'aujourd'hui ! », avait relevé Clémence Naudy. À la hauteur de la statue de Lakanal, le grand conventionnel originaire de Serre-sur-Arget, ils avaient tourné sur le boulevard Alsace-Lorraine et le véhicule s'était engouffré sous le porche des urgences. Prévenue par l'hôpital de Lavelanet, une équipe attendait le blessé. Maugard lui avait dit que le médecin avait fait la grimace en voyant l'accidenté couché sur son brancard. Le regard qu'il avait jeté aux pompiers était éloquent. Malgré toute la diligence des secours, le voyage ne l'avait pas arrangé.

— Son état était désespéré, expliqua Clémence.

— Escande était encore conscient ?

— Oui. Il a ouvert les yeux et Paul Maugard l'a même entendu dire au toubib d'une voix rauque : « Je suis foutu, docteur, n'est-ce pas ? »

L'urgentiste avait bien essayé de le rassurer, de lui dire que tout allait bien se passer mais, au ton peu convaincant de sa voix, le pompier avait compris qu'il n'y croyait guère. Escande avait perdu beaucoup de sang et son visage était gris. Maugard avait donné un coup de main aux infirmiers pour transporter le brancard jusqu'à la porte du bloc opératoire. Dans le couloir, Louis Escande avait compris que c'était la fin. La morphine ne parvenait plus à empêcher la douleur de s'installer. Elle lui tordait de plus en plus le ventre. Maugard voyait son visage se déformer, exprimant tout autant la souffrance atroce qu'il ressentait que la méchanceté naturelle dont il avait été coutumier sa vie durant. Après avoir refusé d'être « charcuté pour rien », Escande avait tenu à parler. Il avait quelque chose d'important à dire avant de partir. Les infirmiers avaient arrêté le chariot devant la porte du bloc. À l'article de la mort, il s'était confessé d'une voix blanche et hachée.

Ce soir-là, il avait déjà bu plusieurs chopines au bistrot. En arrivant au bal des Chaubets, il avait continué à picoler. Il avait repéré une jolie petite. Le gars avec qui elle dansait n'avait pas voulu lui laisser la fille. Escande avait le vin mauvais et le sang chaud. La bagarre avait éclaté avec la brutalité d'un orage soudain. Des coups de poing d'abord, puis, machinalement, il avait sorti son surin, un solide couteau de travailleur. C'est lui qui avait donné le coup mortel. Incrédule, l'aorte sectionnée net, Vergé avait regardé sur son ventre une énorme tache rouge s'étendre.

Dégrisé, Escande avait lâché l'arme, tout aussi surpris que le gars d'en face. Il avait vu un jeune homme ramasser le couteau. Sans réfléchir, il l'avait accusé en braillant. Ce type ne faisait-il pas un coupable idéal ? Le hasard avait voulu que ce soit un certain Pierre Maurel. Certes, il avait eu un différend avec son père, mais il ne le connaissait pas personnellement. Pris de panique, tandis que Vergé s'effondrait au milieu d'une cacophonie de hurlements, l'autre s'était enfui, accréditant sa culpabilité. Son faux témoignage, recueilli par les gendarmes, l'avait envoyé aux assises. « Faudra le dire, hein, docteur ? Ce type, il était innocent, vous m'entendez ? », avait ajouté Escande dans un dernier souffle.

— Maugard m'a dit que Louis Escande était mort en franchissant la porte du bloc, expliqua Clémence.

— Et tout cela, vous l'avez écrit à Pierre ?

— Oui… Mais pas dans l'espoir de le faire revenir, je lui devais la vérité.

— Il vous a répondu ?

— Une quinzaine de jours plus tard, j'ai reçu une longue missive. Il me remerciait chaleureusement. Certes, sa condamnation était prescrite depuis presque dix-huit ans, mais le fait de se savoir complètement innocenté lui mettait du baume au cœur. Il avait ainsi retrouvé l'honneur perdu de sa jeunesse. Pour autant, il n'avait pas l'intention de rentrer en Ariège. Je me rappelle des dernières phrases de sa lettre : « Qu'y ferais-je ? Ma vie est ici désormais, avec Mina. Trop d'eau a coulé dans le Touyre, à l'ombre des noisetiers… »

— Une lettre d'adieu ? fit Jacques.

— En quelque sorte…

— Et vous n'avez pas eu de ses nouvelles depuis trente ans ?

— Je n'ai jamais cherché à en avoir, conclut Clémence Naudy, la voix lasse.

Jacques Briant la remercia avec effusion. Découvrir l'histoire de son vrai père le bouleversait profondément. L'étonnant destin de Pierre Maurel éclairait sa vie d'un jour nouveau. Toutefois, une question le taraudait : tant d'années après, Pierre Maurel était-il encore vivant ? Auquel cas, il devait avoir plus de quatre-vingt-dix ans. Le retrouver tenait de la gageure. Néanmoins, avant de prendre congé, pris d'une inspiration subite, il demanda à la vieille dame si elle se souvenait de la dernière adresse connue du citoyen Peter Moore. Clémence Naudy opina d'un signe de tête et se leva. Elle fouilla dans le tiroir du buffet et revint avec un petit carnet à spirale. Elle feuilleta quelques pages du répertoire avant de lui donner la réponse : 238 Riverside Drive à Troy, Ohio.

Jacques Briant ne devait pas se bercer d'illusions. Même si Peter Moore était encore de ce monde, connaissant la bougeotte chronique qui caractérise les Américains, il y avait peu de chance pour qu'il y habite encore. Comment savoir ? Un instant, il pensa écrire à Greg pour lui demander de faire une recherche dans l'annuaire. Mais il n'était pas homme à laisser le travail aux autres.

En rentrant sur Toulouse, Jacques avait pris sa décision. Demain, il prendrait le premier vol pour les États-Unis. Même si son médecin poussait des hauts cris, arguant que les fatigues d'un tel voyage n'étaient pas recommandées à un convalescent, il n'en avait cure !

Trois jours plus tard, au terme d'un périple qui l'avait conduit de Toulouse, via Paris et New York, à Cincinnati, Jacques s'engagea sur Riverside Drive au volant d'une imposante Buick de location qui offrait l'indéniable avantage d'être climatisée. Riverside Drive était une route toute droite, au profil imperceptiblement vallonné par endroits, de la taille d'une modeste départementale. Au milieu de la chaussée, une double ligne jaune interdisait tout franchissement. Parsemée de boîtes aux lettres type US Mail en aluminium, elle desservait un quartier chic constitué de belles maisons basses sans volets. Ici, pas de peinture écaillée, d'ordures débordant de poubelles mal odorantes, de graffitis ou de déjections canines. Tout était propre, net, soigné. En ce début d'après midi, même l'air sentait bon. De toute évidence, ne vivaient là que des gens fortunés. Un habitat typique de l'Amérique des *winners*, bien souvent WASP[58], jugea-t-il. Roulant au pas, il dépassa un

58. White Anglo-Saxon Protestant.

cimetière aux tombes gazonnées.

Jacques trouva facilement le numéro 238. Bâtie au sein d'un parc ombragé, ceinturée d'une élégante clôture de bois peinte en blanc, la maison, construite de plain-pied à la mode américaine, couverte de petites tuiles plates, était immense. Une amorce de terrasse formant auvent en faisait partiellement le tour. Il arrêta la Buick à l'ombre bienveillante d'un hêtre majestueux. Une allée gravillonnée, parsemée de rosiers buisson en pleine floraison printanière, conduisait à la demeure. Jacques s'approcha de la boîte aux lettres pour vérifier le nom du propriétaire. Sur la plaque en laiton gravée, il lut : « Mr & Mrs Moore ». Ce nom fit bondir son cœur. Était-ce possible ? Son père serait-il encore en vie ? Il se hâta de parcourir la trentaine de mètres du *front garden*[59]. Gravissant les trois marches du perron, Jacques Briant sonna à la porte d'entrée.

Au bout de quelques instants, une jeune femme d'une quarantaine d'années apparut. Brune, les cheveux coupés au carré, vêtue d'un tailleur sobre mais de bonne facture, elle lui adressa un sourire agréable, dévoilant des dents d'une blancheur qui évoquait une publicité Colgate. Un doute s'empara de lui. Cette femme ne pouvait être ni Mina ni même sa fille… Pourtant, il ne s'était pas trompé

59. Jardin de devant.

d'adresse. Jacques se présenta, lui expliqua qui il cherchait à joindre et pourquoi. La jeune femme l'écouta poliment. Jugeant, à l'élégance de son costume, qu'elle n'avait pas affaire à un bonimenteur, elle hocha la tête, convaincue du sérieux de sa démarche. Elle le pria d'entrer dans un vaste hall. Elle s'appelait Gladys Summerfield. Elle était au service de Mr & Mrs Moore depuis bientôt huit ans.

— À cette heure, Mrs Moore regarde une rediffusion de son feuilleton quotidien dans sa chambre, dit la gouvernante.

— Son feuilleton ?

— *Dallas*... Et il ne fait pas bon la déranger !

— Et mon père ?

— Il se repose sur la terrasse. Suivez-moi, mais il faut lui épargner toute émotion brutale, conseilla-t-elle. Mr Moore est cardiaque...

« Ça doit être de famille », pensa Jacques en songeant au triple pontage coronarien qu'il avait dû subir quelques semaines auparavant. Ils traversèrent une belle pièce de réception. Sur la terrasse en bois, à l'abri des premiers rayons d'un solcil printanier, un vieil homme était assis sur un rocking-chair blanc, les jambes couvertes d'un large plaid. Un journal et une paire de lunettes étaient posés à ses côtés, sur une table basse. Jacques n'apercevait de lui qu'une belle crinière blanche dépassant du fauteuil. Son père semblait dormir. La gouvernante fit signe à Jacques de rester un peu en retrait. Gladys Summerfield s'approcha de Peter Moore. Elle se pencha pour lui parler quelques minutes dans le creux de l'oreille. De temps à autre, il semblait hocher la tête. Soudain, Jacques Briant vit le vieillard se lever de son rocking-chair et s'exclamer en français :

— Alors, il est où, ce fils prodigue ?

Jacques fit quelques pas dans sa direction. L'homme qu'il avait en face de lui était assez grand et portait encore beau malgré son âge. Il avait le regard droit et franc. De son visage aux traits burinés par le grand air émanait une énergie peu commune. Il l'observa en silence quelques secondes puis, dans la douceur d'un souffle de vent printanier, le vieil homme l'étreignit. Maîtrisant comme ils pouvaient leur émotion, ils avaient du mal à trouver les mots.

— C'est vrai que tu ressembles à Katy…, murmura celui qui était devenu Peter Moore.

Pour renouer avec des souvenirs que le temps n'avait pas réussi à altérer, il l'entraîna alors vers le jardin. En s'appuyant sur son bras, devant une énorme touffe de coudriers, Pierre Maurel lui dit :

— Nous avons ramené des graines de Lavelanet. C'est Mina qui les a semées ici en 1934, il y a presque cinquante ans. Tu vois… ce sont les noisetiers du bout du monde !

FIN

T.D.O Éditions, SARL

Composition, mise en page : TDO Éditions
ISBN : 978-2-36652-310-2

Dépôt légal août 2021
Achevé d'imprimer en france août 2021
Sur les presses de Laballery - 107271